四十過ぎたら出世が仕事

本城雅人

目次

第一話　ピンチの後には……5
第二話　急がば回れ……55
第三話　正義のランナー……105
第四話　名言奉行……155
第五話　ボンの心得……207
第六話　不惑になれば……257

装画　生田目和剛
装幀　bookwall

第一話　ピンチの後には

1

「阿南《あなん》くんも来月二日には不惑《ふわく》になるんだな」

東京に桜の開花宣言が出た三月下旬の麗《うら》らかな午前中、阿南智広《ともひろ》は、武居《たけい》専務に呼ばれてそう言われた。

学年が変わるのは四月一日生まれからではない。二日生まれからだ。つまり四月二日が誕生日の智広は、つねに同級生たちの先頭を走って歳を取ってきた。

そうはいっても、専務にまでなる人は社員の誕生日まで把握しているのかと感心したくらいで、「はい、あっと言う間の三十代でした」と呑気《のんき》に答えたのだった。

「そうか、三十代は早かったか。だけど四十代はもっと大変だぞ。なにせ四十《よんじゅう》過ぎたら出世が仕事になるんだからな」

「出世なんて、私にはとてもとても」

これが大国《だいこく》や興広堂《こうこうどう》といった大手代理店なら出世も大事かもしれないが、智広が働く中和《ちゅうわ》エージェンシーは、広告ランキングで十五位くらいの中小代理店だ。入社して十七年、この会社で偉くなりたいと一度も考えたことはなかった。時には大失敗して仲間に迷惑をかけたこともあるが、このまま定年まで、みんなとワイワイ楽しく仕事をやればいい。

そこで会話が終わっていたなら、専務のアドバイスも他の上司の話同様、右の耳から左の耳へと抜けていっただろう。ところが武居は急に真顔になってこう言ったのだ。

「阿南くん、内示だ。四月から営業三課の課長になってもらうよ」

「えっ、私が課長ですか」

智広はまったく予想していなかったことに、しばらく放心状態になった。


顔を洗った智広はパジャマのまま、子供たちのはしゃぎ声がするダイニングに向かった。ランチョンマットを敷いた食卓で、小四の美織《みおり》と小一の諒太《りょうた》が、両手にフォークとナイフを持って、乙に澄ました恰好でフレンチトーストを食べている。

「あっ、パパ、おはよう。パパのももうすぐ焼けるからね。あっ、諒太、シロップかけすぎ。パパのがなくなっちゃうじゃない」

鼻歌をうたいながらガス台の前に立つ妻の寛子《ひろこ》が顔を向けた。

「どしたのよ、朝からこんな豪華なもの」

寝ぼけ眼《まなこ》を擦りながら尋ねる。いつもはトースト一枚なのに、フレンチトーストどころか、スクランブルエッグとフルーツヨーグルトまでが並んでいる。

「パパ、おめでとう」寛子が言う。「ほら、あなたたちも言わなきゃ」

「パパ、おめでとう」

母親に促され、美織と諒太が声をハモらせる。

「よしてよ。四十になって誕生日を祝われても全然嬉しくないよ」

そもそも誕生日は明日、今日はまだ四月一日だ。

「そんなことくらいで、朝からこんな面倒くさい料理しないわよ」

寛子が鼻白む。

「そんなこととはなによ。だったらなに。まさか、課長になったから?」

そうだった。今日が辞令の発令日だった。内示を受けてからもピンと来ず、自覚のないまま時を過ごした智広だが、妻の態度は明らかに変わった。この間、晩ご飯が要らないことを伝え忘れたことが二度あった。これまでなら「どうしてあなたは、メール一本ができないのよ」と叱られたのに、「いいの、いいの、あなたも忙しいんだから」と気持ち悪いほど優しかった。

「ねえ、パパが次に部長に出世したら、朝ご飯がエッグベネディクトになるってママが言ってたけど、それってホント?」

ナイフで切ったフレンチトーストを、フォークで口に運びながら美織に訊《き》かれた。

「四年生でよくそんな料理の名前を知ってるな。パパだって食べたことないのに」

「ハワイに行ったカシミナが、テレビで食べてたもん」

残念ながら我が家ではありえないと今のうちに伝えておこうとした。ところが目をきらきらさせた寛子に「そうよ、部長になった時は当然、朝ご飯もグレードアップするからね」と先を越された。

「ねえ、エッグなんとかってなに？」と口の周りにシロップをつけた諒太が首を傾げる。

「セレブが食べる朝ご飯」美織がひと言でまとめた。「やったぁ」訳が分からないまま諒太は万歳する。

大満足で食べ終えた子供たちが、スポーツバッグをクロス掛けする。二人とも小学校のサッカーチームに入っていて、春休みの間は午前中に練習がある。

「パパ、早く偉くなってね」とピンクのマスクを耳にかけながら美織が言う。

「ベッグエネディクト、楽しみにしてる」

すでに青い小さなマスクをした諒太は完全に言い間違えている。

手を振って出ていく二人を、寛子が「諒太、水筒忘れてる」と追いかけた。

台所に戻ってきた寛子が焼きたてのフレンチトーストを皿に移す。スクランブルエッグと生のブルーベリーが入ったヨーグルトも出てきた。

「さぁ、召し上がれ」

「まさかこれから毎日、こんな豪華なものが出てくるわけじゃないよね？」

フォークとナイフを両手に持って、智広は怖々と訊く。

「朝からこんな贅沢してたら我が家の家計は火の車よ」

寛子には課長になっても給料はほとんど変わらないことは伝えている。

「だったら課長になったくらいで、そんなに喜ばないでよ」

「喜ぶに決まってるじゃない。部長になるには、課長は必ず通らなくてはならない通過点なのよ。ゴールド会員になるには、まずはシルバー会員にならなきゃいけないでしょ」

「なにそれ、クレジットカード？」

「私が集めてるネットショッピングのポイント制度よ」

「ポイントみたいに思い通りに貯まらないよ。今回はなにかの間違いでそうなったけど、おそらく後輩の衣川《きぬがわ》へのショートリリーバー。俺が部長になるなんて、絶対ありえないから」

そう言ってナイフで切ったフレンチトーストを口にした途端、寛子の丸みを帯びた眉毛が、吊り上がっていることに気づいた。

「な、なによ、その顔」

「ねえ、あなた、去年、石渡《いしわたり》さんのお宅とバーベキューに行った時、石渡さんが言ったことを覚えてるわよね。中和エージェンシーには役職定年ができたって」

親友である石渡は、同期の出世頭で、三年前、三十七歳で営一課長になった。社内でも異例のスピード出世で、営業に二つある部長の椅子のうちの一つは、まず間違いなく石渡が座るだろうと言われていた。

「課長は五十歳、部長は五十五歳、それまでにその上になっていないと役職から外されるってことだろ」

役職定年制じたい、智広には初耳だった。石渡によるとこの制度は、五大商社の一丸《いちまる》商事からヘッドハンティングされた武居専務が導入したそうだ。武居はいずれ社長になると言われている。

「違うわよ。役職定年制じゃなくて、もう一個の話」

「なんだっけ、それ」

「もう」寛子は唇を尖《とが》らせる。「平社員だと、五十歳から給与が一律二十パーセント減になるって言ってたじゃない」

「それって一度、課長になれば永久にセーフなんじゃないの？」

「永久なんてあるわけないじゃない。怪しい通信販売の永久割りじゃあるまいし」

「だったら早くなった方が損じゃん」

早くなればなるほど、失敗して降格させられる可能性が高くなるだけだ。

「じゃああなたに質問です。あなたは五十歳が近づいて、そろそろ課長定年が迫ってきたタイミングを見計らって課長に昇進する。そこですぐさま部長になって、今度は部長定年が間近の五十四歳くらいでその上になる、そんな器用なこと、できますか？」

「無理だろうね、間違いなく」

「でしょ。あなたはこれまでうまく危険をすり抜けて生きてきたけど、先んずれば人を制すことには興味ないというか、どちらかと言えば、そういうのは無用だと競争を避けて通るタイプだから」

さすが大学生の時からの付き合いだけあって、智広の性格を熟知している。

「せっかく武居専務が阿南にやらせてみようと選んでくれたんだから、よし、やってやるぞ、というくらいの気持ちにならなきゃ。ねえ、言ってみてよ」

「言ってみてって今、ここで？」

「そう、私が本気かどうか見てあげるから」

「よし、やってやるぞ」

「声が小さい！」

「よし、やってやるぞ〜」

　言われるまま、手を突き上げたが、いかにもやらされてる感が出ていたのだろう。寛子は「本当にやる気あんの〜」と肩を落とした。

「広告代理店って言うと、みんな『阿南さんちはいいわね、お給料いいんでしょ』と羨ましがるけど、全然そんなことはないのよね。石渡さんの話では中和エージェンシーって役員にでもならない限り、年収一〇〇〇万はいかないらしいから、課長で七〇〇万、部長になれたとしてもせいぜい八〇〇万くらいでしょ。それが五十歳から一気に二十パーセントも減るわけよ。八〇〇万なら六四〇万、七〇〇万なら五六〇万。五十歳って十年後だから、美織は大学生、諒太はこれから大学受験で一番お金がかかる時だよね。家のローンは三十年、あなたが六十四歳まで残ってるんだからね。退職金で払おうって魂胆かもしれないけど、そしたら私たちの老後はカツカツだよ」

　すでに計算済みなのか、寛子から次から次へと数字が出てきた。体を壊すまでは、ずっと住宅メーカーの経理にいたので、給与には敏感だ。

　智広は歳を取り、子供の学費がかからなくなったら、せめて心だけでも豊かになる生活を送ろうと計画を練ってきた。旅行、映画、バイク、マリンスポーツ、プラモデル……趣味の多さには自信がある。だが今そんな呑気な夢を語ったら、妻の頭から角が出る。

「まぁいいわ。あなたのことだから、あれやこれや言われてもうまくやるだろうから。むしろあなたは浮かれた時の方が心配なのよね。そういう時は、一回息を呑《の》んで、調子に乗ったらダメだと自分に言い聞かせるのよ」

「はい、勉強になります」

クライアントの機嫌が悪い時はとりあえずそう言っておけ——広告代理店に入って数々の先輩から学んだ教えの中で、もっとも活用しているのがこのフレーズだ。

智広はこうして仕事でも家庭でも、難局を切り抜けてきた。

2

九時から始まった営業の役職会議では、新課長として営業四課課長の和田果穂《わだかほ》と一緒に紹介された。同じ歳の彼女はスポーツメーカーから移ってきた中途入社だ。中和エージェンシーは中途採用も積極的で、三分の一くらいはいる。

営業は第一営業部と第二営業部に分かれていて、合わせると六課まである。石渡の営一と四つ上の先輩が率いる営二がテレビコマーシャル、智広の営三は通販番組で、和田の営四は「OOH（アウトオブホーム）」と呼ばれる交通広告や看板、町中で見かけるデジタルサイネージなどを任されている。営五、営六はネット広告。そのほか第二営業部には営業管理課、資材課がある。

「私はずっと阿南を課長に上げたかったんだ。昔は営一にもいたからテレビCMのことも分かっているし、これからCSチャンネルが増え、通販番組の数もますます多くなっていく。阿南ならやってくれるだろう」

上席に座るグレイヘアーで、格好よさと貫禄を兼ね備えた営業担当の武居専務にそう紹介された。普段の智広はこんな時でも「お手柔らかにお願いします」と耳の後ろを掻いてすませる。ところが先に挨拶した和田が「課員でナレッジを共有して、モチベーションアップしていきます」ときびきびと答えたのを目撃して、これはまずいと姿勢をただした。

「頑張ります」

高校球児のように声を張り上げて頭を下げた。最初の関門は突破したと思ったが、武居から「さすが時短がモットーの阿南らしい挨拶だ。これから営三の残業時間は減るだろう」と笑われた。

「そうですね、へへッ」

釣られて笑うが、部長や他の課長からは白い目で見られた。それでも武居が「阿南は憎めない男なんで、みんなよろしく頼むよ」と拍手し、全員が続いた。

その後は武居が話した。営業の役職会議に出たことがなかった智広は、武居から厳しいノルマを課せられるものだと覚悟していたが、予想は覆《くつがえ》された。和気あいあいとした雰囲気のまま、武居からは「うちらしい仕事をしてください」と言われただけだった。これでも気を引き締めて出社したつもりだったが、のっけから拍子抜けした。

会議が終わると、営一から営三の課長は残るようにと、三つの課をまとめる小俣《おまた》第一営業部長に命じられる。

「営三はここ数期、たいした数字を出してないから、阿南くんが課長になって、営三は変わったと思えるような活躍を期待している。だけど経費の使いすぎには注意してな」

小俣が偉そうなのはいつものことなので、耳の穴をほじくりながら聞いていたが、「阿南くん、管理職になったんだから、これまでみたいにヘラヘラしてたら、下から甘く見られるぞ」と注意された。

「はい、すみません」

小俣の訓示が終わり、営二課長も去ると、会議室には同期の石渡と二人だけになった。

「まったくなんなんだよ、小俣部長は。怒るのは、なにかやらかしてからにしてくれってんだよ」

智広は口を尖らせた。

「それって、なにかやらかす前提みたいだな」

「石渡までが最初が肝心とか言うんじゃないだろうな」

不満を言うと、石渡は目尻に皺を寄せた。

「俺はそんなしょうもないことは言わないよ。小俣に言われたことなど気にするな。小俣の仕事は下を怒ることと、上への胡麻《ごま》すりだけだ。可哀想《かわいそう》な中間管理職だと思って同情してやればいいんだよ」

「ちぇ、それを言ったら、俺らの方が思いきり中間管理職じゃねえか」

「俺は上にヨイショしてまで、この会社で生き残ろうとは思わねえよ」

「営業のエースは言うことも違うね。今日も一切文句を言われてなかったし」

前期の数字が未達に終わった営二課長は小俣に小言を言われていたが、営一課長の石渡は「引き続き頼んだぞ」の一言で終わった。あまりの対応の違いに、先輩の営二課長は肩身が狭そうだった。

「小俣なんて平《ひら》の頃はなにもできなかったのが、管理職になった途端、急に態度が変わったんだ。小俣が言ったことなど気にせず、阿南は自分のやり方を貫けばいいんだよ。そうすりゃ自ずと部下はついてくるから」

石渡はそう言い残すと、右手を挙げて颯爽と会議室を出ていった。大学を卒業した時はぎりぎり就職氷河期だったので、同期は三人しかいない。その中でも石渡は新人の頃から図抜けて仕事ができ、上司や先輩の理不尽な要求には食ってかかっていた。そして結果を残して、先輩たちを追い抜いていった。

一番の稼ぎ頭で、毎日遅くまで残業している営一だが、石渡もたまには部下を連れ出し、発散させている。石渡が言うように智広も課長になったことを意識せず、これまで通りのやり方で、できることをやればいいのだ。デキる同期のおかげで、少しばかり肩から力が抜けた。

営業三課では課員が普段通りに仕事をしていた。

ところが隣の営四の和田果穂が「このたび営業四課長を拝命した和田です。みなさんをスキルマネージメントしながら……」と挨拶をしているのが聞こえてくると、急に尻がむずがゆくなってきた。

横目で窺《うかが》うと部長席から小俣と目が合った。課長になった智広が、部下たちになにを言うのか聞き耳を立てているのだ。

小会議室が空いていたので「キヌ、あっちいこう」と、三期下で、智広が寛子に次の課長候補だと言った衣川達也《たつや》に顎《あご》をしゃくり、全員で移動した。

部下といっても営業三課は智広を含めて総勢六名、そのうち一名は産休中、二十代の朝山太郎《あさやまたろう》は在宅ワークの日なので、部屋には四人しかいない。

「太郎のヤツ、舐めてますね。普通、人事異動当日は在宅番でも出社するでしょう」

組合の委員長を務めるしっかり者の衣川が立腹した。在宅の朝山にも昨日のうちに、課内会議をすることは通達した。それなのにパソコン画面にすら現れる気配はない。

「そう尖るな、キヌ。仕事が少ない時に在宅をこなしてくれた方が俺もいいわけだし」

このシフトを三月頭に作ったのが智広だった。その時は自分が課長になるどころか、毎年四月には大きな人事があることも失念していた。

「太郎くん、寝てんじゃないですか」

髪を明るく染めた三十六歳の水原朱里《みずはらじゆり》がパソコン画面をタッチして接続を確認する。滅多に笑わない彼女は少しとっつきにくいが、仕事は完璧にこなす。

きっと智広がなにもしなくとも、衣川や水原がいつも通りの結果を残してくれるだろう。あとはお調子者だけど頑張り屋の朝山や、入社二年目の横川《よこがわ》さやかも戦力になってくれるはず。彼らのモチベーションを下げないよう注意しておけばいい。

「そのうち太郎も寝癖頭で現れるだろうから先に始めようか。はい、今日から新布陣になりましたが、お堅い挨拶はやめて、これまで通り、やっていきましょう。誰が課長だろうと、営業三課が通販会社やテレビ局と良好な関係を築き、良質なテレショップ番組を作っていくことには変わりないわけだから」

小恥ずかしいのでさらっと挨拶したが、部下たちは真剣な顔で、智広を見て頷いた。どうだ小俣部長、あんたにはこういう謙虚さがないから社内で人望がないのだぞと心の中で笑った。それでも寛子に言われた言葉を思い出し、息を呑んで、浮かれない、浮かれないと呪文のように自分に言い聞かせた。

「今、広告業界はどこも苦しくて、みんなも俺ではちょっと頼りないと思うかもしれないけど、俺はみんなの力が必要だと思ってるんで、まっ、そこんとこはよろしく頼むよ」

会釈すると三人の顔が緩んだ。

「頼りなくなんてないですよ。頼もしいです」

横川さやかが言うと、続けざまに衣川が「そうそう、数々のピンチをミラクルで乗り越え、課長にまで昇進したわけだし」とおちょくってくる。

智広にミスが多いのは課内でも有名だ。同時にそのミスは、傷口が広がるどころか、プラスに転じることがあるとも。数年前には一桁違う見積書を取引先に送った。上司からすぐに謝罪して回収してこいと激怒されたが、先方の担当が智広の上を行くおっちょこちょいで、その見積書にサインして返送してきた。おかげで先方の上司が恐縮し、価格を戻す代わりに仕事を増やしてくれた。

平社員なのに、稟議書《りんぎしょ》の課長欄にハンコを押して提出したこともある。その時も課長が部長欄に押し、小俣部長が役員の欄にハンコをついて、役員から怒られたのは小俣だった。営業内では「嫌われ者の小俣を罠《わな》にはめた男」と武勇伝のように語り継がれている。

「課長はわざとノーアウト満塁にするタイプだからね」

衣川がまた茶々を入れてきた。

「ピンチの後にチャンスありというだろ。ピンチを作れないうちは半人前なんだよ」

智広も軽口で返す。

「それって自力でピンチを凌《しの》いだ人がいうセリフですよ。課長の場合、毎回、運頼みじゃないですか」

「うるさい、キヌ。どれだけランナーを背負おうと、無失点で切り抜けることが大事なんだ。そうすれば負けはないんだから」肩を開いて胸を張った。

「課長のピンチって、口が原因であることが多いんですよね。ああいうピンチの作り方は私にはできません」

水原朱里がクールな美貌でそう口にした。

「水原さん、俺、そんな危ないことを口走るっけ？」

「山ほどありますよ。ほら、前に美顔クリームの会社の社長と会食した時、年齢非公表の有名大学教授の歳を知ってると社長が言ったじゃないですか。社長が『私と同じよ、五十三』と言ったら、課長ったら『えっ、そんな歳なんですか！』って、目の玉が飛び出るような顔で驚いたんですよ。その瞬間、社長のこめかみがヒクヒクいってましたから」

「そんな失礼なこと言ったんですか。課長なら言いそうだけど」

横川にも呆れられた。

「いや、あれは、まぁ……」

言ったことは覚えていないが、口まめな社長が食事の途中に急に無口になって、体の調子でも悪いのかと心配した記憶はあった。その会社の通販番組も売り上げ目標を上回り、今年から番組数が増えた。

「それ以来、私は課長から他人の年齢訊かれても答えないようにしてるんです。『えっ、そんな歳！』って驚かれると、心が折れるんで」

「水原さんは全然、そんな歳ではないでしょう」

水原は腕組みして沈黙する。

「すみません」智広は謝った。

そこで横川が「はい、私もあります」と右手を挙げた。

「課長って私がメルカリでバッグが売れて喜んでた時も『あれ、カッコ良かったのに〜、もったいないじゃん』と平気で言ってきましたからね」

「あるある、課長って、今さらどうにもならないことをあえて口にするのよね」と水原。

「ちょっとキヌ、なんとかしてくれ」

助けを求めた衣川もにやついていた。

「僕がはじめて女房を紹介したときも、課長、ひどいことを言いましたから」

「なんか言ったっけ？」

化粧品会社で働く衣川の妻はちょっと派手だが、スタイル抜群の美人だ。悪口など言うはずがない。

「美人ですね、キヌにはもったいないって」

「その通りだからいいじゃないの」

「そのあと、こう言ったんですよ。どうやってメイクしてんですか。今度うちの嫁に教えてやってくださいって」

「ひどい！」

横川が声をあげた。これは覚えている。だが化粧品会社勤務だから褒めたのだ。悪意はない。

「水原さんが、課長はピンチを口で作るというのは的を射てるな。なにせ課長の一番のピンチは五年くらい前、タニプロダクションを巻き込んでの京都観光のＣＭの競合だったから」

「キヌ、それはダメだ。それだけは言うな」

両手の人差し指でバッテンを作った。とても女性社員の前でする話ではない。だが女性陣は「なになに」と身を乗り出し、衣川の口も止まらなかった。

「その頃、ちょうど売り出し中だったタニプロの小泉由貴《こいずみゆき》を使う企画だったんだけど、課長ったら『小泉ユイ』『小泉ユイ』ってセクシー女優の名前をずっと連呼してプレゼンしたんだよ。みんな笑うに笑えなくて……タニプロの上司は顔を真っ赤にしてるし」

「あれは紛らわしい芸名をつけたビデオ業界がいけないわけで……」

女性社員二人が「最低ですね」とドン引きした。

「ほら、こういう雰囲気になるだろ」智広は口をすぼめる。

「その時の課長は、どうやってピンチを脱出したんですか」水原が衣川に尋ねる。

「その中で一番お堅そうだった京都市役所の課長さんが、そのセクシー女優の大ファンだったんだよ。終わってから課長のところにきて、『いやぁ～、こんなに楽しいプレゼン初めてでした。ぜひ中和さんにお願いします。小泉ユイでと言いたいところだけど、小泉由貴さんを使って』と賛成してくれたんだよ」

「それこそミラクルですね」

「課長、私たちの名前をセクシー女優と間違えるのは勘弁してくださいね」

「間違えるわけないじゃん、水原さん。今はそんなに観てないし」

「そんなに？」

「いや、全然だよ。家族いるし。今のこそ本当の言い間違い」拳で側頭部をぐりぐり押す。

部下たちが次から次へと失敗談を出してくれたおかげで、いつもの三課の雰囲気になった。驚いたのは彼らが当たり前のように「課長」と呼んでくれることだった。自分が感じているほど、課長の肩書きは重たくないようだ。

そこで卓上のパソコン画面が開き、マスクをした朝山が顔を見せた。

「おはよう、太郎、今頃、お目覚めか。出社しなくていいからって昨晩、リモート合コンしてたんじゃないだろうな」

智広がからかうと、衣川が「おまえ、リモートなんだからマスクなんかしなくていいんだよ。寝ぼけてんのか」と笑う。だがどうも様子が変だった。目はしっかり開いているし、寝癖もついていないのに、画面に顔を出したきり、挨拶もしない。

「どした、太郎、熱でもあるのか」

体調が悪いなら会議に出なくていい、休ませるのも課長の役目だと思ったところ、朝山が〈すみません〉と頭を下げた。

「遅刻なら別に怒ってないぞ」

〈いえ、大変なことをしでかしまして。今朝から放送開始となった湘南《しようなん》通販の新番組、最後に思い切り、テレショップサカイの電話番号を入れてしまったんです〉

「おい、なんだって」

それは長いこと広告代理店で働く智広でも聞いたことがない、大放送事故だった。

3

テレビショッピングの番組制作がメインの営業三課では六社と契約している。その中でもテレビショップサカイとともに放映時間が長いのが、神奈川県藤沢《ふじさわ》市に拠点を構え、ここ数年急成長している湘南通販だ。

サカイが電化製品に特化しているのに対し、湘南通販はなんでも屋で、マカや高麗人参《こうらいにんじん》、コンドロイチンといった健康食品から、時計やアクセサリーまで、何でも扱う。だいたいどこかの会社の二番煎《せん》じなのだが、値段がはるかに安く、「通販界のクラッシャーキング」をキャッチコピーにしている。

四月の番組改編期に合わせて枠を増やした湘南通販は、中身もリニューアルし、フリーダイヤルだけでなく、高齢者向けにフリーファックスも用意した。それがこともあろうにライバルのテレショップサカイのフリーダイヤルを流したというのだ。朝山の元には朝九時に担当者からクレームの電話がかかってきて、これまでその対応に追われていたそうだ。

電話で話す内容ではないと朝山を会社に呼び出した。タクシーで来させたというのに、朝山は額《ひたい》に玉の汗を浮かべていた。

「太郎は小笹《おざさ》会長には連絡したのか」

湘南通販は智広と同年代の小笹竜也《たつや》会長が立ち上げたワンマン企業だ。番組も小笹自らが出演して商品を紹介している。

「会長ならコロンビアに宝石の買い付けに出張中です」

「じゃあ、まだ気づいてないってことか」

「いえ、社員が電話して明日戻ってくるそうです」

首筋が急に寒くなった。どのみち一度流してしまったのだ。差し替えたところで知られずに済む問題ではない。

「だいたい、どうしてサカイの番号なんか載せたんだよ」

「会長が一度決まったファックス番号を語呂がよくないとダメ出しして、新しい番号を取るまで間に合わないからと、その部分は後録りにしたんです。だけどテレビ局が仮編集でいいから早く観たいというんで……。ほら、湘南通販って去年、ミスユニバースを多数出してるベネズエラ産の木の実を使った美容クリームで、薬事法違反の警告を受けたじゃないですか。局の担当も神経質になってて」

あの時は、湘南通販が番組から撤退したら営三の売り上げの三割が消えると、前の課長が大騒ぎしていた。だが智広が言っているのはそういう意味ではない。

「俺はどうしてサカイの番号を載せたのかって聞いてんだよ」

適当な番号でもいいし、間に合わないなら０１２０-◯×△と記号でもいいわけだ。

「それは、まぁ、なんとなく、その方がリアリティーがあるかなと思って」

「違うだろ、太郎、ふざけてやったんだろ。太郎がやったのか、それとも安村《やすむら》企画か？」

制作を請け負う業者がやったのなら、そっちに謝りに行かせればいい。補償も被らせようと思った。

「安村のディレクターと僕と二人で」

曖昧な返答だったが、目は虚ろだった。

「本当に二人か？」

泳ぐその目をしっかり見て尋ねた。

「僕がやりました。みんなにウケたので」

「ウケたって、おまえ……」

開いた口が塞がらなかった。朝山が言うには前回の番組放送開始後に、小笹会長から「ストーリーにコミットが足りない」といちゃもんをつけられたそうだ。ストーリーにコミットが足りないとは、これを買ったらこんな素敵な生活が待っていますなどと、ワクワクするような幸福感や満足度を約束することで、こうしたネットショッピングには大切な付加価値だ。だが事前に小笹の許可を取って制作したのに、放映後に文句を言われても代理店も制作会社も困ってしまう。

そういった事情もあって朝山たちは小笹に不満を抱いていた。だからといってライバル社の電話番号を仮アテするか。神経が図太いと言われる智広でも、直し忘れた時のことを考えて、そのような悪ふざけは絶対しない。

「テレショップサカイも大迷惑してんじゃないですかね。電話が殺到してるだけでなく、受話器を取ってもピーピー鳴るだけなんですから」

横川が言ったことに悩みの種が増えたが、朝山が「サカイには僕が謝っときました。最初は不快そうでしたが、『どうせならファックス番号でなくて電話番号にしてくれたら、うちの商品をバンバン売ったのに』と笑って許してくれました」と説明した。電話は迷惑だろうが、ライバル会社の商品が売れなくなるのは悪い気分ではないのだろう。

「それより湘南通販ですよね。課長、前の課長に連絡しますか」

衣川が言う。前課長は今回の辞令で、札幌《さっぽろ》営業所に異動になった。

「そうだ。そうだったよな」

智広はつい大きな声になった。この案件は前の課長の時に起きたのであって、なにも智広の責任ではない。

だが前の課長に責任を押しつけるのは気が引けた。今回の番組も「阿南くん、頼むよ」と智広が仮編集版の最終チェックを任された。サカイの「フリ〜ダイヤル、0120〜」はそらで歌えるほど記憶に染みついているのに、気づきもしなかった。

「小笹会長って怒ったらメチャ怖いんですよね。誰も手がつけられないくらい」

水原が事もなげに呟く。

「そうなの？　超男前のジェントルマンじゃない？」

小笹が来社した時、一度だけ挨拶した。長身で鍛えた体で、姿勢正しく名刺を出す姿はイケメン俳優のようだった。湘南通販の番組は、視聴者の大半を会長目当ての年配女性が占めている。

「だっていくら笑顔を振りまいても、目は笑ってませんよね」

水原に言われてテレビ画面に映る小笹の顔を思い浮かべる。最後に値段を言う際、急に眉間《みけん》を寄せた決めポーズになる小笹に違和感がないのは、番組の最初から真剣勝負の目をしているからだ。その顔にいつしか惹き込まれ、値段を聞いた時には買わないと損するような気持ちになる。

「そういえば小笹会長って、昔は手がつけられないほどのワルで、半グレだったと聞いたことがある」

衣川の言葉を、横川が「半グレじゃありませんよ」と否定した。智広が胸を撫で下ろしたのも束の間、「暴走族の総長です。関東一帯を支配して、五百人をまとめあげたそうです」と話のスケールが大きくなった。

それだけの統率力とパワーがあったからこそ、後発のネットショッピングでトップクラスにまでのし上がったのだろう。今もコロンビアに宝石の買い付けに出張中と言っていた。他にも扱う商品は、ベネズエラ産の美容クリーム、中国福建省《ふっけんしょう》のマカ、モーリタニアのダイエット果実、ボスニア・ヘルツェゴビナのパワーストーンと、どれも危険な匂いがする。

制作費を支払い拒否されるか、テレビの放映費まで被らされるか。智広は冷や汗が止まらなくなっていたが、部下たちは他のことで盛り上がっていた。

「うちの前は兼光《かねみつ》広告が代理店だったけど、映した腕時計に傷がついてたんだよな。それに小笹会長が大激怒して、兼光広告は偉い人も謝りにいったけど、許してくれなくて、それでうちに回ってきたんだよな、太郎」

「はい。バトンタッチした時、兼光さんから中和さんも気をつけた方がいいよと忠告されました。兼光の担当、小笹会長からヤクザ映画でしか聞いたことがないセリフで脅《おど》されたそうです」

まだハンカチで額の汗を拭いている朝山が答えた。

「ヤクザ映画でしか聞いたことがないセリフってなによ」

智広は気になって尋ねた。

「それだけは口が裂けても言えないと、教えてくれませんでした」

「そりゃやっぱり、この場で指一本詰めろじゃないですか」

横川がネイルした左手の小指を伸ばし、勢いよく手刀を切った。

「それはないよ。兼光の担当、五本とも指あったもん」

水原が生真面目《きまじめ》に反論する。

「コンクリート詰めにして東京湾に沈めてやるじゃない？」

衣川が割って入る。

「今時、そんな直接的なことは言わないでしょう。恐喝罪で逮捕されますよ」

おどろおどろしい言葉が出るたびに、水原が否定してくれた。彼女だけが真剣に考えてくれていると感謝しかけたが、急に彼女は広島弁になった。

「言うとしたらこれっしょ。最近は東京湾の水も綺麗になったのう、珍しい魚が見えるそうじゃけえ。どうでっしゃろ、中和さんも試しに一回潜ってみませんか、とか」

「水原さん、今のセリフ、俺には國村隼《くにむらじゅん》で映像が浮かんだ」と衣川。

「それじゃあ全然、小笹会長ぽくないですよ。せめて杉本哲太《すぎもとてった》にしてください」と横川。

「やめろ、やめろ、みんな、ちゃんと真面目に考えてくれ」

呼吸をするのも苦しくなった智広は、両手を振って部下たちの歓談をやめさせた。

4

昼休みに同期の石渡を誘って相談することにした。

「なんだよ、俺に課長の心得を聞いておこうというのか。いい心構えだぞ、阿南」

会社近くの定食屋に入ってアジフライ定食を注文する。出てくるまでに経緯を説明した。

「そりゃ就任初日にして大変なトラブルに巻き込まれたな。お気の毒」

「太郎の責任だけでなく、俺もチェックできなかったわけだからな。せっかく石渡に追いついたというのに、中和エージェンシー史上、在任最短記録の課長になりそうだわ」

「なにもやってないのに、そんな弱気になってどうすんだよ。この苦難を乗り越えられるかどうかが課長の資質を問われるところなんだぞ」

「無茶言うなよ。だいたい俺に資質なんてないし」

「あるから武居専務はおまえを課長にしたんだよ」

「じゃあ石渡なら、こういう時はどうするよ」

「そう言われても、俺もそこまでの窮地は経験したことがないからな。普段から気を緩めるなよと、部下には言ってるし」

営業のエースをもってしても打開策はなく、石渡は出てきたアジフライにウスターソースをかける。

「後輩がミスしても厳しく言ってこなかったから、俺は舐められてるのかな」

「それが今風という考え方もあるよ。少し叱るだけでも労務に駆け込まれたら問題にされる時代だから。俺も課長になってからその点に一番気を遣ってる」

アジフライに齧《かじ》りついた石渡は、さらにテーブルに置いてあるカレー粉をまぶしてからあっと言う間に食べ終えた。智広はまだ半分も食べていない。

「石渡、他人事《ひとごと》だからってバクバク食うなよ」

「阿南が何も言わないからこの店にしたんじゃねえか。俺だってそんな深刻な話をされるなら蕎《そ》麦屋《ばや》にしたわ」

「察しろよ、俺の不安そうな顔を見て」

「全然そう見えなかったわ。会議室からも賑やかな笑い声が聞こえてきたし」

そうなのだ。昔から智広は、悩んでいるのが周りに伝わらないのだ。だから部下たちもふざける。

「専務には伝えたのか？」

「言ったよ。怒られるのも覚悟してたのに、『課長になればいろいろある。いきなりいい経験をしてるんじゃないか』って言われた」

「専務らしいな、部下に思いやりがある発言だ」

「思いやりがあったとしても、けっして、いい経験ではないだろ」

「小俣部長は？」

「作ったのは制作会社なんだから、下請けに謝罪に行かせればいいと言ってた」

小心者の小俣は、智広が報告しているうちに「あ〜、なんてことをしてくれたんだ。これを武居専務が知ったら」と頭を抱えた。さすがにもう専務に伝えましたとは言えず、智広は小俣の小言が終わるのを、通り雨が止むように静かに待った。

「下請けに謝りに行かせろとは、いかにも小俣が言いそうなこった」

「業者に責任を被せられないよ。言い出したのは太郎だし」

「それが正解だよ。業者はただでさえ予算を切り詰められて大変なんだ。今、業者にボイコットされたらえらいことだからな」

少し前の広告代理店はクライアントから受注した広告を制作会社にそのまま丸投げして、利ざやを稼いだ。今は予算からしてぎりぎりで、制作会社にも一時よりはるかに低い金額で作ってもらっている。

「和田さんに聞いたらどうだ。彼女、湘南通販のモニター広告を担当してただろ？」

この日一緒に課長に昇進した営業四課の和田果穂の名前を出した。そのことは水原朱里から言われて、相談した。

「和田さんからは、総長相手にそんなことをやらかしたの、と言われたよ」

「総長って、じゃあ暴走族を率いたことは事実だってことか」

「間違いないと言ってた。特攻服着て、こんなバイクに乗ってる写真を見せてもらったと話してたから」

チョッパーハンドルを握って、少しがに股になった和田は、「バーン、バリバリバリ」とマフラーが鳴る音まで再現した。

「和田さんはなにか対策言ってなかったか」

「向こうが弾切れになるまで、耐えるしかないって言われたよ。だけどそれを言うなら、嵐が通りすぎるまでだろ。弾切れになるまで撃たれたら、その時、俺は蜂の巣になってる」

「ハハ、その通りだ。阿南冴《さ》えてるな」

声に出して笑ったのを横目で睨んだ。

「悪い、俺もはしゃぎすぎた」

結局、同情されただけで終わった。


午後になっても悩みが快方へと向かう兆しはなかった。朝山が何度も湘南通販に電話をかけたが、「会長は明日戻ってくるんで、責任者の方が来てください」と言われただけで、会長がどれくらい怒っているかを尋ねても、教えてくれない。

「まったくふざけやがって。あの女」

受話器を置いた朝山が憤慨する。

「あの女って」

「受付嬢ですよ。湘南通販のビルに入って最初に会うのが彼女で、可愛《かわい》いだけでなく気が利くんで、いろいろ助けてもらいましたが、元ヤンです。自分のことをエリッポとか呼びますし」

「太郎、それを今、俺に伝えて何の意味があるんだ」

「すみません」

「課長、安村企画の社長から電話です」

水原に言われて、外線を回してもらう。

制作会社の安村社長は低姿勢で、〈うちの社員がとんでもないミスをしました。社員にはいつも言ってるんです。仕事は真剣にやらなきゃダメだと〉〈反省させるためにしばらく湘南さんの仕事から外すことにしました〉〈今回のことは全部うちの責任です〉と智広に相槌《あいづち》を打たせる間も与えずに喋《しゃべ》り続けた。

「社長、こういうのは誰の責任とかではありません。先方が許してくれるかどうかの問題ですから」

正確に言うなら悪いのは朝山であり、安村企画に非はないのだが、一緒に謝ってくれそうなので、そこは曖昧にしておく。

〈明日、阿南課長と朝山くんとで謝りに行かれるんですよね。ぜひ私も同行させてください〉

これこそ待ち望んでいた言葉だった。

ではお願いします、そう喉元まで出かかったところで、〈お邪魔じゃなければ！〉と大声で言われた。

邪魔なわけがないだろうが。このタヌキ社長は端《はな》から謝罪に行く気はないのだ。そう思ったら急に冷めてきて、「最初はうちだけでいきます」と伝えた。安村は智広がそう言うのを期待していたようで、〈そうですか。では私が出て行かなきゃならん時は言ってください。いつでも腹切る覚悟はできてますんで〉と声の調子まで明るくなった。

会社にいても気が重くなるばかりなので、定時に会社を出た。夕食はすき焼きで、子供たちが智広の帰りを待ち焦がれていた。キッチン台には「今半《いまはん》」の包み紙があった。

「生活様式を変えるのは朝だけじゃなかったっけ？」

「大丈夫よ、百グラム一〇〇〇円のにしといたから」卵をときながら寛子が言う。

「次はステーキがいいな」エプロンをかけて珍しく手伝いをしている美織が智広に聞こえるように呟く。諒太も背伸びして食卓に箸を並べていた。

家族が浮かれたままではまずいと、会社で起きたことを話すことにした。最初はあまり興味なく聞いていた寛子だが、次の人事で課長から降格させられる可能性が高いと伝えると、「マジで」と箸を閉じた。

「パパが課長になったの、友達に言っちゃったよ」

諒太までが愕然《がくぜん》としている。

「どうして友達に言うんだよ」

四十歳で課長なんて世の中では遅いくらいだろう。子供から聞いた同級生の家族は、阿南家はなんて平和なんだと笑っている。

「だってママが嬉しそうだったから」

「そりゃ石渡さんが……」

五十歳からの給与削減の話を蒸し返すつもりだ。まだ十年も先だというのに、夫の給料が二割も減るのは、家計を預かる主婦にとって憂慮《ゆうりよ》に堪《た》えないのだろう。

「諒太、会社の役職というのは学級委員を決めるみたいなものなんだよ。学級委員は二学期になったら替わるだろ。だからパパが替わってもなにも不思議はないんだよ」

自分でもなかなかいい喩《たと》えだと感心する。

「生徒会長は一年間は替わらないよ」

美織が割り込んできた。

「生徒会長はもっと上。パパにはすごく遠い存在だ」

素直に自分はそこまでの器ではないと認めた。

すき焼きは綺麗になくなり、リビングに移動した子供たちがテレビをつけると、スーツにアイロンをかけてほしいと寛子に頼んだ。自由な気風の中和エージェンシーにはドレスコードはなく、「勇気さえあればどんな服装でも自由」と言われてきたが、さすがに明日はそういうわけにはいかない。

寛子には湘南通販の社長が元暴走族の総長で、過去に問題を起こした代理店を脅して、それで中和エージェンシーに乗り替えたことも説明した。

「ヤクザ映画でしか聞かないセリフってなによ」

やはりその部分が一番気になったようだ。

「課で相談した結果、指詰めろか、コンクリート詰めにして東京湾に沈めたろうかの二択になった」

寛子は急に笑いだした。

「まさか映画じゃあるまいし」

「だから映画でしか出てこないセリフなんだろ。水原さんからは、今の時代だから、最近は東京湾の水も綺麗になって、珍しい魚も見えますよの可能性もあると言われたよ」

「それならあなたも『いいですねぇ、僕もダイビングが趣味です』と返せばいいのよ。免許持ってんだから」

「酸素ボンベの代わりにコンクリを背負わされるんだぞ」

「暴走族の総長なんでしょ。『僕、ベスパ持ってるんで、次のツーリングに参加させてください』って言えば？　ガレージのベスパ、まだ動くよね」

「それ乗ってこいと言われたらどうすんのよ。暴走族の集会に一人だけベスパなんて、それだけで悪目立ちする」

「あなた、人がいいからみんなにからかわれてんのよ。テレビ通販に出てくる経営者で、そんな悪い人、いるわけないじゃない」

寛子は真面目に取り合ってくれなかった。

住宅メーカーにはそういった取引相手はいなかったのだろうが、海のものとも山のものともつかぬ相手と仕事をするのが広告代理店だ。大国や興広堂が手を出さなかった段階で、なにか曰《いわ》く付きだったと考えた方がいい。

「なあ、俺って家でも平気で失言するかな」

今朝、社員から言われたことを寛子にも尋ねてみた。

「言う言う、『そんな歳』は私も何度も言われたわよ。ほかにもいっぱいあるわね。あなたは言葉選びが雑だから」

「なによ、雑って」

「『とりあえず』『ざっくり』『ぶっちゃけ』は三大得意文句よね。あと『ちゃちゃっと』も。私が仕事してた時、家族がお腹を空かして待ってるからと急いで残業を終わらせて帰ってきたのに、あなたはプラモデル作りながら『ちゃちゃっと作って』だもの。その瞬間、作る気なくなったわ」

「それは申し訳なかった」

「『にわか』も好きよね。私がランニング始めた次の日、雨だからやめたのに、『また、にわか?』って。あの時はマジで死んで欲しいと思った」

「ああ、もういい、これからはもっと慎重に言葉選びするから」

「このこと、武居専務には話してないよね?」

「話したよ、真っ先に」

「えっ、話したの？」目が点になる。

「そりゃ話すだろう。湘南通販がなくなったら営業全体の業績にも関わってくるんだから」

「専務はなんて言ったの？」

「最初は『いい経験をしてるじゃないか』だった。帰り際にも『なにかいい知恵が出たかね』と訊かれたんだけど、『ノープランです』と答えた」

「ノープランって、あなた、専務にそう答えたわけ？」

絶望するかのように、両手で顔を覆った。

「なにも浮かばないんだから仕方ないだろ」

「その返事もどうかしてるけど、あなたが専務に相談した目的は違うでしょ？　あなたは武居専務に一緒に謝りにいってほしいと思って相談したんじゃないの」

鋭いところを突かれた。専務が一緒なら、小笹会長も脅すようなことは言わないだろうという邪《よこしま》な思いはあった。

「きっと武居専務、がっかりしたんじゃないかな。阿南はこんなことも一人で解決できないのかって」

朝からいろいろあったが、妻からのダメ出しが一番きつかった。確かに武居は呆れたかもしれない。だけど一人で行ったところでなにができる。土下座で済むならいくらでもする。制作費の返金にも少しは応じるつもりだ。だが放映権料まで払えと言われたら、自分の裁量ではどうにもならない。そこで鞄《かばん》の中のスマホが鳴った。朝山からだった。

「どうした、太郎、湘南通販からなにか電話があったか？」

会長の帰国が早くなり、今から来いと言われたのか。その時は皺だらけのスーツでも出掛けるつもりだったが、急を要する雰囲気は感じられなかった。酔ってでもいるのか、朝山はやたらとテンションが高い。

〈課長、ヤクザ映画でしか聞いたことがないセリフを調べようと思って、今、社の会議室で、水原さんと横川さんと『アウトレイジ』を観てるんです〉

「おまえら、会社でなにをやってんだよ」

〈で、いくつか見つけたんですけど、これじゃないですかね。『ヤクザにも守んなきゃいけない道理があるんだよ』。ビートたけしが演じる大友《おおとも》が言うんですけど。でなければ『一度人を裏切った奴は何回でも裏切りよる』かも〉

〈違うよ、太郎さん、それは大友のセリフでなく、布施《ふせ》会長のセリフ〉横川の声がした。

さらに水原の澄ました声が聞こえる。

〈やっぱりこっちじゃない、『口ん中で花火あげてやるよ』〉

どういう状況にまで追い詰められれば、そのようなセリフを言われるのか。

智広は昼間からずっと胸が締めつけられるほど悩んでいるのに、部下たちは酒を飲んではしゃいでいる。

「ふざけてんじゃないよ。課長の俺の気も知らないで」

智広は初めて部下を叱責《しっせき》した。

5

「課長、昨日はすみませんでした」

あくる日、スーツ姿で出社すると、水原、朝山、横川の三人が課長席に寄ってきて、並んで頭を下げた。

昨夜は終業後、落ち込んだ朝山を慰めようと、水原と横川が「ビールでも飲もうか?」と誘ったらしい。その中で兼光広告が言われた言葉が気になり、ネット配信でシリーズのうち二作を観た。三人とも『アウトレイジ』は初めてで、迫力あるセリフが次々と出てくることに盛り上がってしまったとか。

「いいよ、俺もその言葉はずっと気になってたから。少しは参考になったかも」

課長になった途端に部下に雷を落としたとは思われたくないのでそう言っておく。「ヤクザにも守んなきゃいけない道理があるんだよ」も「一度人を裏切った奴は何回でも裏切りよる」も小笹に言われている自分が想像できた。映画館で観た『アウトレイジ』は怒鳴られたら必ず怒鳴り返し、キレた時は銃をぶっ放していた。だが丸腰で乗り込む智広は、ただ怒鳴られるしかない。

それで済めばの話だが。

今朝、湘南通販から電話があり、小笹会長は午前中に羽田《はねだ》空港に到着するので、正午に本社に来てほしいと伝えられた。〈会長は飛行機では眠れないので、機嫌が悪い〉という情報も付け加えられて。

「ほら」

水原に背中を叩かれ、朝山が身を硬くして一歩前に出る。

「課長、僕も一緒に謝罪に行かせてください。今回のことは僕の責任なので」

背負っていた重しの半分が取れたと思ったくらい嬉しかった。本音を言うなら、昨日からずっと誰かが言い出してくれないかと期待していた。だが智広は首を左右に振った。

「太郎の気持ちだけもらっとく。次からはミスをしないよう頼むわ」

連れていけば小笹の前で、彼のミスだとさらし者にするようなものだ。部下が目の前で怒鳴られるのは見るに忍びない。

「大丈夫ですか、課長」

着席している衣川から心配された。衣川は昨夜、湘南通販と知り合いだという他社の社員に、小笹会長について情報収集してくれたらしい。

「分かったのは最近、タガジョー通販というのを作ったそうです」

「なによ、タガジョーって」

「それが謎なんですよね。税金逃れのダミー会社じゃないかと言ってましたけど」

それもまた要らない情報だった。

「課長一人で行くよりみんなで行った方が、一人あたりの叱られる割合は少なくなるんじゃないですかね」

今度は水原が言う。

「俺もそれは考えたけど、逆にケガする人間は少ない方がいいという考えもあるからな」

もはや智広は腹を括《くく》った。いや、本音を言えばまだ行かずに済む方法がないか探っている。

結局、一人で会社を出て、十一時半にはJR藤沢駅に到着した。駅から徒歩十分、大通り沿いにある五階建てのビルが湘南通販の社屋だった。大通りは結構なスピードで車が絶え間なく行き来している。これだけ騒音がすればビルの中でなにが起きようが音漏れすることはないだろう。いかん、いかん、両手で頬を叩いた。これから行くのは暴力団の事務所でもアジトでもないのだ。テレビで通販番組を流している普通の企業なのだ。

一階の受付には女性が座っていた。きちんとマスクはしているが、茶髪で、ネイルが派手だった。これが噂のエリッポか。名乗ると「こちらへどうぞ」とエレベーターに案内される。中には智広がたまに洋服を買う「ロンハーマン」というセレクトショップに漂うアロマの香りが充満していた。

「あの部屋です」

廊下の真ん中あたりでエリッポが指差した。普通は一緒に行って、「お客さまが来ました」と伝えてくれるものだが、ここではそういうシステムにはなっていないらしい。

「あの〜」エリッポに呼び止められた。「マスクは取った方がいいと思います。会長、そういうの嫌いなんで」

「えっ、はい」

耳から外してポケットにしまう。海外の独裁者にありがちなウイルスを信じていないタイプなのか。

「普段はいいですけど、一応、きょうは謝罪なので」エリッポから常識的なことを言われた。

「大丈夫です。会長はワクチン打ってますし、最新の空気清浄機も入れてるんで」

「は、はい」

言われなければマスクをしたまま謝るところだった。

そこから先は一人で行くが、緊張のあまり自分の足で歩いている感触はなかった。ここに来るまでに智広なりに作戦は決めた。たぶん小笹は昨朝の放映権料や番組の制作費は中和エージェンシーが持てと言ってくる。制作費の値引きは致し方がないにしても、放映権料は断固として拒否する。代理店を替えると言われるかもしれないが、それもどうにかして許してもらう。土下座はするが、早くすると効き目がないので、命が危ないと感じるまではできる限り引っ張る……。

会長室と札がついた扉の前で深呼吸してから、腹に力を入れて「失礼します。中和エージェンシーの阿南です」と声を出した。間を置いて「どうぞ」と聞こえた。会社で挨拶した時とはまったく異なる、よく通る低音だった。

おそるおそるドアを開く。エレベーターと同じアロマの香りがする会長室は、窓は全面、ガラス張りだった。その部屋の真ん中に置かれたL字のソファーを左手で抱くように、焦げ茶のストライプのスーツをまとった小笹会長が足を組んで座っている。ノーネクタイで、シャツの第二ボタンまで外したチョイ悪スタイル、顔の彫りが深いので、一瞬外国人に見えた。『アウトレイジ』というより『ゴッドファーザー』のアル・パチーノ。それもファミリーのボスになったパートⅡの。

「このたびは大変なミスをしてしまいました。申し訳ございませんでした」

頭を上げると、小笹と目が合った。射抜くようなその視線がゆっくりと智広の背後へと動く。

「一人か？」

「はい」

「違うだろ。あんた一人じゃなくて、偉い人間も来てんだろ。小出しにする気かよ」

「いえ、私一人です」

見るからに頼りない男が一人でやってきたことが気に入らないようだ。そういえば昨日の朝山は、責任者が来るように言われたと話していた。

「営業三課課長の阿南と申します。私が今回の責任者です」

小笹は返事もせずにじっと智広の顔を眺めている。そうだった。前回は平社員だったのだ。

「以前、弊社にご足労いただいた時に一度ご挨拶させていただきました。その時は平でしたが、急に課長になりまして」

「急に？」

小笹の目が獲物を見つけた肉食獣のように反応した。これでは謝罪のために代役を立てたと受け取られかねない。

「いえ、今回の制作責任者は私ですので」

汗をかきながら必死に説明するが、小笹は聞く耳も持たずに内線で電話をし、他に誰か来ていないかを確認していた。やはり武居に来てもらうべきだった。武居が無理ならせめて小俣でも。

小笹が電話をしている間、智広は部屋を見回した。江《え》ノ島《しま》が見える眺めのいい部屋にはソファーと机と、それと立派な棚が置いてあり、棚の上には数多《あまた》の写真が飾ってあった。暴走族時代のものはなかったが、どれもたくさんの仲間と写っていた。ヤンキーは写真好きで、集まるたびに必ず写真を撮ると聞いたことがある。俺がひと声かければいくらでも人を集められる、写真にはそうしたメッセージが込められているようだった。

小笹が内線を終えると、「今回は私一人で参りましたが、ご理解いただけなければ……」と目も合わせることなく述べる。途中で小笹に遮《さえぎ》られた。

「どうせ他にもいんだろ？　こっちは一人なのに、あんたら代理店はいつも大勢で来て卑怯《ひきょう》じゃねえか。俺は人とつるむ人間が大嫌《だいきれ》えなんだよ」

つるむのが嫌いと言われ、智広の視線は小笹の背後の棚に置かれた写真にいく。

「おい、どこ見てんだよ」

時間が止まるほどの迫力で怒鳴られた。

「い、いいえ。本当に一人なんです」

勝手に背筋が伸びる。

「だとしてもあんたじゃないだろう。もっと責任のある立場の人間が来るもんじゃないのか」

小笹は目を細めて舌打ちし、完全に因縁モードに入っている。

「おたくの武居専務は一丸商事出身で、将来の社長候補だそうじゃないか。そういう権限のある人間が来ないと、まともなビジネスの話もできねえんじゃないのか」

やはり賠償請求しようという目論《もくろ》みのようだ。

「それともなにか、うちみたいな小さな会社相手に、専務の出る幕はないというのか」

「いえ、そういう意味では」

「ならどういう意味なんだよ」

「私の責任なので私がとりあえずお詫びに参った次第です」

「とりあえずだと」

「いえ、取り急ぎの間違いです」

「まぁ、いいわ。そういう偉いヤツに限って、部下の責任にするんだろうな。じゃあ、あんた、どう責任を取ってくれるんだよ」

「今回の制作費の一部は当社で負担させていただきます」

「一部?」

彫りの深い顔の目の奥底が黒光りした。

「いえ、一部とは、ざっくり言ってという意味です」

「ざっくりってなんだよ?」

「ざっくりなんてとんでもない」

「あんたがそう言ったんじゃねえか」

「制作費はぶっちゃけ全部、うちの負担で構いません」

全額払うまいと心に決めてきたというのに、恐怖に堪えきれず口から出てしまった。

「あんた、今ぶっちゃけと言ったな」

「言ってません」

「言ったよ、ぶっちゃけって」

「はい、言いました、でも意味が違います」

「どう違うんだよ」

「いえ、すみません」

言えば言うほど逃げ道を塞がれ、袋小路へと追い込まれていく。殺される前に土下座しようと床を確認した。大理石の床は眩しいほどよく磨かれていた。

「あんた本当に広告マンか？」

膝を突こうと体を屈めた時に小笹の声が耳に届いた。

「もちろんです。中和エージェンシーの正社員です。入社十七年目です」

「違うよ。俺が言ってるのは、広告マンなら、そこはぶっちゃけではなくて、『正直ベースで申しまして』とか言うんじゃないのか」

「いいえ、言いません」

片足を折りかけた姿勢で否定した。

「代理店の人間は、独特の言い回しをするじゃないか。単に今思いついただけのくせに『ジャストアイデアですけど』と言ったり、戦略担当だかなんだか知んねえけど、『自分、ストラテジーなので』とか。難しい言葉を使って立ち合いで勝とうとしてくんだろ」

そういったフレーズを社内で聞かないわけではなかった。横文字を好むのはキー局や大手クライアントの宣伝と仕事をしている課であって、智広は使わない。

「じゃあ『ニュアンスはアグリーです』は？」

「ニュースはアングリー？」

「怒ってどうすんだよ。アグリーだよ。『ニュアンス的にはオッケーです』だろ。あんた大学出てんだろ？」

「はい、一応は」

「高卒に説明させんなよ」

「すみません。勉強になります」

足を組んでソファーに座っていた小笹はいつのまにか立ち上がっていて、机のひきだしを開けた。これがヤクザ映画なら出てくるのは一つしかない。ここだ。この場面で「口ん中で花火あげてやるよ」が出てくるのだ。

「ほれ」

小笹が差し出したのは、一枚の写真だった。棚の上に飾られているものとは違って、その写真には二人しか写っていなかった。金髪に海パン姿の若かりし頃の小笹と、痩《や》せっぽちの少年が砂浜で肩を組んでいる。組み合わせ的にはワルと拉致された少年だが、小笹もその少年も弾けんばかりの笑みを浮かべている。背後に「かき氷」と海の家の幟《のぼり》が立っていた。

「俺が湘南通販を始めたばかりの頃、社員旅行で伊豆《いず》に行ったんだ。社員といっても俺とここに写ってる譲二《じようじ》の二人だけ。山本《やまもと》譲二と同じ字を書くんだけど」

「はぁ」

「その譲二がある時、大胆なことをしでかしたのが発覚したんだよ。うちは当時、東南アジア産の滋養強壮剤を扱ってたんだけど、その仕入れ先の一つが広域暴力団のフロント企業が使うルートで、譲二はその卸《おろ》し先相手に買い値を上げて、ヤクザから横取りしたんだな。俺も若い頃から結構無茶をやったけど、そこまで危ない橋は渡らなかった。だけどその頃の湘南通販は資金が底をついてて、譲二は会社のためにそうするしかないと、それで取引したんだ」

　恐ろしいワードが次々出てくるが、もはや恐怖を通り越してなにも感じない体になっていた。

「当然、そのフロント企業から呼び出しを食らったよ。譲二は自分が行きますと覚悟を決めてたけど、この写真を見ての通り、譲二はひ弱だろ。俺が出るしかないと一人で乗り込んだ。そして言ったよ。俺が一人でやりました。煮て食うなり焼いて食うなり、好きにしてくれって。そしたら相手の一番偉い人が、この小笹って男の、部下を守ろうとする勇気を買ってやろうじゃねえか、と全部チャラにしてくれたんだ」

　江ノ島の方角を眺めながら回想していた小笹の視線が急に智広に戻る。

「あんた、ヘンな人だな。俺もよく昔、『ぶっちゃけ』とか『ハンパなく』とか使って、そのたびに取引先から嫌な顔をされたよ」

さっきまで暴風域の中にいたのが、嵐の去った翌朝のように、会長室に漂っていた不穏《ふおん》な空気までが消えていた。

「まっ、そういうことなんで、今日はタイマンできて良かったわ」

「タイマンって」

「今回のことはチャラでいいですわ。すべてなかったことにしましょう」

「なかったこととは？」

からかわれているのかと思って尋ね直す。

「弁済も一切なしということでいいってことですよ。今後ともうちの会社をよろしくお願いします」

言葉遣いまで丁寧になり、小笹に頭を下げられた。

「いえ、こちらこそ」

慌てて小笹以上に頭を下げた。

「それから譲二が独立して会社を作ったんですよ。彼もこれからテレビ通販に力を入れていきたいようなんで、そっちも中和さんでよろしく頼みますよ、あとで譲二から電話入れさせますんで」

「もしかして譲二さんの会社って？」

「タガジョー通販です。譲二、多賀野《たがの》譲二といいますんで」

税金逃れでも、ダミー会社でもなかった。小笹が目を眇《すが》めて、大きく欠伸《あくび》をした。

「阿南さん。飛行機の中で眠れなかったので、今日はこの辺で解放してもらえますか」

「は、はい。お疲れのところありがとうございました」

お辞儀をしてそそくさと退散した。

廊下を歩きながら、ずっと狐につままれたような思いだった。途中まで殺気が漲《みなぎ》っていたのが、許してもらったばかりか、新しい取引先まで紹介してもらえたのだ。こんな奇跡が起きていいのだろうか。

アロマの香りが漂うエレベーターで一階に到着した時には、天国にでもいるかのように足の運びが軽くなっていた。自分にはピンチをチャンスに変える才能があるようだ。さっそく武居専務に報告しよう。その前に小俣部長、いや、心配している部下たちだ。

茶髪のエリッポに礼を言おうとしたが、彼女の方から「バイバイ」と手を振ってきたので、「バイバイ」と両手で返した。

ビルを出て鞄の中のスマホを確認する。朝山から《終わったらすぐ連絡ください!!》とLINEが入っていた。大通りの脇に入ってから電話をかける。

「太郎か、大変だ。今すぐ一〇億用意してくれ。でないと俺はこれからマグロ船に乗せられる」

おお、こんなセリフもあったか。サツにチンコロしたんはオドレらか！　映画好きの智広は『アウトレイジ』だけでなく、『仁義なき戦い』も観ているので、今ならいくらでも出てくる。

〈ひぇ〜、マジっすか、課長〉

朝山は完全に泡を食っていた。

「冗談だよ。無事終わった。小笹会長、素晴らしい人じゃないか。怪我《けが》の功名《こうみょう》じゃないけど新規の取引先も紹介してもらって、今帰るところだよ」

まさにピンチをチャンスに変える男の面目躍如《めんもくやくじょ》だ。ここまでうまくいったことは、人生を顧《かえり》みてもそうあるものではない。

「だいたい、なんだよ、おまえ、脅しやがって。ヤクザ映画でしか聞いたことのないセリフなんてなんも出てこなかったぞ」

文句を言うと、朝山は〈兼光広告が言われた言葉、判明しました。衣川さんが相談した人が調べてくれたそうです〉と興奮した口振りで話す。

「その話はいいよ、都市伝説だったんだろ？」

遮ろうとしたが、朝山の耳には届いていなかった。

〈言われたのは『おまえさん、今日こそは一人で来たんだろうな』だったそうです〉

口調を真似しているつもりなのか、小笹のセリフ部分は声を低くしてゆっくり喋る。

「今日こそは、ってどういうことよ」

〈兼光広告、最初は上役に部下、直接関係のない制作会社の社長や社員まで烏合《うごう》の衆状態で謝罪に行ったんです。だけど会長に「こっちが一人なのに、大勢で来るとは卑怯じゃねえか」と追い返され、二度目は担当者が一人で会長室に入りました。その時に言われたのがそのセリフです〉

「一人で行ったのなら、許してもらえたんじゃないの」

〈それがやっぱり不安だったのか、上司を一階で待たせたそうです。そしたらエリッポからの夕レコミが入って、会長ついにキレちゃって。それで「おまえ、どうして一人で来ねえんだよ。一人で来て、それでやられたら、俺がいくらでも骨を拾ってやんだよ」って激高したとか〉

「骨を拾うって、それがヤクザ映画でしか聞かないセリフじゃないのか？」

〈あっ、そっちか。そうですよね。さすが課長、ハハッ〉

「ハハって、太郎……」

その時には太郎から聞いた言葉が、耳の中で小笹の声に変換され、とても一緒に笑う気にはなれなかった。小笹は今日も広告代理店を卑怯だと吐き捨てていた。つるむ人間が大嫌いだとも言っていた。

〈だけど僕が一緒に行かせてくださいと言った時、課長が太郎の気持ちだけもらっておくと言ってくれて本当に良かったです。一緒だったら兼光広告と同じセリフを言われ、ブルブル震えたまま、契約を打ち切られていました〉

「いや、それは、まぁ……」

確かに部下が怒鳴られるのは見たくないと思ったが、それが武居や小俣なら間違いなく一緒に行っていた。

〈課長は本当に勇気あるお人です。僕はこれからも課長に一生ついていきます〉

朝山の後ろには水原や横川もいるようで二人からも褒め称える声が聞こえてくる。

だがいくら褒められようが、一生分の運を使い果たしたようで、智広はその場にへなへなと倒れ込みそうだった。

第二話

急がば回れ

1

「はい、十秒前……五秒前、四、三」

カウントが出た時にはセットされたスタジオの空気までもが一変し、こだわりのリビングルームへと変化した。

石渡泰之《やすゆき》は、ともにマウスシールドをつけた映像監督の隣に立ち、森戸篤彦《もりとあつひこ》の演技を注視する。ソファーで足を組んでＤＩＧＳ社製の大画面テレビに見入っていた森戸篤彦が、「よし、自分充電完了」と柔らかい笑みを顔いっぱいに広げてセリフを回した。

「ハイ、カットです」

泰之の横で監督がカチンコを鳴らした。

「お疲れさまでした」

ＡＤが走り寄り、森戸篤彦が握っていたテレビのリモコンを受け取る。

これで二本目のＣＭ撮影が終了した。一本目は、夜中にリビングで妻が大画面テレビで好きな映画を観ながら熟睡しているところへ、帰宅した森戸が「いつもお疲れさま」と毛布をかけるという内容だった。

パソコンのディスプレイからスタートしたＤＩＧＳが、世界最高水準の高画質でデザイン性の高い液晶テレビを発売することになった。そのＣＭを請け負ったのが中和エージェンシーの営業一課で、課長の泰之はＣＭキャラクターに人気俳優の森戸篤彦を起用したのだった。

さすが数々のドラマや映画で主役をこなしてきた役者とあって、森戸はたった三十秒のＣＭで、クライアントが望んだペルソナを見事に演じきった。

ペルソナとは人格という意味で、このＣＭで言うなら、一台三〇万円もするテレビを購入するターゲットのディテールのことだ。今回は妻子がいて、年収七〇〇万から一〇〇〇万円の、生活に余裕がある三、四十代男性。仕事も家族サービスも怠らないが、自分の趣味の時間をしっかり持っていて、その趣味も高級車やアクセサリー、ハイブランドファッションではない……。

若い父親らしい落ち着いた部屋着は、スタイリストが用意した。だが泰之がそこまで詳しく説明したわけでもないのに、森戸は普段嵌《は》めているオーデマ・ピゲではなく、二十代の頃に愛用していたセイコーのアンティークウォッチをつけてきた。こうした気配りも彼がプロフェッショナルとして、広告業界で高く評価されている理由だ。

監督が森戸を労《ねぎら》った後、泰之も「森戸さん、ありがとうございました」と礼を述べた。

森戸の表情が演者から素のそれに戻った。泰之より一つ下の三十九歳。泰之も若く見られる方だが、森戸は昔と変わらず爽やかで、目尻の皺に人柄が表れる。

「こちらこそありがとうございます。石さん」

森戸は眩しいほどの笑顔で、「やっぱ石さんの仕事を受けて良かったですよ。絵コンテを見る前から、石さんならこう来るだろうなと思った通りだったから」と十年ぶりの仕事を褒めてくれた。

「俺が作ったわけではないんだけどね」

「そうかな。石さんらしいアイデアだったけど」

「でも森戸さんにそう言ってもらえると、この十年間、手を抜かずに仕事を頑張ってきた甲斐《かい》もあるって、少しは誇りが持てるかな」

　言ってから照れ臭くなり、泰之は鼻の頭を人差し指で擦った。ラフコンテから絵コンテまで、下請けの制作会社と揉みに揉んで作ったので中身には自信はあった。大国や興広堂という二大代理店が関わるＣＭに引っ張りだこの森戸篤彦が、中和エージェンシーのＣＭに出演してくれたのだ。自分から頼んでおきながら、所属事務所から「受けさせていただきます」と返事が来た時は耳を疑った。現場に帯同するマネージャーはいつも仏頂面だから、事務所は出演に反対だったに違いない。

　ふと森戸の背後に目をやると、ＡＤたちがぽかんと口を開けていた。森戸が「石さん」と呼び、泰之も馴れ馴れしく喋《しゃべ》っているのが意外なのだろう。タレントにはできるだけ敬語で話すように心がけているが、売れる前からの付き合いである森戸の前だと、大きな案件は全部大手に奪われ、意地になって仕事をしていた二十代の頃を思い出し、泰之はつい平語《へいご》が出てしまう。

「それより森戸さん、七月クールの第一弾の完パケができたんです。試写しません？」

「もうできたんですか。それは楽しみだ」

二人並んで別室に移動すると、上司の小俣第一営業部長が、揉み手をしながら立っていた。背後に吉沢《よしざわ》取締役と倉持《くらもち》総務部長もいる。営業を統括する武居専務は所用で来られないと聞いていたが、営業とは無関係の上役が二人も来ているとは思いもしなかった。

三人がカルガモの親子のように連なって名刺を渡し、森戸主演の最新映画について、胡麻をするだけの薄っぺらい感想を述べた。上司とは離れた泰之はブルーレイディスクプレーヤーに完パケを挿入し、「森戸さん、準備できましたよ」と声を割り込ませた。

「第一弾が出来上がったんですね。素晴らしい出来だったそうじゃないですか。試写が楽しみです」

小俣が腰を折りながら森戸の後に続くが、泰之は森戸と小俣の間に入り、「すみません。部長たちは後ろでお願いできますか」と彼らを足止めにした。

「えっ」

小俣ら三人は行く手を遮《さえぎ》られ、目を白黒させたが、泰之は気にせず、部屋の隅に立っていたAD、照明、音声たちを手招きして呼んだ。

「撮影に関わったスタッフのみなさん、前に出てきてください。一緒に見ましょう」

そう言ったが、彼らは固まっている。

「迫田《さこた》さん、そんなところで遠慮してないでよ。迫田さんが作ったんでしょう」

クリエイターの手を引っ張り、取締役が座ろうとしていた森戸と監督の隣に座らせてから小俣を見る。

「せっかく森戸さんがうちの仕事を受けてくれたんです。一緒に汗を流した仲間と感動を共有したいじゃないですか」

そう言うと、小俣だけでなく、後ろに立つ取締役と総務部長も眉をひそめた。

「ちょっと石渡くん」

小俣からは再考を促されたが、その時には森戸が、背後を向いて大声で叫んだ。

「お～い、みんなも遠慮してないでもっと前に出て来いよ」

森戸に言われたことで、方々から下請けや孫請け、アルバイトも前にやってきて、上司たちはスクランブル交差点の真ん中で立ち往生しているようだった。

大手代理店なら、上役にこんな態度はとらないだろう。だが中和エージェンシーでは関係ない。三十七歳で会社史上最年少の課長になってもうすぐ三年、泰之は誰にも文句を言わせないだけの実績を上げてきた。その泰之も来月六月には四十になる。四十過ぎたら出世が仕事。これからはいっそう本気になって、上を目指していくつもりだ。

朝から晴れたり曇ったりと狐日和《きつねびより》だった天気が午後三時、森戸を見送った時にはすっかり五月《さつき》晴れに変わった。森戸のブルーのジャケットが空の色とよく馴染んでいる。これほどの大物の撮影は、見送りまで付き合うのが常識だが、小俣ら三人は試写が終わると「会議があるので」と言い訳してそそくさと引き上げた。

「お疲れさまでした。また次回、みなさんで集まってお仕事をしましょう」

監督やスタッフに声をかけて回った泰之が最後にそう言うと、アルバイトを含めた全員から拍手で送られ、スタジオを後にした。

お台場《だいば》のスタジオから浜松町《はままつちょう》にある中和エージェンシー本社に戻り、専務室に行く。一丸商事から移籍してきた武居は、着任以来泰之の上司で、泰之は二十代の頃からその背中を追いかけてきた。「四十過ぎたら出世が仕事だぞ」も武居から受けたアドバイスだ。詳しく説明を受けたわけではないが、出世とは偉くなるというだけでなく、部下や下請け業者のことを考え、彼らがこの人ならついていきたいと思える上司になれという意味だと受け止めている。

「森戸さんも出来に満足してましたし、他社制作のCMとは違った、けれんのない素の森戸さんが出せたと思います。お客さまの宣伝部長も大喜びで、予算を追加してくれそうな雰囲気でしたので、今後は他の時間枠も買い取れるよう、営一総出で動きます」

五十八歳の武居はいつも通り、端整な顔に柔和《にゅうわ》な笑みを広げていく。

「石渡なら滞りなくやり遂げることは分かっていたよ。勝算が見えてきたな」

この笑顔で褒められたくて、泰之は働いているようなものだ。武居のためなら休日返上だって厭《いと》わない。

「はい。でも今回は森戸さんが受けてくれた段階で勝利は決まったようなものでした」

他の上司のように、数字が下がって声を荒らげることはないが、武居は誰よりも緊張感を漂わせる。それは十二年前に移籍してしばらく現場で陣頭指揮を執り、「みんないつも負けっぱなしで悔しくないのか。一回くらい大国や興広堂の鼻を明かしてやろうじゃないか」と社員の尻を叩いて、沁《し》みついていた負け犬根性を一掃したからだ。結果、中和エージェンシーは売上高を伸ばし、人材も育ってきた。

さりとて一つ目的を果たしたくらいで安泰だと油断していたら、すぐさま反撃に遭うのが広告業界の怖いところだ。森戸篤彦をしばらくＤＩＧＳ以外の大画面テレビのＣＭに起用できなくなった大手二社は、中和エージェンシーに一撃をかましてやろうと手ぐすねを引いていることだろう。ＤＩＧＳの売り上げが伸びるのを待って、スポンサーを引き抜き、次の期は森戸ごと持っていこうと、裏では中和エージェンシーではけっしてできない特別接待が始まっているかもしれない。

新婚旅行で行ったバルセロナの海辺で妻と食べ歩きしようとしたら、カモメが急降下してきて買ったばかりのパンを略奪された。そういうことを悪びれずにやるのが大手代理店だ。彼らは業界のギャングなのだ。

「天下のモリアツを引っ張り出したのは見事だよ。だけど石渡、もう少し周りのことも考えてやらなきゃ」

武居が眉をひそめた。

「もしかして大国や興広堂に仁義を切っとけってことですか」

これまで大手と張り合ってきた武居でも、今回は彼らの反発を気にしなくてはならない大きな案件だ。

「違うよ。俺が言ってるのは小俣部長のことだよ。顔を潰されたと泣いてたぞ。吉沢取締役と倉持総務部長もいたんだろ」

社に戻れば小俣から嫌味を言われることは覚悟していたが、まさか武居に告げ口するとは。本当に卑怯な男だ。

「小俣部長は、吉沢取締役の娘さんが森戸さんのファンだというだけで現場に連れてきたんですよ。ミーハーの倉持総務部長も同じ理由です。あの人、総務なのにしょっちゅう現場に来て、ツーショット写真をねだるんです。森戸さん、そういうの好きじゃないんで」

「石渡だってこれまで小俣部長に助けてもらったことがあるだろ」

「ありませんよ」

即答した。助けることはあっても逆はない。小俣は慎重で、斬新なアイデアを出しても、「急に新しいことをして失敗したらどうするんだ」といつも芋を引く。泰之に限らず、営業全体でも人望がない。

小俣が部長になれたのは、彼が新卒で入社した二十五年以上前の中和エージェンシーは社員十数人で、社長自らがプレゼンに参加していたほどの小さな代理店だったからだ。今は二百人まで増えた。半分は中途入社だし、三十代以下が圧倒的に多く、女性も活躍している。活力のある会社に成長しているのに、部を統括するトップの考えが古臭くて、上にこびへつらっているようでは勢いも消えてしまう。

「まぁ、私も現場に上役が大名行列で行くのは感心しないけどな」

「はい、とくに下請け業者が白けます」

「だけど小俣部長は会議でもきみのことを評価してた……」

そう言ったところで専務室の内線電話が鳴り、武居は受話器を取った。話しぶりから相手は取引先らしい。長引きそうだったので、泰之は視線を合わせて、失礼しますと目礼した。武居が手を上げたので退室する。

武居からは注意を受けたが、最後には武居も小俣たちの行動を感心しないと言ったのだから、気にすることはないだろう。

右顧左眄《うこさべん》の小俣は社内での評価も低く、部長としてはそろそろ賞味期限切れだと言われている。次の第一営業部長は、ワンポイントを挿《はさ》み、泰之になるのが既定路線と噂されるが、泰之は一気に自分の昇進もあると期待している。森戸篤彦の起用は、武居にとっても四十歳の若い部長を抜擢《ばってき》する格好の口実になったのではないか。

廊下に出ると急に足取りが軽くなり、この日撮影した、帰宅した森戸が足を弾ませながらリビングに向かうCMの一シーンと重なった。考えてみれば今回のペルソナである家庭と仕事を両立させる妻子持ちの四十代サラリーマンは、自分がドンピシャではないか。

首を回して廊下に誰もいないのを確認してから、森戸がやっていたように口笛を吹いた。

「よし、自分充電完了」

耳に反響したその声は、泰之がイメージしていた以上に、様《さま》になっていた。

2

あくる日は別のCM撮影で制作会社と会議をし、夕方に社に戻った。午後七時を過ぎていたが、泰之以下九人いる営一の社員たちは、日帰り出張に出ている一人を除き、全員が仕事を続けている。

営一でのこの時間帯はまだまだ宵の口で、週の半分は深夜になる。営一の残業時間は突出していて、総務から注意を受けることもままある。それでも他部署より煩《うるさ》く言われないのは、会社も営一が稼ぎ頭であり、社の中核を担っていることを理解しているからだ。

部下たちが不満も言わずに遅くまで仕事をするのは、中和エージェンシーの基本給が業界では低く、残業を日一杯つけないと満足いく給与にならないという理由もある。だが残業代の上限が他社より緩いからといって、社員が喜んで働くとは泰之は思っていない。仕事を充実させ、自分たちが成長しているという実感が持てるように気を配る。仕事の割り振りもそうだし、出張や交際費でしょっぱい文句をつけたこともない。

自席に着いてパソコンを開いていると、奥の席で若手の松村《まつむら》が二つ折りの財布を眺めながらソワソワしていた。

「松ちゃん、どうしたよ」

「課長、実は」

二十代後半の彼は、財布を開いたまま課長席にやってきた。

「実は昨日、ヘアーパワーの御曹司《おんぞうし》と出かけたんですけど、どうしてもこの店に行きたいって言われまして」

こっそり領収書を出した。五万九〇〇〇円。結構な金額だが、泰之の目に入ったのは《お色気マーメイド》という店名の方だ。

「課長、これ、いかがわしい店ではないです。普通のキャバクラです」

「普通のキャバクラが、店名に《お色気》とはつけないだろ」

「コスチュームが選べるんです。水着とか」

「セクシーキャバクラかよ。どこが普通なんだよ」

「すみません」松村は頭《こうべ》を垂れた。松村は以前も似たような名前の店を利用した。泰之は伝票を通したが、小俣部長から「こんな下品な領収書、経理に出せるか」と突き返され、その時は自腹を切った。懲りずにまた行くとは、この愚か者が。

「僕が行きたかったわけではないんです。御曹司に強引に……」

鼻の下に汗を浮かべて必死に言い訳してくる。ヘアーパワーはテレビで躊躇《ちゅうちょ》なくＣＭを打つロイヤルカスタマーで、専務の御曹司は同社の宣伝予算を握っている。去年は人気女優と結婚して話題になったというのに、夜遊びから抜け出せないとは困ったものだが、女房に財布を握られても遊びたいという心理は、接待する側にとってはありがたい。

「俺は別に、御曹司の希望だろうが、松ちゃんが行きたい店だろうが一向に構わないよ、それよりヘアーパワーの広告、次も順調だよな。接待はしたけど、次のカツラはよそに被られましたってことはないよな」

「そんなことあるはずがありません。何度も言質《げんち》を取っています。新製品を被るのも我が社です」

　松村は抜かりがないからその点は心配無用だろう。

「よし、だったら俺がなんとかしてやる」

「本当ですか」松村の顔が弾けた。

「当然、一軒目も松ちゃんが切ったよな。そっちの領収書を寄越せ」

　泰之は領収書を奪い取った。ステーキハウスのものだった。

「課長、一軒目は問題ないですよ。高かったですけど、その店なら僕が切ります」

　松村は奪い返そうと手を伸ばした。

「違うよ。こっちは俺がなんとかするから、松ちゃんはそのセクキャバの領収書を持って、小俣部長に言うんだよ。ヘアーパワーの御曹司から食事をご馳走《ちそう》になった。二軒目も向こうが出そうとしたけど、店名を見て、こんな店でカードを使わせたら、女優の奥さんに激怒されると、僕が気を利かせましたって」

「なにもそこまでしなくても……」

「ここで部長の許可を取っておけば、また行けるじゃないか。御曹司、その店にオキニがいるんだろ？」

「なるほど。一度既成事実を作ってしまえという考えですね。さすが課長」

松村の声の張りまでが変わった。そのタイミングで電子タバコを片手に小俣が喫煙所から戻ってきた。帰り支度を始める。

「部長、ちょっとご相談が」

駆け寄った松村が領収書を開いて説明している。部長も面倒くさいのか「一軒だけならいいけど、ほどほどにな」と答えた。松村が溢れんばかりの笑顔になった。あの様子だと、松村にも気に入っている女性がいるのだろう。

「はい、はい、時間切れ。あとはあたしがやるから貸して」

松村が座っていたのとは反対側の席で、根岸《ねぎし》という社員が、四月に入った新卒男子から企画書を取り上げていた。

「もうビジネス文書に全然なってないじゃん。敬語もメチャクチャだし」

「すみません」新人は完全に萎縮《いしゅく》している。

「根岸さん、自分でやるのはいいけど、あとで彼にフィードバックしてやってな」

そう伝えると苛立《いらだ》っている根岸がきつい顔を向けた。泰之は無理矢理笑みを作って返す。

「つい二カ月前まで学生で好き勝手してきたんだ。敬語だってきっちり教えられたわけではないし、社会人としてのほとんどの常識を根岸さんから初めて教わるわけだから」

「私、課長みたいに器用じゃないんですよね。説明下手だし、イラチだし」

「なに言ってるんだよ。根岸さんに教わったことを今も感謝してる若手、俺、結構知ってるぞ」

「おだてててもなにも出ませんよ」

そう言いながらも少し機嫌が戻った。営一は九名中三名が女性だ。女性をうまく起用して、女性の管理職を育てるのも泰之の役目だと認識している。

「課長、戻りました」

一期後輩の小金沢《こがねざわ》という社員が群馬出張から戻ってきた。出張先は群馬と長野の県境にある宮《みや》丘《おか》食品だ。去年、激辛のカップ麺を開発、北関東ローカルで話題になっていると情報を聞きつけた泰之が、「今なら一番乗りで受注できるぞ」と小金沢を派遣したのだった。ここまでは来年の春クールからテレビCMをスタートする運びで進んでいたが、小金沢の顔色は悪く、言い出しにくそうにしている。

「どうした、そんな顔して。問題発生か」

「それが……」

片手で頬を擦りながら小金沢は話し始めた。

「撤回って、今頃になって、やめると言い出したのか」

「契約直前になって急に会長がしゃしゃり出てきたんです。うちはM1中心だからテレビで宣伝しても誰も観ないだろうって。もう業者も選定して、タレントまで考えてたのに」

Mは男性でFは女性。その中でもカテゴリーは分類されていてM1、F1は二十歳から三十四歳の世代層、M2、F2は三十五歳から四十九歳の世代層、五十歳以上はM3、F3になる。ニューカマーのカップ麺を食べる層はテレビよりネットだが、テレビCMを流す効果はなにも商品の宣伝だけではない。今や商社やゼネコンが会社のイメージ広告を流す時代なのだ。業務用食品専門だった宮丘食品の知名度は広がり、リクルートにも直結する。

「僕もなんとか食らいついてるんですけど、会長から今週の土曜日、ゴルフ行こうと誘われたんです。軽井沢《かるいざわ》の名門コースだから、誰か一人連れてきなさいって。高級ゴルフ場で会長直々に逆接待して、ここまでの話をなかったことにしようという魂胆ですわ。そうなったらどうしようもないんで、四課の和田課長に一緒に行ってもらおうか悩んでいるところです。テレビがダメでも、なんとかうちの社で繋ぎ止めておきたいので」

「それだったら四課より、ネット広告の五課か六課だろ」

四課は交通広告や看板などを請け負っている。

「それが和田さんに嗅ぎつけられ、そっちが無理ならうちが行くけどって電話があったんです。四課も前から狙ってたみたいで」

同じ歳の和田果穂はやり手で、中途入社七年で課長に昇進した。次々と新規開拓し、こちらが狙う顧客を横からかっさらっていくので油断も隙もあったものではない。「あの女狐《めぎつね》め」泰之は毒づいた。四課は全員が出払っているので、今なら言いたい放題だ。

「小金沢、他の課に回すのはいつでもできる。それよりまずうちでなんとかしようよ」

「そうですけど、なにかいい手ありますかね」

「会長にお呼ばれのゴルフ、俺が出るわ。そこで久々にあの手を使ってみる」

「あの手って、まさかあの手ですか」

小金沢もすぐに意味は分かったようだ。だからといって妙案という顔はしていない。

「そんな不安そうな顔をするな。俺たちはチャレンジしていくしかないんだから」

そこで女性社員から呼ばれた。

「課長、東《とう》クリの千葉《ちば》社長から電話です」

頭に指で角を作っている。激怒しているという意味なのだろう。

「ほら、飛んで火に入るナンチャラだ」

声を忍ばせて、保留ボタンを押す。

「お電話代わりました、石渡です」

電話に出るなり千葉は、〈迫田企画さん制作のCM、なかなかの出来映えだそうですね〉と言ってきた。やはりそのことだ。いつかはかかってくると思っていた。

「それより千葉社長、五月も半ばなのに気温差が激しいですね。今日は暖かかったですけど、明日は十五度で花冷えの頃に逆戻りするそうですよ。社長、体調は大丈夫ですか」

天気の話でお茶を濁す。

〈石渡さん、惚《とぼ》けないでください。私はモリアツを使ったCMのことを言ってるんです。中和さんからはうちが一番信頼されてると思ってたんですよ。とくに石渡さんには〉

耳障りなほど声が粘着している。

東京クリエイターズを使わなかったのは、大国のＣＭプランナーから独立した千葉が、自分の作るものには一家言持っていて、直しを頼んでもすんなりとは首を縦に振らないからだ。誰よりも森戸を知るだけに、今回は自分の指示通りに作ってくれる迫田企画に頼んだ。

〈うちはこれまでだって中和さんの厳しい要求に応えてきましたよ。それをここって時に、まさか迫田さんのところに回すなんて〉

「社長がうちのために尽力してくれているのは理解してます。今回は事務所マターの仕事だったので」

自分が取ったのではなく森戸の所属事務所から出た案件だという体《てい》にしておき、「社長だって芸能事務所の言いなりでやるのは嫌でしょ」と振る。

〈そんなことないですよ〉

いつもプライドを見せるのに、この日はそうではなかった。〈モリアツのＣＭを作れば、それだけで会社のパンフレットの沿革に書けるし〉

「予算はしょっぱかったですよ」

〈石渡さんがそんな仕事しないでしょう。モリアツで儲けなくてどこで儲けるんですか〉

付き合いが長いだけに、泰之のことを知悉《ちしつ》している。千葉の鼻息が聞こえた。攻撃しているつもりだろうが、こうした展開になるのは計算通りだった。

「社長にお世話になってるのは充分承知し、感謝してます。これまでも無理難題聞いてもらってますし、次回必ず埋め合わせをしますから」

もう一発だけ逃げておく。

〈前もそんなこと言ってましたよね。空手形は要りません〉

逃がさぬように追いかけてくる。この場で言質を取ろうという魂胆なのだ。そろそろいいだろうと、「それじゃあれをお願いしようかな」と、もったいをつけて切り出した。

「実は今、大きな案件を抱えてるんです。宮丘食品って知ってますか？　業務用食品の会社なんですが、去年、激辛のカップラーメンを売り出したところ、ネットで沸騰しました。その会社がいよいよテレビＣＭに乗り出すことになったんです」

〈なんか聞いたことあるな。まさかその仕事、中和さんが押さえてるんですか？〉

「じゃなきゃ話さないですよ、もううちが完全包囲網を敷いて、予算まで握ってます」

小金沢は別の制作会社に話を持っていっているが、背に腹は代えられない。目下のタスクに求められるのは、なによりも信頼関係なのだ。その信頼には腕はもちろん、口の堅さも含まれる。

〈じゃあ、さっそく打ち合わせに同席させてくださいよ〉

さきほどまでの不満のこもった声からは激変している。

「それが先方、急に慎重になったんです。うちの会社が今、テレビ広告を打つ意味があるのかとか言い出して」

〈なんだ、それなら白紙同然じゃないですか〉

千葉の声が沈む。

「だからこそ、うちと東京クリエイターズが強力タッグを組み、先方にテレビ広告を打つ意義を提唱したいんです。どうです、ここで千葉社長の類《たぐ》い希《まれ》なセンスをお借りできませんか」

〈石渡さん、それってまさか……〉

今度は声に動揺が含まれたが、泰之は気にすることなく先を続けた。

「大丈夫ですって。これまでもきちんと約束を果たしてきたじゃないですか。うちが責任をもって、必ず倍額で回収しますから。これこそ信頼できる会社としか組めないマターであって、腕のいいクリエイター抜きではできないプロジェクトですから」

千葉は思案しているのか、通話が切れたかのように、しばらく声が途絶えた。

3

まだ九時前で電車が動いている時間だったが、泰之はタクシーで帰宅した。三十二歳で郊外に一戸建てを購入したが、去年、会社と同じ港《みなと》区内のマンションに買い換えた。湾岸地帯にある築十五年の中古だが、三十三階建てのタワーマンションの二十八階なのでリセールバリューは高い。引っ越し当日、家族三人で宝石がちりばめられたような夜景をバルコニーから眺めた時は、人生の成功者たちのメンバーズクラブへの入会が許されたような優雅な気持ちになれた。

ローンの返済額は増えたが、出産後は専業主婦をしていた望実《のぞみ》が、フラワーショップで働き始めたので、負担はそれほどきつくはない。

深夜時間帯の前だったので、タクシー代は一〇〇〇円以内で済んだ。やはり都会生活は楽だ。領収書をもらう。経理につける理由なんてどうにでもなる。鍵を差し込み「ただいま」とドアを開けると、五歳の息子潤《じゅん》が「パパ」と駆け足で迎えてくれた。

「おお、潤、まだ起きてたか。パパはきみに会いたくて早く帰ってきたんだぞ」

走り込んできた息子を屈んで抱きしめる。

「だってミニカーで遊ぶって約束したじゃん」

「おお、そうだった」

「あら、約束通りに帰ってくるなんて珍しい」

ドライヤーの途中で、髪の半分をピン留めにしたパジャマ姿の望実が出てきて毒を吐いた。

「なんだよ。俺だって子供との約束はちゃんと覚えているさ。普段だって好きで飲み歩いているわけじゃないんだから」

ミニカーで遊ぼうと伝えておいてくれと言ったのは失念していたが、そう言っておく。

「そんなの分かってるわよ。お帰りなさい」

望実はぶっきらぼうにそう言ったが、顔にうっすら笑みが広がったのを泰之は見逃さなかった。夫が早く帰ると、部屋の照明をＬＥＤに付け替えた時のように家庭は明るくなる。

昨日のＣＭ撮影後、「これ望実さんと潤くんに」と森戸篤彦から自由《じゆう》が丘《おか》の有名なケーキ店の焼き菓子と、森戸が昔乗っていたアストンマーチンのミニカーをもらった。望実を通して受け取った潤は「パパとレースして遊ぶ」と大喜びしていたとＬＩＮＥで聞いたので、「パパも遊びたいと伝えておいてくれ」と言ったのだった。

部屋着に着替え、泰之は部屋からプジョー２０５ＧＴＩのミニカーを持ってきた。二十代から大事に乗っていた旧車で、潤が生まれてからも病院や保育園への迎えとフル稼働だった。当時はまだうまく喋れなかった潤が「プショ」と舌足らずに呼ぶほど大好きな車だったが、一戸建てからマンションに買い替えた時に売却した。さすがに港区で駐車場を借りる余裕はない。

ミニカーを持ってリビングに来た時ははしゃいでいた潤だが、少しも遊ばないうちに機嫌を損ねた。

「僕、もう、寝る」

普段はなかなか寝ようとせず、望実に引っ張られていくのに、自分から寝室に入っていく。

「なんだよ、せっかく早く帰ってきたのに」

食卓の上でミニカーを転がしながら口を窄《すぼ》めた。プジョーのタイヤが雪道で立ち往生した時のように空回りする。

「泰之さんが土曜日の保護者参観を忘れるからでしょう。あれだけなにも予定を入れないでねと頼んだのに」

食卓の向かい側の席で、美容クリームを塗った目尻をマッサージしながら望実が大きなため息をついた。遊び始めた時に望実に「土曜大丈夫でしょうね」と訊かれ、「悪い、ゴルフが入った」

となにげなく答えた。刹那《せつな》、部屋が水を打ったように静まり返ったのだった。

「忘れたわけじゃなくて、クライアントとのゴルフが入ったからしょうがないだろ」

宮丘食品の会長とのゴルフが土曜日だったのだ。躊躇する東京クリエイターズの千葉をなんとか口説き落とし、新規受注への提案をする大事な交渉の場だ。向こうは進行しているCMをご破算にするためのゴルフなのだから、子供の保護者参観を理由に延期を頼めば、これで余計な金を使わずに済んだと喜ぶだけである。

泰之が用意している提案とは、「握り」と呼ばれる業界では古くからある裏ワザだ。渋る相手に無料でCMを作り、そのCMによる効果が目標値を上回ったら、二本目の際に前回分も含めて支払ってもらう。

この裏ワザは、まだ二十代の頃に先輩から聞いたもので、その時は、目から鱗《うろこ》だった。とはいえ誰でもできるものではない。制作費のすべてを下請け業者に負担させるわけではなく、タレントの出演費などは代理店の持ち出しになるため、決算月までに次の契約が取れなければ赤字になる。無料で作ってくれる制作会社の協力を得るのも大変で、彼らだって回収できなかった時のことを心配して、簡単には引き受けてくれない。

それでも泰之は、成長が見込める企業には「握り」を持ちかけ、自分を信頼してくれている制作会社の協力を得て実行してきた。次の広告が取れず、真っ青になって金のやりくりに追われたこともあったが、総じてインパクトのあるCMを作ってクライアントにCM効果を実感させ、契約に結びつけた。

「仕事と言えばなんでも許されると思ったら、大間違いだからね。月に二回はゴルフと言って出掛けるし」

望実の怒りはまだ収まっていなかった。

「ゴルフなんて月に一回くらいだろ」

先月、今月と二回ずつやっているが、厳寒期はラウンドしないので年間にしたらその程度だ。

「結婚する時は家事も子育ても協力してやるって言ったのに。家事は二度手間になるからいいけど、子供のことくらいはちゃんとしてよ」

「入園式には行ったじゃない」

「その一回きりでしょ。去年も参観日は来なかったし、うちみたいな共稼ぎだとパパが迎えに行く家庭だってあるんだよ」

「五月は母の日があるから母親参観だろ。それで六月を父親参観にすればいいんだよ。俺が子供の時はそうだった」

「今はシングルマザー、シングルファーザーだっているからそういう分け方はしないの。広告代理店にいながら、世間のことはなにも分かってないんだから」

要らんことを口走ったせいで火に油を注いだ。気の強い望実は早いうちに鎮火しておかないと、しばらく口も利いてくれなくなる。

「それより軽井沢だから、帰りにアウトレット寄って、財布かなにか買ってくるよ。どのブランドがいい？」

ご機嫌取りの言葉を探すが、「要らないわよ、ブランド品なんて」とけんもほろろだった。次の手を探るが、そこで声が和らいだ。

「ねえ、大丈夫、最近の泰之さん、寝ててもうなされてるよ」美容クリームを塗り終えた望実に訊かれる。

「平気だよ。うちみたいな代理店は寝てる間もプランニングを考えてないと他に取られちゃうから、夢の中まで出てくるんだよ」

「阿南さんみたいに楽しく仕事をしてる人だっているじゃない。阿南さん、趣味に旅行にと腹が立つほど私生活を充実させてるって、寛子さんが話してたわよ」

「あいつは特別だよ。出世なんて考えてないし」

三人しかいなかった同期は、営三の阿南、元営業で今は秘書室にいる吉本検司《よしもとけんじ》で、三人とも会社に残っている。吉本は独身だが、阿南とは家族ぐるみの付き合いで、一緒にバーベキューをしたりする。先々月には、望実の年に一度のフラワーイベントの日に泰之にも急な出張が入ったため、前の晩から阿南に潤を預かってもらった。阿南が購入した埼玉の庭付き一軒家を潤はいたく気に入ったようで、「僕も前のおうちが良かった」と駄々をこねた。そう言うのも仕方がない。

「阿南さんだって課長になったじゃない」

息子よ、きみにもそのうち不動産価値というものが分かる時がくる。

「あいつは運が味方しただけだよ」

前任の課長が三期連続未達に終わったことで札幌営業所に異動が決まった時、営三に阿南以外の人材がいなかった。やり手たちと厳しい競争を強いられ、そこを勝ち抜いた泰之とは戦ってきた相手が違う。

「なんだか阿南さんは課長になる器じゃなかったと言ってるように聞こえるけど」

「そんなことないよ。友達が出世したんだ。ちゃんと祝福したよ」

だが望実はここ数カ月、泰之の心が憂鬱《ゆううつ》なのを見抜いていた。

「泰之さんの方が三年も早くなれたんだからいいんじゃないの？　大好きな武居専務はちゃんと評価してくれてたってことよ」

皮肉を言ってくる。

「そこが問題なんだよ」

「なにが問題なのよ」

「いくらリードしてても追いつかれたら同じだろ。社員の中には、石渡みたいにガツガツ仕事をやらなくても、うちの会社なら出世できると思ってる人間もいるはずだし」

「ほら、やっぱり阿南さんに失礼なことを考えてる。そんな上から目線でいると、そのうち友達失っちゃうよ」

「なんだよ、そっちが誘導尋問《じんもん》してくるからだろ」

上から目線で話している意識はなくとも、なにごとにおいても優越感を持っているのは事実だった。その中でも一番の自慢が目の前にいる妻だ。

結婚するまで、望実は森戸が所属する芸能事務所で広報として働いていた。その頃は森戸もまだ無名で、タレントより広報の顔を眺めに事務所詣でするると言われるほど、望実の美貌は業界で知られていた。

ただし泰之が惹かれたのは、ナチュラルメイクで、目鼻立ちが整った顔だけではない。収録で他の芸能人の悪口を言って調子に乗る所属タレントに、「そんなことを言ってるといつか自分に降り掛かってくるわよ。人を呪わば穴二つという言葉もあるんだから」と注意していたのを目撃したのがきっかけだった。

多くの男が声をかけては撃沈するほどガードの固い望実は、泰之の誘いにも簡単に応じてくれなかった。何度目かにようやく食事が実現した。ありとあらゆるコネを駆使して予約したミシュラン二つ星のレストランにも一ミリも感動することなく、用意してきた話題はほぼすべてが一往復で途切れた。

食事の途中で、北海道でのCM撮影に出張していた後輩から電話が入り、デートどころではなくなった。著名な映像監督が気変わりして、撮影しないと言い出したというのだ。監督に電話を代わってもらい、この日のために後輩や制作会社が何度も下見したのだと必死に説得した。どうにか監督は撮影の再開を約束したが、一時間もの間、彼女を放っておいたことに、自分も沈没船の一隻《せき》になったと諦めた。

されど後日事務所を訪れると、よそよそしかった彼女の態度が変わり、そこからトントン拍子で交際に発展した。

「仕事、仕事って言うけど、望実さんだって、俺が腕の血管を浮き上がらせて、部下やスタッフを守ったのを見て惹かれたと、言ってくれたじゃない」

「あの時の泰之さんは素敵だったわよ。大物監督にもひるまずに説得しているのを見て、強い人なんだなと感心したし」

「ほら」

「最近、あれは空目《そらめ》だった気がしてきた」

「どうしてよ、都会のジャングルで、きみの夫が一人で戦ってるのには変わりないよ」

「その分、家庭のオアシスはもうカラッカラだよ。潤をディズニーランドにつれていく約束だって、行く行く詐欺だし」

「夏休みということでケリがついたじゃない」

「その約束もどうなることやら」

首を傾げながら、ヴァニティケースを閉じた。泰之は急いで立ち上がり、寝室に向かう望実の両脇の下から手を入れて抱きついた。首筋からオリーブの石鹸の匂いが漂ってきて鼻をくすぐる。夫婦にはこういうご機嫌とりの最終手段もある。パジャマの隙間から手を入れ、ケアが行き届いた肌に滑らせていく。彼女も手を重ねてきた。たまにはしようか、そんな言葉を用意し、胸を包みこんだところで衝撃が走った。

「痛っ」

ネズミ捕りにでもかかったような痛みを覚え、手を引く。

「なにすんだよ」

思い切りつねられた甲が赤く腫れている。

「私は明日も早いの、おやすみ」

望実は振り返ることなく寝室に向かった。

泰之はチェッと舌打ちして、冷蔵庫を開けて缶ビールのプルタブを開けた。

大きな仕事をやり遂げた男が、涼しい顔で帰宅する姿が格好いいというモリアツの広告は、男の妄想だったのだろうか。一人置き去りにされたリビングで、孤独を感じた寂しい夜だった。

4

宮丘食品との軽井沢でのゴルフ会議は思いのほかうまくいった。一ホール目で素振りをしている時から「今回のことを、今後の良いご縁にしたいものですな」と断る気満々だった宮丘の会長だが、ラウンド合間の昼食中に無料広告の話を持ちかけると「そんなことが可能なんですか？」と食いついてきた。

「できますとも。ただ目標値を上回った時は、次回以降二回分まとめてお願いします」

無粋になると、普段はそこまで言わないが、前半の九ラウンドでこの会長のせこさを感じていた泰之はきっちりと言質を取りにいった。なにせこの会長、フェアウェーが狭いとドライバーは使わないし、グリーンエッジからでもパターで転がす。泰之の三十センチのパットも、よそ見した振りをしてOKを出さなかった。ラウンド前に「ハンデは十五くらい」と言ったので、三つハンデを与えて賭けに応じたが、それも嘘だろう。泰之はけっして調子が悪くなかったのに、午前中だけで三本リードされた。接待相手に花を持たせるのは流儀だとしても、負けはほどほどにしておくのが出来る広告マンの腕前である。

「分かりました、石渡さん。そちらのおっしゃる目標を達成すれば二本目お約束しますよ。おまえ、今後のこと、小金沢さんとよく相談して進めなさい」

一緒にラウンドした宣伝担当に命じて、話はすんなりまとまった。

「課長ありがとうございました。こんなにうまくいくとは思いもしませんでしたよ」

帰路では、最近買ったというBMWを運転する小金沢がすっかり余裕を取り戻していた。

「誰だって自社のCMがテレビで流れると思うと嬉しいもんさ。うちの会社もここまで来たかと感慨深くなるし、それが放映権料だけで済むんだから、向こうにとってはこんなに美味しい誘いはない」

「あの会長、こすいんで、達成できない目標値を出してきたらどうしようかと心配してましたけど、そこまでは言ってこなくて良かったです。あのあたりは田舎の経営者ですね」

「テレビ初参戦では、どれくらいが妥当なのかも分からないだろう。言ってきたところで、そんなのいくらでも言いくるめられる」

「東京クリエイターズがやってくれるなら、いいCMに仕上がるでしょうね。ラフコンテが出るのが楽しみです」

「それより小金沢、おまえ、百も叩きやがって。配慮してるのかと思ったらただのスランプじゃないか」

泰之は少しの負け程度まで巻き返したのだが、小金沢のドライバーが右へ左へとブレて乱調だったせいで、チーム戦を含めて支払いは一〇万を超えた。

「すみません。あの人、『さっきよりトップの位置が低くなってたよ』とか余計なアドバイスをしてくるんで調子が狂ったんです」

「そんなの一番引っかかってはいけない『基本のキ』だろ。おぬし何年ゴルフやってる」

「一〇万は痛い出費ですね。どうしましょうか」

「どうしましょうかって、払う気ないくせに。俺がなんとかするわ」泰之が唇をめくる。

「へへ、すみません」

小金沢はハンドルを握ったまま舌を出した。

こういう時は上手に経費の付け替えをするしかない。名門コースの支払いは全額宮丘食品持ちだったのだ。接待していたら、支払いは三倍になっていた。

「会長、次回は川奈《かわな》でプレーしようと抜かしてましたね。次は本気だして取り返します」

「その意気だよ。長い付き合いになって、太客《ふときやく》にしろよ。小金沢と会長がトイレ行ってる隙にこそっと宣伝担当に訊いたら、会長、けっこう社内留保してるみたいだから」

「課長こそ抜け目ないですね。あのタヌキオヤジの上を行ってます」

「なに言う。俺はやるべき仕事をしただけだ」

二人で哄笑《こうしょう》した。

土曜なのに上信越《じょうしんえつ》道は空いていた。小金沢はほとんどブレーキを踏むことなく、ＢＭＷは追い越し車線を快走した。


気分よく迎えた月曜日だったが、小俣部長に呼び出され、すべて吹っ飛んだ。

「出せないってどういうことですか」

「経理部長が渋ってるんだよ。そういうことをするのは今の時代、よろしくないって」

東京クリエイターズにロハでＣＭ制作を受けさせても、タレントへの支払いは自社で捻出《ねんしゅつ》しなくてはならない。泰之はその費用を、社内に留保している緊急広告費から使おうとしたが、小俣がダメ出ししてきたのだ。

放映権料の概ね二十パーセントが代理店の取り分となるが、クライアントは必ず値下げを求める。昔の営一は値下げに応じていたが、泰之が課長になってからはほとんどまけない。「下げないなら他の代理店に替える」そう脅された経験もある。そういう会社には全額支払ってもらい、そのうちの五パーセントから十パーセントを、その社がなにかの事情で宣伝費を出せなくなった時のために、緊急広告費として預かっておくという風に説得するのだ。緊急広告費にする旨は見積書にも請求書にも記していないので、社内でいくらでも付け替えができる。

「だいたい緊急広告費というのはお客さまからの預かり金だぞ。別の社に使うのは筋違いじゃないか」

「なにをいまさら。部長だってやってたでしょうよ」

「私はやってないよ」

小俣は手を振って否定する。確かに小俣はしていなかった。それは倫理的に手を出さなかったのではなく、センスに自信のない小俣は、結果が出なかった時が怖くて握りを持ちかけられなかったのだ。

「今は時代が違うんだよ。税務署のチェックだって厳しくなってるし」

「そんなの部長に言われなくても分かってますよ」

知らず知らずのうちに大声になった。

「興奮するなよ、石渡」

小俣に諭される。周りの社員の視線を感じた。

「部長がやる気を失うようなことを言うからですよ。文句を言ってるのは経理部長ではなくて、総務の倉持部長ではないですか。あの人、吉沢取締役の腰巾着《こしぎんちゃく》だから」

「おまえ、なにを」

瞬時に反応した。予感は当たっていた。森戸篤彦の撮影で邪険にしたことを根に持ってこんな意地の悪いことを言ってきたのだ。小俣は、部長でいられるのが誰のおかげなのかをまったく理解していない。

「部長、言っときますけど前の期、営業で前年比を上回ったのは、僕の営一だけですよ」

他の課には聞こえないように声を潜める。

「だからなんなんだよ」

「部長からうまく話しといてくださいよ。こういうことでもしないと、うちのような中小代理店は業界で戦えなくなるって」

「倉持部長は、おまえがやろうとしている握りが公取《こうとり》にばれたら、優越的地位の濫用《らんよう》で負担を強いていると、下請法で処罰されることを心配してらっしゃる」

「ほら、やっぱり総務部長じゃないですか」

指摘すると小俣は口を噤《つぐ》んだ。

ここまで話を進めておいて今さら無料広告が作れなくなれば、うちの課長はこの程度の金も出さないのかと営一の士気も下がる。なんとしても押し通すしかない。

「部長、爆弾ゲームって子供の時やりませんでしたか?」

「はぁ」

「ほら、子供の時にやったでしょう。『10』『9』『8』『7』と声を出しながらボールを回していき、『1』の時に持ってた子供が負けになるって」

小俣は唖然として聞いている。

「部長はいつも『1』のところで僕にボールを持ってくるでしょう。たまには部長とその上の人間との間で爆発させてくださいよ。それこそが上司がすべき、働きやすい環境作りです」

両手でボールを渡す振りをすると、小俣は再び口を結んで奥歯を嚙みしめた。

「そういうことなんで総務部長の説得はお願いします。預かり金で使った分は、必ずどこかで調達しますんで。僕はこれから打ち合わせがあるんで、よろしくお願いします」

「ちょっと待て、石渡」

制止を振り切って泰之は自席から鞄を取った。その時に部下の小金沢や根岸と目が合った。小金沢の顔はにやけ、根岸は肩をすくめていた。またやってるわ、課長。二人とも心の中でそう言っているのだろう。それはけっして呆れではない。課を守ってくれていることへの尊敬の念だ。その羨望《せんぼう》の光を浴びるのが、泰之には心地よかった。

5

六月に入ってからも営一は順調に数字を伸ばした。この調子なら今期は過去最高益を出せそうだ。

しかしながら天候は七日連続日照時間ゼロで、昨日の日曜、房総《ぼうそう》のコースで予定していた接待ゴルフは大雨で中止になった。せっかく下手なくせに賭けゴルフが大好きなクライアント相手だったというのに……泰之はうらめしげに空を見ながら出社した。

鬱陶《うっとう》しさを晴らそうと、早めに昼休みを取ることにして阿南を誘う。オフィス街の裏通りにある、老夫婦が営む喫茶店だ。ドアを開けるとカウベルが鳴った。

「おや、久々に悪いコンビが来たわね」

口が立つママからジャブが飛んでくる。

「暇すぎて閉店しないように来たんですよ」

泰之もジャブで返す。

「半年ぶりに来といて、そんな偉そうな態度をとるのは石渡くんくらいだよ」

文句を言いながらも、ママは普段は荷物置き場になっている奥のボックス席を片づけてくれた。その席だけが大きな柱に遮られ、他の客から死角になっている。

「阿南はいつ以来だよ」

「どれくらいかな?」

阿南は小首を傾げるが、カウンターの中に立つ山男風のマスターが「先週も来てただろ」と口を出した。

「薄情者の石渡くんと違って、阿南くんは週に一度は来てくれるわよ、しかもお客さんを連れて、ねえ」

ママが笑顔を阿南に向ける。

「おまえ、誰と来てんだよ」

ここに来るのは、かつて営業にいた吉本を含めた同期の三人だけのはずだ。若手の頃から、疲れた時に会社を抜け出して息を抜く隠れ家なのだ。

「課のみんなに教えたくなったんだよ。俺は若手の頃、営業に回ると嘘ついて、ここで時間を潰してたって。だけど衣川と太郎が三回ずつ。水原さんと横川さんは一回来ただけだけど」

広げたおしぼりで顔を拭きながら阿南が事もなげに答える。

「おまえ、どうかしてるぜ。それって課長は昔、こんな店でサボっていたと部下に知らせるようなもんじゃないか」

「こんな店とはなによ」ママに睨まれる。

「訂正します。このような素敵な店です」

「ここに来て、石渡や吉本とくだらない話をしてたらいいアイデアを思いついたのを思い出したんだよ。会議室にこもってもダメな時はさっぱりだしな」

かつては営業は課が二つしかなく、同じ課に同期三人が所属した時期もある。その頃は小うるさい上司から逃れ、この店に避難した。不思議なもので会社でいくら頭を捻《ひね》ってもでなかったアイデアが、ここでふざけていると、打ち出の小槌のごとく湧き出てきた。

人気のランチメニューはカレーピラフとナポリタンだが、泰之たちはいつも通りホットサンドを注文した。

「俺、コンビーフサンド。阿南は？」

「俺も。チーズダブルでお願いします」

「じゃあ、俺もダブルで」

マスターの知り合いの精肉店が卸しているコンビーフは塩味がきいていて、一度食べたら病みつきになる。

「はい、特製炭酸水ね」

「ありがとうございます！」

ここに来る一番のお目当てはドリンク代わりにサービスしてくれる小ビールだ。真面目な吉本は「バレたらやばい」と断っていたが、泰之と阿南は「代理店は酒を飲むのも仕事のうちだ」と遠慮せずにいただいた。

「しかし今日の会議も営一だけは無風だったな。営二の三浦《みうら》さんなんか、小俣部長にくどくどと説教されたのに」

「あれは三浦さんが無能なんだよ。言わなくていいことまで真正直に報告するから」

「石渡から見たら全員が無能だよ。俺は二課長に同情するね、同じテレビCMで石渡と競わされてるんだから」

「それに比べて営三はいつも賑やかでいいよな。俺も阿南みたいに気楽に仕事をしたい」

「気楽ってことはないけど、なんだかんだとみんなが助けてくれる」

「おい、急に成長した感を出すなよ。課長の内示が出た時、俺じゃ無理だって泣き言を言ってたくせに」

「課長くらいでびびってどうする、おまえならやれると言ってくれたのは石渡じゃねえか」

「そんな失礼な言い方はしてねえよ。おまえでもやれるだ」

「それはもっと失礼だ」

阿南は快活に笑った。

不思議なもので阿南と話していると張り詰めていた心がほぐれて、穏やかになれる。阿南に対してはライバル意識がないせいかもしれない。これが秘書室に異動し、今は社長秘書になった吉本となら、お互い腹の探り合いのようなことをしてしまう。

「はい、お待たせ」

こんがりと焼けたホットサンドが来た。かぶりつくと鼻にツンと来た。

「マスター、今日はいつにも増してマスタードがきいてますね」

「石渡くんの分だけ三倍入れておいたから」

「コンビーフを三倍入れてくださいよ。僕はまだ現役の肉食系ですから」

「そんなことを言ってると、美人の奥さんに告げ口しちゃうぞ」

マスターがニヤリと笑う。望実も一度連れてきた。「こういう店ってずっと残ってほしいわね」とミシュランの星つきフレンチより圧倒的に気に入っていた。

「そういやDIGSのCM、いよいよ始まったな。大国と興広堂は、なんでモリアツは中和のCMなんかに出てんだとご立腹らしいぞ」

ホットサンドを頬張りながら、阿南が相好《そうごう》を崩す。

「たかだか一回取られただけじゃねえか。俺なんかその何倍も悔しさを味わってきたんだ」

たっぷりのチーズを引っ張って泰之は返す。

「興広堂の部長は、こんなの末代までの恥だって部下を集めて怒鳴ったらしい」

「そんなことを言ってるから代理店は時代遅れだとディスられんだよ」

「代理店の中にもうちみたいな居心地のいい会社があることを、世間は知ってほしいよな」

「中和エージェンシーが業界のパワハラ体質をなだらかにしてるってか？　中和だけに」

「ハハ、石渡、今日は調子いいじゃないか」

大手の悪口を言っていると気分が晴れて頭が冴える。中小代理店の社員はみんな、大手の悪口が大好きだ。

そこでママが出てきて、「まだ飲むでしょう」と空いたグラスを手に取った。

昼間のビールはご無沙汰とあって「僕は……」と断ろうとした。だが先に阿南が「いただきます」と応えた。ママからは「なに遠慮してんのよ。石渡くんらしくない」と背中を叩かれた。マスターには「ビールは売るほどあるからいいんだよ」と言われ、結局二杯目が出てきた。小さいグラスだし、ブレスケアしておけば大丈夫だろう。

一時間たっぷり談笑して席を立つ。ママは八〇〇円しか取ろうとしないが、泰之が「二人分。おつりはいらないです」と二〇〇〇円払った。

「俺の分は出すよ、石渡」財布を開いた阿南に「いいよ。これくらい」と断った。

いつものようにママが領収書の束を出した。

「いくらにする？　二万九八〇〇円？」

「ママ、いつの時代ですか？」

「じゃあ、白紙で渡しとくわ」そのまま破ってくれた。

「石渡は経費で切るつもりかよ」

「まさか、そこまで金に困ってねえよ」

そう返したが、白紙の領収書に適当な数字を書いて使ったことは最近もあった。社内では期末になると、パソコンなどまだ充分使える備品であっても無理矢理買い替える。予算が余ると次年度を少なくされるからだが、営一はそうした無駄遣いはしない。余った予算は次の仕事を取るための実弾にし、あとはうまくやりくりして部下への慰労に当てる。

楊枝《ようじ》を咥《くわ》えて店を出た。鈍色《にびいろ》の空に、気味の悪い雲が集まってきて、雷鳴が聞こえた。

「おっ、降るかもしれないぞ、急ごう、阿南」

「うちの衣川が不安がってたぞ。俺、営一やれますかねって」

背後を走る阿南の声に足が止まる。

「勘弁してくれよ、営一は今が最強メンバーだ、いくら阿南の片腕でも、今のうちによそものが入り込む余地はねえよ」

衣川が営業一課に希望を出していて、阿南を通して頼んできたのかと思った。

「小金沢くんに言われたみたいだぞ。衣川は小金沢くんの大学の後輩だし」

二人は同じサッカー部の二つ違いだが、小金沢がどうして他所《よそ》の人間を営一に呼ぶ。

「俺はそんなの聞いてないぞ」

「石渡は営一どころじゃなくなるから、知らないんだろうな」

また気になることを言う。

「それ、どういう意味だよ」

「部長の内示が出てんだろ？　その報告のためにランチに誘った。俺はいつでも祝福する用意してたのに、なかなか言い出さねえから小ビール二杯も飲んじまったじゃねえか」

「なに言ってんだよ、阿南」

「遅かれ早かれ小俣部長が去るのは既定路線だもんな。後任が石渡なら安心だよ。営二も一所懸命やりますんでお手柔らかにお願いします」

泰之にはさっぱり理解できなかった。小俣の後釜に指名されてもいいように心の準備はしてきたつもりだが、それなら先に泰之に内示が出ているだろう。

「内示段階で衣川に声をかけるとは小金沢くんはお手つきだな。それくらい石渡の後釜はプレッシャーなんだろうけど」

爪楊枝を斜めに咥えてそう言った阿南は、「おっ、降ってきたぞ」と駆け出したが、泰之は全身から感覚が消え、ついていくことができない。本格的に雷の音がして、雨粒が落ちてきた。

「おい、石渡、そんなところでぼんやりしてるとびしょ濡れになるぞ」

先を走る阿南から促されるが、その時には心の中の方がドシャ降りになっていた。

6

会社に戻ったが小保は不在だった。悩んだ末に専務室に向かう。泰之が来るのを待っていたかのように武居は姿勢よく座っていた。

「……待ってください、どうして私がそんな仕事をするんですか」

ショックを隠して声を振り絞った。武居からは営業管理課の課長をやるようにと言い渡されたのだ。営業管理というのは、営業部内の金の出入りをチェックする、営業内の経理のようなセクションだ。

「石渡は営一だけで十七年だろ。たくさんいいものを作ってきたけど、もっと広い意味で会社という組織を見てほしいんだよ」

「そんなこと営一の課長をしながらでもできますよ。これじゃ左遷じゃないですか」

「課長として異動するのだから左遷とは違うよ。私は昇格させたくらいのつもりだ」

すべてが芝居じみて感じた。どこが昇格なのだ。役職は課長のままでも営業の花道から外れるのだ。こんな屈辱はない。

「小俣部長、もしや、吉沢取締役や倉持総務部長の差し金ですか。だとしたら個人的な恨みじゃないですか」

　ここまで汚い報復をするのか、と怒りが沸き上がってくる。

「それとも僕が経費を使いすぎているからですか。経費を使ってる分、大きな仕事を取ってきました。あっ、もしかして握りのことですか。専務がダメだというなら断ります。でもそうなったら宮丘食品という今後成長が見込めるクライアントを逃してしまいますが」

「そんな細かいことで私は人事をしないよ。きみがベストな方法だと思ったのなら、そのまま後任に引き継がせればいい。彼らが困ったら助けてあげなさい、同じ営業にいるんだから」

「私は自分は部長になるものだと思っていましたよ」

　無意識に生意気な言葉が漏れた。

「いずれなるさ。部長どころか、きみなら役員にだってなれる。今回はそのための勉強だ」

　完全にいなされた。

「でしたら専務が私を営一課長として不適任だと感じた理由を教えてください」

　それを聞かないことにはとても新しい仕事に取り組む踏ん切りがつかなかった。本当のことを話してくださいと目で訴え、武居の彫りの深い顔の目許を見続ける。

「不適任とは思ってないよ。きみは部下や下請けに慕われている。ただ仕事ができる人間にはありがちなことだけど、その分、上にはきついよな」

　予想通り、小俣たちが出てくる。

「お言葉ですが、私の営一が数字を上げているからこそ、小俣さんだって部長でいられるわけです。他の人だって同じだと思います」

　当然とばかりに反論したが、「違うよ」と制された。

「なにが違うのですか」

「上の人間はきみが思っている通りの心境ではないということだよ。売り上げが伸びてきみに偉そうな顔をされるくらいなら、自分の評価が下がっても、失敗した方がいいと思うこともある」

「そんな人間ダメでしょう。私へのやっかみで会社の業績を落とすんですから」

「褒められたものではないけど、上の人間たちがそんないがみ合ってる会社、周りの社員たちも働いていて楽しいかな？」

「えっ」

「私は上だろうと下だろうと、人の気持ちが分からない人間は、いい上司になれないと思うんだよ。それはやっぱり自分一人で仕事をしてきたって自負が強すぎるからだよ。きみは部下や下請けに慕われているように見えるけど、本当にそうかな」

「どういうことですか」

「きみだって口ではみんなのおかげだと言ってるけど、本心はそんなこと思ってない。人間って鋭いからね。きみが思っていないことは、他人だって感じないよ」

　言い返そうとしたが言葉が出なかった。武居の言う通りだ。上司に反発して、部下や下請けをいたわってきたのは、そういう自分に酔っていただけ。本心から彼らのおかげと感謝していたわけではない。

きつい言葉で責められたわけではなかったが、積み重ねてきた実績のすべてを否定されたようで、泰之は深く傷ついた。

課内でほとんど口を利かず、ホワイトボードに《外回り、直帰》と書いて定時の二時間前には会社を出た。昼間のはにわか雨だったようで、梅雨の合間の晴れ間が戻っていた。

たまには潤を迎えに行こうと望実にＬＩＮＥで伝え、駅前の保育園へと向かう。「必ず携帯しておいてね」と念を押された保育園のＩＤカードを会社に忘れた。入口でいくら《中和エージェンシー　営業第一課課長》の名刺を見せても、保育士は「規則ですから」と会わせてくれない。門の前で立ち往生して三十分、電話で知らせた望実が到着して、やっと潤の顔を見られた。

「そうだ。ディスカウントショップの屋上に遊園地が出来たんだよな。行こうか」

自分の情けなさにほとほと呆れた泰之は、望実が話していたのを思い出して提案した。

屋上には人が歩くほどのスピードで走る汽車があり、潤が貸し切り状態で乗車する。

「パパ！」

望実がいるのに、潤は泰之に手を振った。五歳の子にも父親が沈んでいるのが分かるのだろう。参観日もディズニーランドの約束もすっぽかしたというのに、本当に優しい子だ。

列車が通りすぎ、潤が背を向けたので、この日の出来事を望実に伝えた。日没間近の空はうっすらと赤みを帯び、黄昏《たそが》れている。

「良かったじゃない。のんびりできて」

ショックを受けると思った望実が、平然としていた。

「夫が出世コースから外されたのに、のんびりできて良かったはないんじゃないの？」

「でも仕事ができる人間にはありがちなことだと言われたんでしょ？　そう言ったってことは、今からやり方を変えて頑張れという意味なんじゃない？」

「あっ、確かに」

それだけじゃない。部長どころか、きみなら役員にだってなれる。そのための勉強だとも言われた。

「なにが確かによ、泰之さんが私に話したんだよ」

望実がクスリと笑ったことで、少し気持ちが楽になれた。そうか。完全に見捨てられたわけではないのだ。

「俺は少しつけあがってたのかもしれないな。武居専務以外は目じゃないと、部長や他の取締役を疎《うと》んじてたし」

「そうよ、泰之さんはずっと調子に乗ってたわ」

「家族サービスも全然しなくて、父親の仕事を怠っていたし」

「育児放棄も同然だった」

「ちょっと、落ち込んで反省してんだから、少しは慰めてくれてもいいんじゃない？」

「夫に落ち込まれるのも、反省されるのも、慣れてないもんで」

望実はテヘヘッと頭を掻く。いつもの氷の微笑に、今日は温かみが宿っている。

「人の悪口を平気で言ってたから、自分に降り掛かってきたんだな。今後は望実さんの『人を呪わば穴二つ』を胸に刻んで生きることにするよ」

親友の阿南が課長に昇進したことも心から喜んでいなかった。

「ねえ、私、昔、マネージャーやってたこと、森戸さんから聞いた?」

「へぇ、そうだったんだ。初耳だよ?」

森戸からも優秀な広報だったということ以外は聞いていない。

「まさか森戸さんの担当だったとか」

「ピンポン。といっても森戸さんがブレイクする前の、数カ月間だったけど」

「それがどうして広報に替わったんだよ」

「映画のプロデューサーが、一度は森戸さんに決まったキャスティングをひっくり返したのよ。森戸さん、もう役作りに入ってて、ボクサーの役だったから減量も始めてたのよね。それなのにプロデューサーからはすみませんの一言もないから、謝罪がないなら金輪際うちのタレントは出しませんってキレたの」

「プロデューサーに啖呵《たんか》切ったってこと?」

「向こうも弱小プロダクションなんてどうでもいいと気にしてなかったけど、驚いたのは社長よ。まずい、うちの会社つぶれるって」

「そりゃ、ビビるだろう」

「だからって黙って向こうの言いなりになってたら、事務所は守ってくれないってタレントががっかりするじゃない？　その後社長は、大物相手でも本気で喧嘩する木山《きやま》望実は、マネージャーよりマスコミ相手がいいだろうって言い出して、それで広報に転属になったの」

「それは社長、ナイス人事かもしれない」

さすが望実だと感心した。広告でもクライアントに一度決まったプランを平気で撤回されたり、無茶な要求に変更されることは珍しくない。そんな時でも泰之は力のない事務所のタレントや下請けの制作会社を守ってきたつもりだ。武居に指摘されたように自分に酔っていたのは反省するが、そのやり方は今後も貫こう。そう自分に言い聞かせていたら、それまで考えも及ばなかったことが浮かんだ。

「ねえ、望実さんが映画プロデューサーと喧嘩したってこと、森戸さんは知ってるの？」

「当然よ、自分のせいで私が飛ばされたと、森戸さん、ずっと責任感じてたから」

そういうことだったのか。森戸が今回のＣＭを受けたのは、望実への恩義が大きかったのだ。そこでも自分の実力を過信していた。

二周した汽車が停まり、係員に抱っこで降ろされた潤が、「パパ、ママ」と大声で走ってきた。望実が屈んで「潤」と手を広げた。母親の腕の中へと飛び込んでいく。こういうところは甘えん坊の男の子だ。

帰り道は潤を挟んで三人で手を繋いだ。

「ねえ、潤、明日からもパパが迎えに来てくれたり、遊んでくれるらしいよ」

「そうなの、やったぁ！」

「おいおい、そんな」

「嬉しいよね」

望実が言い、潤も「嬉しい」と呼応して、泰之と握った手を勢いよく振った。

「まぁ、毎日とはいかないけど、週に一度くらいは来るよ。約束する」

ここまで喜ばれるとそう答えるしかない。

「だけど参観日をすっぽかしたのは許さないからね」

望実が言うと、潤も「許さないからね」と母親を真似た。

「ディズニーランドの行く行く詐欺も忘れてないわよ」

「ディズニーランドもわすれてないよ」

「人生なんて成功と失敗の繰り返しなんだから、気にすることなんてないのよ」

「じんせいなんて……えっ、ママ、それどういう意味？」

潤が顔を斜めに上げて訊き返す。望実はしれっと前を向いていた。潤は今度は泰之を見た。泰之は首をすくめた。

最後は責められたのではなく、励ましてくれたようだ。

妻の言葉は夕焼け空のように泰之の心にしんみりと沁みた。

第三話

正義のランナー

1

十人近い大人数での会食はおおよそ二年ぶりとあって、和田果穂はこの夜を楽しみにしていた。参加者は果穂が課長をしている営業四課が五名、そして一緒に「サマー陸上」を企画した事業一課が四名。そして事業部長の総勢十名。みんな同じ気持ちだったようで、中華料理店の大部屋で、以前より間隔を空けて座りながらも、お喋りが途絶えることはなかった。

「サマー陸上」は好天に恵まれ、かといって心配された熱中症で倒れる出場選手や観客もなく、無事に終了した。世界陸上が控えているため代表クラスのエントリーはなかったが、人気漫画家に頼んだ、運送用トラックが陸上トラックで競走しているポスターがSNSで《可愛い》とバズり、結構な人が訪れた。大会組織委員会に入っていた事業一課の社員からは「あんなオヤジギャグみたいなポスターがハネるとは、営四はアイデアの宝庫ですね」と褒められた。果穂も鼻が高い。

この店人気の黄色い麻婆豆腐《マーボーどうふ》が出た。「これ、色的に楽勝っしょ」営四の若手、木下健太《きのしたけんた》がレンゲですくって口に入れたが、すぐに「辛え！」と咳き込んだ。隣の江本真希《えもとまき》が「大丈夫」と水を渡し、果穂より年上の部下、堤康友《つつみやすとも》は「超激辛って言われてんのに、バカじゃねえ」とからかう。果穂もお腹を抱えて笑った。

「でも和田課長が陸上やってたなんて初めて知りましたよ。それも有名選手だったなんて」

事業部の若手が果穂に話を振った。昨日の大会中、陸連幹部や学校のコーチたちが、行列のできる店のように果穂の前に並んだのを目撃したらしい。

「僕も短距離ランナーだったのは知ってましたけど、日本選手権に出たのは初耳でした。もしかしてファイナリストだったとか？」麻婆豆腐で咳き込んだ木下が訊いてくる。

「二回だけだけどね。大学四年と実業団の一年目、両方とも六位だったけど」

「すげえ」何人かが驚嘆した。

「みんな知らなかったんですか。果穂さん、もう少しでオリンピックに出てたんですよ」

目の前に座る大野《おおの》みのりが言う。男性陣は「課長」だが、女性陣は課長に昇進してからも名前で呼んでくれる。果穂にはその方が気が楽だ。

「オリンピックは参加標準記録が高いから無理だったけど、アジア大会ならもうちょい頑張ってたら出られたかな」

「アジア大会って、相当やばくないですか」また驚きの声が上がった。

とはいっても実際上位三名とそれ以下とは、どう足掻いたところで抜けない差があった。果穂は誰にも負けないだけの練習をしたし、ひたすらフォームの研究をして、食生活にもこだわった。要は普通の選手が努力で日本選手権の決勝の舞台に立てたのであって、それより上位に行くには、才能という絶対的要素が足りなかった。

「確かに和田課長より速い選手は他にもいたよ。だけど注目度では、優勝した選手にも負けてなかったけどな」

紹興酒《しょうこうしゅ》を気持ちよさそうに飲んでいた事業部の坂本真《さかもとしん》部長がそう口走った。事業部一筋の五十二歳で、将来の役員候補と呼ばれている。

「坂本部長は果穂さんの選手時代を知っているんですか」大野が尋ねる。

「俺はその頃、カワタを担当してたからな」

そのカワタというスポーツメーカーに、果穂は実業団選手として所属していた。

「どう負けてなかったんですか」

「和製ジョイナーって呼ばれてた」

「部長、ジョイナーなんて言うと、歳がばれちゃいますよ」

果穂が茶々を入れる。

「それくらい美人スプリンターとしては目立ってたってことだよ」

「まぁ、それは事実だけど」

果穂がさらりというと、男子社員が「否定せえへんのかい」とツッコんできて、笑いに包まれる。

もっとも坂本は果穂を知っていても、コンマ一秒の記録を詰めるのに必死だった果穂は、代理店の人間の顔など覚えていなかった。選手としての限界を感じて引退し、カワタの社員になったのが二十六の時。陸上と離れた仕事をしたかったが、上司から「きみは元アスリートなんだから現場とのつなぎ役をやってよ」と半笑いされ、アドバイザリー契約している選手にシューズを届け、履き心地を聞いては工場に感想を伝える仕事を六年間やった。

さすがに嫌気がさし、三十二歳で中和エージェンシーの中途採用試験に応募した。面接は練習の半分も答えられなかったが、その時の面接官だった坂本から「あなたが我が社に来てくれるなんて驚きだよ。陸上で見せた頑張りで、社員を引っ張ってほしい」と言われ、採用に至ったのだった。最初に配属されたのは坂本が部長をしていた事業部の事業一課で、そこに四年いて、営業に異動になった。

「カワタでの和田課長の武勇伝を語るとしたらスプリンターとしてより、選手をやめてからだけどな」

そう仄《ほの》めかした坂本に、全員のまなざしが向く。

「部長、あたしの好感度を下げる話なら、勘弁してくださいよ」

止めるが、普段から果穂にやりこめられている男性陣が「部長、ぜひ教えてください」と身を乗り出してせがんだ。

「言っていいかな、和田課長？」

女子社員からも人気がある坂本が、精悍《せいかん》なマスクを果穂に向ける。

「しょうがねえなぁ。ただし部長、話を盛るのはなしですよ」

「盛らなくても充分面白いから大丈夫だよ」

そう言い、耳を傾ける部下たちに話し始めた。

「和田課長がいたカワタの部署に、役員が視察に来たらしいんだ。和田課長は社内でも有名な選手だったけど、スーツを着ていたせいか、それとも選手時代と違って髪を伸ばしていたせいか分からないけど、役員は新入りと間違えたみたいだな。そしてこう言ったんだ。『きみ、髪が綺麗だね』と」

「マジっすか」男子社員が驚愕し、女子社員は「キモーッ」と声を震わせる。

「今なら間違いなくアウトだけど、十年以上前の話だし、その役員もとくに嫌らしい言い方をしたわけじゃないらしいぞ。そうやって褒めれば女性は喜ぶと勘違いしたんだろうな。だけど和田課長はそうは捉えなかった」

「で、どうしたんですか、果穂さん」

大野みのりが視線を向けた。果穂は坂本のトークを奪ってはいけないと、すまし顔で答えなかった。

「和田課長は翌日、髪をばっさりショートにしてきたんだ。その噂は一瞬にしてカワタ中を駆け巡り、役員だけでなく、男性社員全員が凍りついたらしい」

「ひえぇー、怖え」男子社員は引くが、女子社員は「さすが果穂さん、そういうセクハラは許しちゃダメですよね」と頷いた。

その時の役員の言い方は嫌悪するほどではなかった。しかし役員は社内で激励する振りをして女性の体に触るいわくつきのセクハラ男だった。同じ短距離でもコーナーを曲がる二百メートルは準決勝にも進めないのに、直線を走る百メートルだと力を発揮した果穂は、人生でも曲がったことは大嫌いだ。女子社員に嫌な思いをさせておきながら、仕事ができるからと我が物顔でいる役員が許せなかった。

そこで江本真希が思い出したように一つ手を叩いた。

「私が転職してきた時も、果穂さんに助けられました」

「江本ちゃん、セクハラなんかされたっけ？」

「当時の課長と先輩が、最近のカップルは同棲しても別々の部屋を持つという話題で盛り上がってたんです。二人から『江本くんはどうなの？』って急に振られて私が困ってたら、別の課だったのに果穂さんが『えっ、なんの話？』と割り込んできました。果穂さんの隠れファンだった課長は調子に乗って『和田さんは彼氏と付き合ったら同じ部屋で寝る派？　それとも別々に寝る派？』って。そしたら果穂さん、『そういう話はウザイからいいです』ってピシャリと撥ねつけて。二人とも急に黙って、すごい勢いでパソコンを叩き始めました」

「セクハラは恥を掻かせるのが一番なんだよ。あんたら、とんでもないこと訊いてんだよという自覚にもなるし」

今度は年上の部下、堤康友がジョッキを片手に喋り始める。

「セクハラではないけど、俺も課長の割り込み論法は何度も見てますよ。過去の仕事の自慢話をする先輩に『それで？』『えっ、意味分かんないです。ちゃんと説明してください』と分かりきったことを訊くんです。最初はこの人、頭悪いのかと思いましたけど」

「ちょっと堤さん、頭悪いはないいんじゃないの」

「話って、説明するほどつまらなくなるじゃないですか。その人の自慢話もだんだんキレがなくなってきて。ああ、代理店ってこうして敵を潰してくんだと大いに勉強になりました」

「大物芸人のMCは、やっと世に出た若手芸人のエピソードトークを、『ほんで』『なんでや』と訊いて、芽を摘んでくのよ。堤さん、知らなかったの？」

「どの大物芸人を指してるのか分からないけど、課長はその人よりエグかったですよ」

「和田課長がいるお陰でうちの社の労働環境は整えられていくな。事業部も見習わなきゃいかんな」

坂本が快活に笑った。ここにいる全員が、果穂のことを度胸があって怖いもの知らずだと思っているようだが、本当の果穂はつねに周りを気にする小心者だ。選手の頃はスタートラインに立つまで足が震えて、実力を出し切れなかった。今もコンペやイベント前夜は不安であまり眠れない。

その後も盛り上がりに欠くことはなかった。果穂だけでなく、他のみんなも長く自粛した鬱憤《うっぷん》が溜まっていたのだろう。最初の緊急事態宣言で、総務から「会食禁止」の通達が出た時は、「これで自分の時間が持てる」と前向きに捉えていた。ところが宣言が解除されてもまた次の宣言が出たり、会合してもいいけど四人までなどと制約がついたりして、そのうち誰も飲み会を言い出せなくなった。そんな規則正しい生活がかれこれ二年も続くと、会議でも凡庸なアイデアしか出ない。その頃、何人かが言っていた。自分たちは好きで飲んでいたわけではない。つねにどこかに刺激になるものがないかアンテナを張っていて、そこまでやるには酒でも飲まなきゃやってられないのだと。果穂もその意見には激しく同意した。

スタートが遅かったので店を出た時は十二時を過ぎていた。それなのにこの後カラオケに行くらしい。

「えっ、果穂さん、来ないんですか。カラオケも久しぶりなのに」

江本が言うと、事業一課の女子も「果穂さんの歌、聴きたかったのに」と残念がった。

「ごめん、ちょっと仕事を残してんだ。家でやんなきゃ」肩に担いだトートバッグを揺らした。

「僕も和田課長の爆風《ばくふう》スランプ聴きたかったのに」ほろ酔い状態の木下が言う。

「木下くん、前に行った時、酔ってあたしの歌、聴いてなかったろ。あたしが歌ったのはブルーハーツだよ」

「そうだったんですか。歌い方がぽかったんで」

「どこがぽかっただよ、おもいきりヒロトなのに」

店を出てからも笑いが絶えず、道行く人々がなにごとかと眺めている。まだ全員がマスクを外さないでいるから完全ではないが、かつての日常が戻った気がする。

「俺はここで」坂本が来たタクシーを止めて乗り込んだ。

「部長、お疲れさまでした」方々で頭を下げる。果穂も後ろの方でお辞儀をした。「美人の奥さんによろしく」事業一課の社員が言った。

役職では次位の果穂が、続いて止まったタクシーに乗った。「みんなほどほどにね」と声をかけ、運転手に「後楽園《こうらくえん》までお願いします」と伝えた。発進するとアルコールが適度に回り、鼻歌を口ずさんでいた。前のタクシーも同じ方向を進んでいる。左折する交差点を前のタクシーは直進した。

そこでバッグの中でスマホが振動した。坂本からだ。出た時には坂本は喋り始めていた。

〈果穂、すまない、久津名《くつな》常務の誘いで、今から銀座《ぎんざ》に行かなきゃいけなくなった〉

さっきまでとは違って声が小さい。坂本が言い訳をする時はだいたいこんな調子になる。

それなら早く言ってくれたら、あたしもカラオケに行ったのに……そう文句を言いたいところだが、そこは堪えた。急に呼び出されたのだろう。久津名は事業部担当の取締役で、営業担当の武居専務と次期社長レースを争っている。久津名の腹心と呼ばれる坂本だけに、誘いを断るわけにはいかない。

「別にいいよ。偉くなるといろいろ話もあるだろうから、あたしのことは気にしないで行っといでよ」

〈この埋め合わせは次回するから。そうだ、誕生日のお祝いもしなきゃいけないしな〉

「いいよ、この歳で誕生日なんて」

〈あっ、七月二十四日は日曜か。だったら平日になるかもしれないけど〉

「いいって言ってんじゃん」

守れない可能性のある約束ならするな！　普段の果穂ならそう毒づくが、言えばそれで縁が切れそうで、坂本の前ではずけずけと物が言えない。会いたいと誘ってくるのは家庭持ちの男なのに、予定が入ったと断ってくるのもいつも男の方だ。その身勝手さに独身女は振り回される。

電話を切ると空疎感に体が支配され、酔いまでがどこかに消えた。本当に久津名からの誘いだろうか。浮かんだのは坂本の部下が言っていた美人の妻と、二人の娘だった。だが想像したところで虚しくなるだけなので、スマホゲームを始めた。

元より果穂は不倫を毛嫌いしていた。男ばかりか、相手の家族を考えずに受け入れる女にも腹を立てた。それがふとしたきっかけで自分もその思いやりを持てない側に加わった。

最初はいつでもやめられると甘く見ていたが、坂本との関係はもうすぐ三年になる。不倫とはけっして愛に酔っているものではない。喩えるなら道を外さずにまっすぐ生きてきた女がちょっと悪さをして、「どうだ、あたしだってこんなことをしてんだぞ」と世間を見返している気分なのだ。

だから不倫経験者は「真面目だ」「優等生だ」と褒め殺しにされてきた女が多いのではないか。果穂がそうだった。曲がったことは大嫌いと言っておきながら、心の中では「優等生」と呼ばれることがあまり好きではなかった……。

それでも武居から営四課長の内示を受けたその日、いつまでも道を誤っていてはいけないと、初めて坂本の誘いを断り、一人暮らしの自宅でこう誓ったのだった。四十までに不倫はやめようと。

仕事に追われたこともあるが、結局その決意は揺らいだままだ。

次の日曜の七月二十四日、果穂はいよいよ四十になる。

2

あくる日は会議室で、九人の課員全員が集まった。果穂が課長になってから、営四は社内一会議が多いと陰口を叩かれている。果穂にとっては会議でもミーティングでもなく、ブレストだ。だから発言は自由だし、スマホを弄《いじ》りながらでも、本題そっちのけで無駄話をしていても一向に構わない。

「果穂さん、シモヅマ製薬の案件、今回はうちが取るのは厳しいかもしれません。アドプレミアムがうちとよく似た企画書を持ってきたそうなんです。お偉いさんが同じ内容なら中和さんよりあっちに頼むって言いだしたらしくて……」

やり手女子の江本が珍しく泣きごとを言う。アドプレミアムはここ数年、大きく業績を伸ばしているネット系の広告代理店だ。

「アドプレは、この前もうちの企画、横取りしたんだよな。もしや業者にスパイがいるんじゃないの」

年上の提が下請け業者を疑う。アイデアが命のこの業界では、敵もあらゆる手を尽くしてそれを盗み取ろうとする。人がよさそうな下請けの社長が、裏でライバル社から袖の下をもらっていた、そんな話には事欠かない。

「アドプレが相手じゃ、うちは打つ手なしですね」木下が両手を挙げた。

「おまえ、若いくせにそんな達観したことを言うなよ。こんな程度で諦めてたら、うちクラスの会社はつぶれるぞ」堤が注意する。

「でも僕がこの前、アドプレに取られた案件も、クライアントからはこう言われましたからね。『中和さんが必死にやられているのは分かるけど、万一を考えるとどうしても大きな会社を選んでしまう』って」

そうした企業側の気持ちも理解できないわけではなかった。まだ果穂が事業部にいた頃、イベントの開催二日前にサーバーがダウンした。なんとか当日までに復旧させたが、リカバリーのためにクライアントまでが徹夜した。クライアントは安堵しながらも「大きいところだったら半日で回復したよね」と皮肉を言った。イベントは成功したが、次の入札に中和エージェンシーは呼ばれなかった。

「心配してもなにも進まないし、シモヅマのアイデアを考えつつ、他の話をしよう。あっ、そうだ、堤さん、都営バスにラッピングするパリ美術展のネーム、これでいいかな?」

果穂はデザイナーから送られてきたコピーを堤に見せた。果穂は芸術はさっぱりだが、堤は美大のグラフィックデザイン科出身なので、絵画の知識もそれなりにある。

「フランスのエスプリが利いてていいんじゃないですか」

「全然答えになってないけど、このまま出しちゃうよ」

「さすが和田課長、スポ女だと思ってたけど、アートセンスもなかなかです」からかいも入っているが、堤はけっして果穂の意見を否定しない。内心は年下が課長になって面白くない気持ちもあるだろうが、いつもこうして果穂を立ててくれる。

その後は鉄道会社の中吊り広告にテーマが移った。鉄道だけに話はついつい脱線する。プロ野球ファンの堤と木下が「ライオンズのルーキーは本物だぞ。スイングが違うもの」「そろそろ相手球団に研究されてますよ」と言い合い、旅行好きの江本ともう一人の女子社員が「新型特急プランで秩父《ちちぶ》に川下りに行こうよ」と雑談に花が咲く。

「ちょっと、今、ボールはどこ？」

果穂が声を張りあげると、大野みのりが「私が説明してるところでした」と手を挙げ、鉄道会社との打ち合わせ内容を話した。彼女もやり手だが、この日は冴えがなく、説明もこれまで聞いたことの繰り返しだった。

途中何度も「それ聞いた」と遮ろうとしたが、我慢して彼女が全部言い切るまで待った。話しているうちに思考がまとまって新しいアイデアが浮かぶことだってある。それを待てる上司がいるかどうかが、社員がやる気を持って働ける環境作りに関わってくる。

体育会育ちの果穂は、フリートーキングはあまり得意ではなかった。高校でインターハイ出場レベルまで育ててくれた監督も、大学、実業団のコーチも「はい」しか選手に言わせないオールドスクールの指導者だった。

ところが果穂が敵わなかったトップアスリートたちは、コーチが外国人だったり、新しいスタイルを取り入れた若いコーチだったりで、コーチに対しても平気で自分の意見をぶつけ、冗談を言い合っていた。「負けて笑ってんじゃない」と叱られる果穂を置いて、彼女たちはスマイルで引き離していったのだ。

だから引退した時、これからは上から命じられるのではなく、自分のやりたいことを楽しんでやろうと心に決めた。発言の自由と仲間への信頼がない組織に未来はない。

「木下くん、大野さんが困ってんだからなにかアイデア出してよ」

「えっ、僕っすか?」

突然振られて木下があたふたする。

「相変わらず鈍感だね。大野さんの次はきみが指名されることくらい察しなきゃ。さすが九回裏まで完全試合に気づかなかっただけのことはあるわ」

「またその話ですか、課長。参ったな」

木下は嬉しそうに頭を掻く。高校球児だった木下のチームのエースが、甲子園《こうしえん》で完全試合をやっていたのに、ライトを守る木下は球場の空気が変わったことにも気づかず、九回表の攻撃で「みんな、リードしてんのになに硬くなってんだよ」と言ったとか。チームメイトから完全試合を知らされた九回裏は、エラーしたらどうしようと、ガチガチに緊張したらしい。

「課長、木下に鈍感力の克服を求めるのは無理ですよ。エースは完全試合を達成したけど、木下が守るライトには、その日一球も打球は飛んでこなかったんですから」

「堤さん、僕のテッパンネタ、奪わないでくださいよ」

「ライトは木下くんでなくとも、マネキンでも電信柱でも良かったたってことだね」果穂も続く。

「ひどい、課長、僕は置物ですか」

「木下、課長からいい新ネタをもらったな。携帯会社に、ライトには基地局アンテナを立てておいても良かったと言えばいいんだよ。あの会社、やっと予定地全部に設置を終えたらしいからウケるかもしれないぞ」

「はいはい、その話はここまで。じゃあ、堤さん、ネクスト」果穂が堤に手を向けた。

「えっ、俺?」

それまで一緒になって後輩をイジっていた堤が面食らう。

「堤さんって、車線変更してもずっとウインカー出しっぱなしだものね。鈍感さでは木下くんといい勝負だと思うよ」

「免許も持ってないくせに課長はよく言うよ。俺が同行してなきゃ、出張先でバス移動だったんですからね。少しは感謝してくれなきゃ」

文句を言いながらも顔は笑っている。堤も果穂からイジられるのは嬉しいのだろう。イジりは自分に関心を持ってくれているという安心感にも繋がる。

その後も方々から案は出たが、着地とまではいかなかった。今日は不発の日のようだ。こういう日もある。そこでまた堤と木下の歓談が聞こえた。

「大麦《おおむぎ》商事の倉庫から百万枚の布マスクが出てきたそうですよ」

「またマスク？　去年、倉庫から八千三百万枚見つかったばかりじゃんか。保管費用に国の経費が六億もかかったって、大非難されて」

「大麦商事の場合、自社の倉庫だから経費に税金はかかってないんですけど、役所の方から、頼むから公表しないでそっちでうまく処分してくれって頼まれたそうです」

「そんな極秘情報、木下よく知ってるな」

「たまたま大麦商事に行ったら、段ボールがひと箱だけおいてあったんですよ。『これなんすか』って開けたら、担当者に『開けちゃダメ!』って言われて。でも時すでに遅しだったんですけど」

二人の会話に果穂の脳が閃《ひらめ》いた。

「今、百万枚って言ったわよね。それって確か?」

「はい、課長。それは間違いないですけど」

「江本ちゃん、これ、いけんじゃない?」

「いけるって、なにがですか」

江本も、そして他の社員もフリーズしている。

「シモヅマ製薬よ。シモヅマといえば花粉症じゃない。花粉症といえばマスクでしょう」

「花粉症の薬の付録にマスクをつけるってことですか?」

「そうだよ。木下くん、その百万枚のマスク、大麦商事は表に出さずに処分しなきゃいけないんでしょ。だったらタダ同然で入手してよ。なんなら次のモニター広告で値引きするとネゴって」

「大麦商事、ティーン向けの洋服ブランド始めたから、バーターでもらえるかもしれませんけど、マスクの付録で薬が売れますかね。マスクなんて今は余ってますよ」

「ただ配るだけじゃないわよ。マスクにプリントするの」

「政治的メッセージですか。世界平和とかLGBTとか」江本が首を傾げる。

「いいセンいってるけど惜しい。江本ちゃん、シモヅマって環境問題にも取り組んでるでしょ。花粉の少ない杉を植林して」

「シモヅマ製薬は地球環境にも大いに貢献していますってプリントするんですか。そんな会社の宣伝マスク、誰もつけやしませんよ」

堤が異議を挟む。

「あたしが考えてるのはもっと単純なメッセージだよ。キープ・ザ・クリーンとか、アイ・ラブ・プラネットとか。そのマスクをつけた人が、インスタにアップするたびに、シモヅマ製薬が一本、花粉の少ない杉の苗木を植林していくの。《＃《ハッシュタグ》シモヅマ》が増えれば、シモヅマが環境問題に取り組んでることが間接的に広がるでしょ」

「なるほど、それだとSNSのユーザーまでがボランティアに一役を買ってる気になって、バズるかもしれませんね」

堤が賛同し、担当の江本も「果穂さんのコピー、とても広告代理店のセンスとは思えないけど、アイデア的にはナイスだと思います」と笑顔が戻った。

「じゃあ各自メッセージを三つずつ、三時までの宿題ということで。採用者にはあたしがスタバでお好きな物を一品ご馳走します」

「え〜、三つもですかぁ」

不満を言いながらも優秀な部下たちはさっそく案を練り始めた。思わぬところで一つ解決できそうだ。これならシモヅマ製薬もアドプレミアムを断り、うちを選んでくれるかもしれない。

十二時になった。コロナがようやく収束して、昼食はみんなで食べに行くことが多くなった。

営四はお友達クラブ、そうした揶揄《やゆ》も聞こえてくるが、それは羨ましがっているだけだと思っている。仲が悪くて仕事をする方が不思議だ。仕事だってスポーツと同じ、脚光を浴びて走るランナーは一人でも、出場に至るまでにはたくさんの仲間が裏方として協力してくれているのだ。

果穂はこの営四が、仲間が困った時でも無形の力で励まされる、そんな居心地のいいチームになればいいと思っている。

3

その日は定時に帰り、営三の水原朱里と二人一緒に会社を出た。三つ下の水原とは竹を割ったような性格が合い、二人でよく飲み歩く。後輩というより親友のような存在だ。「朱里、今日空いてる?」と声をかけると「行きますか」と一言で返ってくるのも果穂には心地よい。「わぁ、果穂さんに誘われて嬉しい」など鬱陶しいことを言う女は苦手だ。

酒好きのアラフォー女に「映え」は不要で、入るのもサラリーマンで賑わう新橋《しんばし》の居酒屋だ。

一応、二人ともインスタのアカウントは持っているが、水原はたまに飼い猫の写真を載せる程度、果穂に至っては二年前に水原と宮古島《みやこじま》に出かけて以来、更新していない。

「その顔、坂本部長となにかあったんですか」

ビールを頼んだところで水原に言われてギクリとした。坂本とのことは水原にだけは話している。

「気分転換の相手にしたみたいで申し訳ないけど、昨日、ドタキャンされたんだよ。それも飲み会帰りに別々のタクシーに乗ってから」

手刀を切って正直に話した。

「そんなことだと思ってましたよ。今日の果穂さん、朝からカラ元気気味だったから」

感性の強い彼女は気づいていたようだ。

出てきた中ジョッキを半分まで飲む。鼻の下に白い髭が生えているだろうが、周りはおじさんしかいないので気にしない。水原もサンタのような白い口髭を生やしたままだ。せんべろ好きなくせに、服はマルジェラを着ているところも、果穂と気が合う。

「朱里って一度も、やめた方がいいって言わないよね。こういうことって大概の女友達は猛反対するのに」

「やめろと言われるほど燃え上がるのが男と女ですからね。逆に応援すると、一旦立ち止まって考えるんです。果たして私の相手はこの男でいいのかなと」

「はいはい、すべて朱里さまのおっしゃる通りです」

お通しの枝豆を口の中に飛ばして、果穂は奉ずる。

果穂だって考えている。仮に坂本が離婚して、果穂と結婚したからといって、すべてがハッピーエンドになるわけではなく、陰では「略奪愛」だと後ろ指を指されるだろう。そもそも一度浮気した男が二度と浮気しない保証はなく、不安に駆られる毎日が待っているだけかもしれない。

いやいや、離婚してなどと考えることじたい、希望的観測が混ざっている。坂本からは執行役員に昇進し、高一の末娘が大学生になったら妻に離婚を伝えるつもりだと言われているが、果穂は聞き流す。今度こそいけるんじゃないかと期待してがっかりするのは、陸上でうんざりするほど味わった。

「だからあたしは果穂さんにはどんどん突っ走れと唆《そそのか》すことにしたんです。イケイケ、ゴーゴーって」

水原は頼んだスルメを口で引っ張りながら左手を振りかざした。「どうですか？　やめる気になりましたか？」

「あいにく意地でも続けてやるという気持ちの方が強くなったよ」

枝豆を口に飛ばそうとするが、中身は空で塩水が目にかかった。

「それは残念。でも人間の気持ちなんて、いつもふらふら迷い道ですから、そのうち部長を嫌いになるかもしれません。その時はあたしが絶対に別れられる作戦を果穂さんに伝授します」

「そんな特効薬あるなら、今ここで教えてよ」

おしぼりで目を拭きながら言う。

「教えません。それって本気で別れる気がないと効果がないので」

「あるって。これでもあたし、マジで悩んでるんだよ」

「いいえ、あたしには、そうは見えません」

水原には何度も、別れ話を切り出しても坂本は別れてくれないと説明した。実際はそういう体《てい》を作っているにすぎないことまで水原はお見通しなのだろう。もう会いたくない、連絡を寄越さないでくれと言い捨て、連絡が来ても無視すれば済むだけなのだが、そんなことをしたら会社で気まずくなる、せっかく課長にまでなったのに会社をやめなきゃいけなくなる……要は不倫をやめない理由を探しているだけなのだ。

「果穂さん、気をつけた方がいいですよ。武居専務にもこの前、言われたんです。和田さん、時々物思いに耽ってるけど、なにか聞いてるかって」

「えっ、専務が」

あまりの驚きにお代わりしたビールを口から零す。スカートにもついたので、おしぼりに手を伸ばすが、心はそれどころではなかった。

「で、朱里は専務になんて言ったのよ」

「課長になって責任を感じているんじゃないですかって答えました。専務は和田さんはそんなタマじゃないだろうって笑ってましたけど」

「そんなタマって、失敬な」

水原からはたまに武居の話が出てくる。まさか不倫関係？　最初はそんな疑いも持ったが、二人は親戚で、水原の母の弟が武居になるらしい。コネ入社は代理店にはいくらでもいるが、水原はそうではない。彼女が新卒で入社した三年後に、一丸商事にいた武居が中和エージェンシーの創業者、故平松光世《ひらまつこうせい》社長に見込まれ、引っ張られてきたのだ。水原から「余計な勘繰りをされたくないので黙っててくださいね」と頼まれたので内緒にしている。

「疑われてるのでなければ、それは良かったけど」

安堵して、渇いた喉にビールを流す。

「でも専務は勘がいいので、案外気づいているかもしれませんけどね」

「怖いこと言わないでよ。彼、武居専務だけには知られたくないと心配してるから、そんなことを知ったら真っ青になるよ」

坂本にとっての武居は、親分の久津名の強力なライバルなのだ。自分の失態が、久津名まで巻き込む危険性がある。

「専務、不倫は当事者たちの問題で、外の人間がとやかく言うべきではないと言ってましたけどね」

スルメを裂きながらまた水原が意味深なことを言う。

「親戚でそんな話をしてんの」

「うちの母がその手の話、大好きなので」

「へぇ〜、専務って不倫擁護派なんだ。案外、専務もしてたりして」

「だけどどうしようもない人間と不倫してる時は、周りは止めるべきだとは言ってましたけどね。それが仲間の役目だと」

「だったら問題ないでしょう。彼の場合は」

「そうでもないんです。専務、坂本部長のことはあまり買ってないから」

「そうなの？　どうしてよ」

「坂本部長って、仕事できない人に当たりがきついじゃないですか。とくに透《とおる》さんとかに」

透とは亡くなった平松光世社長の一人息子で、去年セントラルテレビから来て事業部に配属、今月から事業二課長になった。

フロアも違うので、挨拶する程度だが、セントラルテレビといってもおそらくコネ入社で、居場所がなくなって、父親が作った会社に移ってきたのだろう。坂本はいつも「あの出来損ないには腹が立つ」と忌々しげに話す。

「専務って、チームの輪を大切にしてる人ですから」

「透さんって空気読めなくて、しょっちゅうクライアントを怒らせるそうだよ。彼が文句を言いたくなるのは、ある意味しょうがないんじゃないかな」

「それでも創業者の息子さんですよ。代理店とテレビとは似て非なるものだから、透さんだって不慣れな点もあるだろうし」

「もう来て一年すぎたんだよ。そろそろ代理店の空気に慣れなきゃダメっしょ」

「鈍いというか、性格がのんびりしているのは確かですけど」

「だいたい二世だからって特別扱いは許されないよ。政治家だって世襲議員は、より厳しい目で見られるわけだし」

平松家は、株式の十パーセント以上持っていて、影響力がある。平松透は果穂と同じで今年四十歳。坂本にとっては、将来自分が役員になるところで、追い抜かれてしまうかもしれない要注意人物でもあるのだ。

中和エージェンシーをそこそこ知名度のある会社に成長させた武居が、創業家の一人息子というだけで透を依怙贔屓《えこひいき》しているとは思えないが、坂本の出世に響かないよう朱里の忠言を受け入れることにした。

「分かった。彼には、透さんのプライドを傷つけることは言わないように言っとくよ。だから朱里も次に専務とその話になったら、坂本部長も反省してるみたいですと言っといて」

「はいはい。普通に行けば、坂本部長がいち早く取締役になって、出世街道を独走していくのは確実でしょうけどね。営業の部長なんて、小俣部長にしても高坂《たかさか》部長にしても、坂本部長の足下にも及ばないから」

「営業は、エースの石渡さんが王道から外れたからね」

事業担当の久津名の右腕が坂本なら、営業担当の武居の右腕は、果穂と同じ歳の石渡だと言われていた。それが二カ月前、武居は石渡を営業の稼ぎ頭であった営一課長から外し、閑職に回した。辞令が出た直後は、石渡がどんな失態を犯したのか、営業内で噂は絶えなかった。

「どうして専務は石渡さんを外したんだろうね。そういう話は親戚の間で出ないの？」

「出ないですよ。そんな生々しい話題」

「石渡さん、小俣部長にきつく当たってたから、小俣部長を偉くさせるために、石渡さんを外したのかな?」

「それはないでしょう。小俣部長が今より出世したら営業で暴動が起きますよ。今日だって、テレショップサカイの本編試写だったんです。『サカイの高島礼子《たかしまれいこ》』と呼ばれてる部長が出てきたんですが、途中から急にサカイの礼子の機嫌が悪くなったんです、そしたら小俣部長が『タレントのキャラがずれてるんじゃないか』と言い出して……。あんたもオーディションの場にいただろうと、喉元まで出かかりましたから」

小俣は営一から営三までを管轄する第一部長、果穂の営四以下、その他は高坂という部長が担当するが、その高坂も小俣と同じで、部下からの人望はまったくない。

果穂は二杯目のジョッキを飲み干し、「お兄さん、生中《なまちゅう》、お代わり」と手をあげた。水原も「二つ」と注文した。

店員が中ジョッキをすぐ二つ運んでくると、店内から珍しく女の声が聞こえてきた。離れた席で二十代くらいの四人組女子軍団が賑やかに飲んでいる。ただし目的は飲みより、インスタに載せるためのようで、忙しい店員を足止めさせて、写真撮影を頼んでいる。

顎の下でピースしながら写真を撮り終えた一人の女が「ねえねえ、うち、ある説を見つけたんだけど」と話し始めた。季節外れのハロウィーンかよと見まがうほど、彼女はフリフリのワンピースを着ていた。

「なになに」

いったいどんな細い足をしているのか想像がつかないほど超スリムパンツを穿《は》いた女が訊き返す。

「アラフォーになっても独身の美人って、不倫率高くない？」とフリフリワンピース。

「それ、百パーだよ。うちが知ってる人、全員不倫経験者だもん」スリムパンツが弾けた声で同調する。

他の二人も「うちもそう思う」「絶対してる」と賛同した。彼女たちはのんべえのおっさんたちにも負けない大声で盛り上がっていた。

百パーセントって、いったいどれだけのサンプルから弾き出したんだよ。果穂は立ち上がった。

「ちょっと果穂さん、なに血迷ってるんですか」

すぐにシャツを引っ張って止められた。

「だって今の会話、アラフォーシングル女子への冒瀆《ぼうとく》だよ。あたしは事実だから言われても仕方ないけど、朱里はしてないじゃない」

なによりも若い連中から「アラフォーは◯◯」と一括りにされるのが不愉快だった。だが水原は平然と言った。

「あたしは美人じゃないですから、彼女たちの説には該当しませんよ」

「えっ」

言われて我に返った。きっと耳たぶまでが真っ赤になっていたに違いない。

4

次の日、シモヅマ製薬に、堤康友と江本真希を連れて向かった。コンペならこれほど心強いメンツはないが、今回は謝罪だった。

大麦商事にはマスク百万枚をもらう代わりに、次の広告を値引きするというバーターが成立した。果穂は部下から出た案をまとめ、マスクにプリントするメッセージは《Ｃｅｄａｒ　ｉｓ　ｉｎｎｏｃｅｎｔ（杉の木に罪はない）》と仮題をつけた。まずは若い女性をインフルエンサーのターゲットにして、彼女たちから森林破壊が地球温暖化の温床になると活動する女優やセレブに届くように仕向ける。そうなれば環境問題に本気で取り組んでいる企業だとシモヅマ製薬の名前も広まる……そうした内容を企画書にまとめ、シモヅマの宣伝担当に送った。担当者も「うちの社長そういうの大好きだから、それならアドプレミアムは断るって言い出すかもしれません」と乗ってきた。

それが今朝になって、高坂第二営業部長から「薬事法に関わる宣伝をそんな軽いノリでやっていいのかな。スギ花粉を応援してると受け止められかねない」とストップがかかった。「花粉のない杉があることくらい若い子も知ってますよ。それに炎上したらやめればいいんですから」そう言い張ったが、高坂は了解せず、結局シモヅマ製薬にお詫びにいくことになったのだった。

「一旦走らせちゃったのに白紙に戻すなんてすみません。社内に温度差があった弊社にすべての責任があります」

果穂はシモヅマの担当者に頭を下げた。

「いえいえ、僕も軽く承知しましたけど、軽いノリだと、世間からお叱りを受けたかもしれませんね」

担当者は怒るどころか、恐縮していた。

「そんなことで炎上なんてしませんよ。うちの高坂が堅物なだけです」

江本は憤っていた。彼女にとっては自分が出したアイデアと同じものをアドプレミアムに出されて、大事なクライアントを奪われてしまうかもしれない由々しき事態なのだ。

「高坂は、石橋を叩いても渡らないですからね。前例のない企画はだいたいストップするし」堤も口をへの字に曲げた。

「高坂さんって、酒、タバコもやらないだけでなく、コーヒーも飲まないんですよね。嗜好《しこう》の問題なんでしょうけど、最初はなにかの宗教かと思いましたよ」

二人に乗せられるように、担当者までが陰口に加わる。

「それ当たってるかもしれませんよ。あのおっさん、最近肩が凝るって、へんな磁気ネックレスしてますもの」江本はついにおっさん呼ばわりした。

「もう一人の部長の小俣さんも変わってますよね。前に弊社がテレビCM打った時も話が嚙み合わなくて困りました」

「すみません、町田《まちだ》さん、弊社の上役がご迷惑ばかりかけて」

果穂は詫びるが、隣から堤が「小俣はもっとダメ人間ですよ。上に媚びるしか能がないですから」と悪口に拍車をかけた。

担当者とは古い付き合いなので、大概が無礼講だ。いつもなら果穂も一緒になって参加しているのだが、この日はそんな気にはなれなかった。

「でも高坂部長の言ってることももっともだし、あたしが先に高坂部長に話してから、連絡すればよかったんです」

「えっ、課長、今、なんて言いました？」

堤が聞き間違えたかのように耳に手を当てる。

「それに小俣部長にも、いろいろと助けてもらっているし」

「今日の果穂さん、おかしくないですか。いつもは二人とも呼び捨てなのに」と江本。

「呼び捨てって、普通はお客さまの前でしないでしょう。それがビジネスマナーじゃない？」

「どこがマナーですか。ポンコツ高坂、トンチキ小俣と呼んでるのに」

「やめてよ、江本ちゃん、そんな汚い言葉遣わないよ」

「いいえ、和田さんは僕の前でも言ってます。高坂さんのことを、あのハゲとも言ってました」

シモヅマの担当者も続く。

「それって飲みの席ですよね？」

「いいえ、打ち合わせです。場所はこの会議室でした」

「そうでしたっけ？　まぁ呼び方なんてどうでもいいじゃないですか」

言葉遣いが気になったのは、昨夜の水原の話が引っかかっていたからだ。

二十代女子軍団のせいで、ほろ酔い気分に水を差された果穂たちは、飲み直しにもう一軒行った。その店では水原の方が荒れていた。テレショップサカイでの本試写で、サカイの礼子の機嫌が悪かったのは、画面に映った首筋の皺が目立っていたという理由だったらしい。

――サカイの礼子、最近、会長の後妻になって調子乗ってんですよ。あとで部下からこっそり、「皺を消しといてくれますか」って頼まれましたから。「皺を消すのにどれだけ金がかかると思ってんだよ、ケチケチしねえで追加予算出せよ」と言いたくなりました。

――今日の朱里はいつにも増して口が悪いね。

――この業界にいたら性格も歪みますよ。

サカイの礼子の話は尽きなかったが、彼女はこんな話をしだした。

――サカイの礼子を見てたら、『極道《ごくどう》の妻《おんな》たち』を思い出しました。

――なんで？　ああ、高島礼子も出てたね。

――それもありますけど、偉くなって変わるのは、男も女も一緒だなって。

――どこが一緒なのか全然分かんないけど。

――だってサカイの礼子が偉そうになったのって、会長と付き合いだしてからですよ。それまでは役員のことを「さん」づけにしてたのに、今はうちらの前でも「ヤマネ」「コンノ」と呼び捨てですから。うちの課の衣川さんはすぐ、「礼子、会長とデキたな」と感づいたそうです。

聞きながら果穂は沈黙した。アラフォーシングル全員不倫経験者説は同意できなかったが、水原の話は痛いほど胸に響いた。

体育会育ちの果穂は先輩や上司への礼儀はちゃんとわきまえて生きてきた。それが最近は高坂も小俣も陰では呼び捨てにして、悪口を言っては見下していた。

そうなったのは付き合い始めた坂本が、高坂や小俣より先に出世すると思っているから？『極道の妻たち』のように、坂本の権力を自分も手にしたと勘違いして、それが知らず知らずのうちに態度に出ていたのかもしれない。

5

二十代の頃には、同じ陸上選手の彼氏もいたし、中和エージェンシーに転職してからも短期だが付き合った恋人がいた。結婚願望はそれほどなく、してもしなくても正直どっちでもいいと考えていた。

子供は好きだが、とくに欲しいとは思わなかった。子育てより、男性のように働ける間は仕事を続けたい。結婚して母親になっても仕事はやれるが、夢中になると一つのことに集中する性分なので、仕事も家事も子育てもとなると、結局どれかを犠牲にする気がする。

結婚への焦りがなかった分、彼氏に振り回されることもなければ、無理に合コンに行くという追い詰められた感もなく、仕事も私生活も楽しんで過ごした。

だからといって、自立した女がなんの不快感を覚えることなく過ごせたわけではなかった。「結婚しないの？」「子供はいた方がいいよ」「いると人生観が変わるよ」……そんな自分の価値観を押しつけてくる人間にこれまで何人出会ったことか。今、そういったデリカシーのない話をするのは男より女の方だ。とくに旦那がいて、子供もいて、それでいて仕事もバリバリこなしているキャリア女性は、独身ライフを謳歌《おうか》しているシングルのことを、社会の未来を考えない身勝手な人間とみなしている、そう勘ぐりたくなるほど、発言に容赦がないのだ。

事業部にいた四年前、育児のイベントを企画した。主催は託児所を増やすことに取り組んでいるＮＰＯ法人だったが、果穂がチームリーダーになり、人材派遣会社、玩具メーカーといったスポンサーを巻き込んだ。イベント一カ月前にはテレビ局の取材が決まるなど、準備万端で進んだ。

いよいよ開催が数日後に迫った時、ＮＰＯ法人の女性代表に「お疲れさま」とねぎらわれた。三人の子を育てながらＮＰＯを運営してきた彼女はいつもピリピリしたきつい人だった。そのひと言で苦労が報われた気がした。だが喜んだのは束の間だった。

――あなたはここまでよくやってくれました。だけど本当は、この企画のリーダーは、育児経験のある女性にやってほしかったんですけどね。

果穂では不適任だったような言われ方だった。それでもイベントに罪はないと最後の準備を続けたが、奇禍として当日は雨となり、思っていたほどの来場者はなかった。

——だから私は代理店の上の人に言ったのよ。子供を産んだことのない人には、担当してほしくないって。

代表が他の女性に不満を言っているのが聞こえた時、さすがに涙が止まらなくなってトイレに駆け込んだ。翌日、課長に、そこまで言われたのなら代えて欲しかったと抗議したが、課長はなにも聞いていないと言った。

——和田、飲みに行こうか。

数日後、憔悴《しょうすい》していた果穂に声をかけてきたのが、事業部長の坂本だった。連絡を受けたのは坂本だったらしい。

——どうしてあたしをチームリーダーから外さなかったんですか。失敗した時、あたしに責任を押しつけられるのが分かってたじゃないですか。

——和田には悪いことをした。だけどイベントなんて全部が成功するわけじゃないだろ。

——それでもチームリーダーがあたしじゃなかったら、天気のことまでうちの社のせいにされることはなかったんですよ。

——電話を終えた後、俺の頭の中に、子供のいる女性社員が何人も浮かんだよ。俺はその誰よりも和田の方がやれると思った。

――向こうはそうとは……。

――和田、リーダーというのは孤独でも頑張らなきゃいけない時があるんだ。だからこんなことくらいで挫《くじ》けるな。

坂本が言った「孤独」というワードは、果穂が考える寂しさや暗さを帯びていなかった。むしろ輝いて聞こえた。

それから数カ月後には坂本と体の関係ができていた。ひと回りも年上なんて、恋愛の対象になるはずがないと思っていたのに、会った日はずっと鼻歌を歌っているほど浮かれ、会えない日が続くと心がひりつく。会う理由は「同志」だからであって、坂本が自分を認めてくれているから。いつもそう言い聞かせたが、約束をした日は、今日もするんだろうと、下着まで考えて出勤するのだから、「同志」も「認めてくれている」も卑怯な言い訳を準備しているにすぎない。

週一ペースで会っている坂本とは、外で食事をして、酒を飲むだけの日もある。だが家にくれば必ず求めてくるので、坂本はそれが一番したいのだろう。セックスしたら一眠りして早朝帰るが、ない時は「仕事を残してきた」「明日が早いから」と理由をつけて早く帰宅してしまう。一人になるのは寂しいので、最近の果穂はほとんど応じる。旅行をしたこともなければ、日の光の下を散歩することもない。不倫女が日陰の存在であることくらい承知していたのに、まんまとその役通りの女を演じている。

別に結婚などしなくてもいいが、だとしたらこれから先、果穂が四十五、五十歳と歳を重ねても彼は自分を必要とするだろうか。

もう負けて悔しい思いを味わわなくていいと、寂しさ半分、清々しさも感じて現役を引退したというのに、今もまた、勝ち目のないレースを走っている。

6

トールラテを片手に自席に着いた果穂は、荷物を置いて営三課長の阿南を探した。まだ出勤していなかったが、待ちきれずに廊下に出ると、阿南がタオルで首筋の汗を拭いながら出社してきた。

「阿南さん、ありがとう、助かったよ。あやうく大麦商事から引き取った百万枚のマスクを無駄にするところだった」

果穂は両手を合わせて拝んだ。昨夜になって、木下から「あのマスク、営三が引き取ってくれました！」と連絡を受けたのだった。

「こっちこそ、百万枚のマスクを無料でくれるなんて、天からの贈り物みたいなものだよ。湘南通販も喜んでくれたし」

恩を売ることはなく、阿南も礼を言ってくる。木下によると、湘南通販の十周年記念のキャンペーンを請け負った営三は、割引や商品プレゼントなどアイデアを出したものの、どれもありきたりだと小笹会長に却下された。そこで営三は、果穂が考えたマスクを使った慈善事業を小笹に提案したそうだ。

「総長がペットボトル問題に取り組んでるなんて初めて知ったよ。さすが湘南育ちだね」

昔、ポスターの仕事をした果穂は、小笹のことを総長と呼んでいる。マスクに『私はペットボトルから海を守ります』とプリントし、それを湘南通販で買い物した客にプレゼントする、購買者がそのマスクをつけた写真をSNSにアップしたら、海岸清掃のボランティア団体にワンコイン寄付するという、果穂がシモヅマ製薬に提案したのと似たアイデアだ。

百万枚だからマスクをもらった全員が写真をアップしたら五億の費用がかかるが、小笹はこれまでに多額の寄付をしていて、それくらいは安いものだと快諾したそうだ。

「営三の企画、F3層をターゲットにするっていうのが肝だよね。あたしたちのアイデアより成功率は高いよ」

果穂はセレブや若い女子をインフルエンサーにしてトレンドを作ろうとしたが、いくら森林破壊や地球温暖化への警鐘に繋がるとしても、ファッションにうるさい彼女たちが果たして無料のマスクをした姿をSNSにアップするかどうかは定かではない。

一方の湘南通販のターゲットは小笹のファンである五十歳以上の女性だ。彼女たちなら喜んで協力する。そこまで考えた営三のプレゼン能力もたいしたものだし、果穂がシモヅマ製薬に謝りに行ったのが水曜で、今日が金曜、スピード感にも恐れ入った。

「営四の企画をそのまま湘南通販に当て込んだだけだから、全部、営四のおかげだよ。小笹会長からも『和田さんと営業四課にいいアイデアをいただいたと伝えておいてくれ』と伝言もらったし」

「うちらの名前も出してくれたんだ。ありがとう。みんなも喜ぶと思う」

「うちの課も必死だったからね。十周年企画と言われてもなんにも出なくて、うちの太郎が『それではこの案件は宿題ってことで』と言ったら、会長から『なんでおまえから宿題出されなきゃいけねえんだ』と怒られて」

「そりゃ、総長にそんなこと言ったら激怒されるわ」

「この案も行けるとは思ったけど、電話するまではひやひやだったよ」

「却下されるわけないよ。総長ってメッセージを発信するのが大好きだもの。あたしがポスターを請け負った時も『道なき道を行く　湘南通販』をメインコピーにして、名前を広めたんだよ」

「道なき道を行くって、なんだかグーグルマップみたいだね」

「ちょっとなに言ってるか分からないけど」

本当に意味が理解できなかった。

「和田さんって免許持ってないんだったね。グーグルの地図アプリって、こんな道、車が通れるのかって細い通りまでナビするんだよ」

「ああ、そういうことね。だけど、阿南さん。人でも車でも、走れているということは、そこに道があるからだよ。どこに続くかは分からなくとも、止まらずに走り続ければ、いつかは目的地にたどり着くんだから」

「さすがいいこと言うね。それ、どこかで使わせてもらうわ」

笑みを浮かべた阿南に、果穂は親指を立てた。

「和田さん、マスク、サイズは小さくないよね？　前に発見されたマスクは小さかったみたいだし、女性客だけに、顎が出てしまうとまずいから」

「それは確認済み。私が取り寄せて着けてみたけど、ピッタリのサイズだった。大麦商事っていくら洗っても縮まないティーシャツを作ってるでしょ？　その生地を使ってるから、百回くらい洗ったところでビクともしないんだって」

「何度も洗って使えるって、まさにあの時に言ってた布マスクの特性そのものじゃない」

「大麦商事も出来栄えに満足してたんだけど、先に首相がちっちゃいマスクをつけてテレビカメラの前に登場しちゃったから、出すに出せなくなったらしい」

「あの時に配られてたら国民から喜ばれたかもしれないのに」

「阿南さんは、うちが引き取ったマスクで困ってること、誰から聞いたの？」

営二には水原朱里がいるが、マスクの話はしていない。

「木下くんが、うちの太郎に言ったんだよ。あの二人、カープファンだから」

「そう言えば、木下くん、水曜日に神宮《じんぐう》に広島戦を観に行くって言ってた」

「そう、その帰り道、カープの勝利に二人で祝杯あげてたら、木下くんに堤さんから電話があって、『おまえ、なんとかしろ』って言われたみたいだよ。それを聞いた太郎が、翌朝、俺に伝えてきたってわけ」

「ほぉ、そういう流れだったのか」

「すごいよね、営四のチームワークは」

「まっ、そのあたりは、あたしがいつも言ってることだから」

偉そうに答えたが、堤や木下がそこまでやってくれるとは予想していなかった。いくら課長が張り切ったところで、仲間が自発的に動いてくれないとなにもできない。男子社員はいつもイジってばかりだが、この件はあとできちんと礼を言おう。

「本当に一件落着で良かったよ。ここで万が一、湘南通販のキャンペーンまで奪われることになったら、うちは痛い二敗目を喫するところだったから」

阿南が眉をひそめた。

「二敗目って、なにかあったの？」

「それが言いにくいんだけどさ」苦い顔をして話し始める。「通販番組の新規案件が二件あったんだよ。うちとしては小笹会長に紹介されたタガジョー通販に取りかかって、もう一つは企画書を投げただけでのんびりしてたらよそに取られちゃって」

「それは災難だったね」

「人が足りないことを理由に後回しにしていたのが悪いんだけどね。だけどうちが出したやつの完コピみたいなアイデアが出てくるとは思いもしなかったよ」

「完コピみたいなアイデアって？」

心がざわついた。果穂の反応も気にせず、阿南は「練りに練ったいいプランだと思ったけど、他社も思いつくくらいだから、特段新しいものではなかったってことなんだろうけど」と続けた。

「その横取りしてきた会社って、まさかアドプレミアムじゃないよね?」

「えっ、どうして知ってんのよ、和田さん」

阿南が目を丸くして驚いている。

「ねえ、阿南さん、その企画、制作会社と打ち合わせした?」

「それはまだだよ。一応、企画書は武居専務に見せた。当然、小俣部長も見てるけど」

武居や小俣には話すだろう。二人から他社に漏れるはずはないし、営四のシモヅマ製薬の企画は武居には話したが、第一営業部長の小俣は知らない。

「あっ、小俣さんが部長会の後に訊かれたんで、話したとは言ってたけど……」

阿南はとくに疑いもなく話し始めた。果穂は動悸が止まらなくなっていた。

7

土曜日、果穂は品川《しながわ》の外資系ホテルに来ていた。

《土曜、夜だけでもいいから会えない?》

坂本を誘ったのは果穂だ。最初は《土曜の夜は接待がある》と断られたが、ホテルを予約したことを伝えると、《遅くなるけどいいか》と態度が変わった。

七時に家を出て、途中、うどん屋に入った。胃に優しいものをと選んだのだが、その店のさぬきうどんは、憎たらしいほどコシが強かった。麺も縁も似たようなもので、簡単に切れやしない――オヤジギャグだなと反省して会計を済ませ、ホテルに一人でチェックインする。これでは会えるのを待ちわびている愛人そのものだ。

付き合い始めた頃は「お忍び愛」が刺激的で、わざと会社の近くのホテルに宿泊した。朝、高層ホテルの窓から会社の方向を眺め、二人で目を合わせてくすっと笑った。

口には出さなかったがその先には坂本の自宅があることが二人とも分かっていた。不倫とは人の性格まで歪めてしまうおそろしい毒薬だ。

《今、ロビーに着いた。何号室？》

午後十一時半、坂本からＬＩＮＥが届いた。すぐに部屋番号を打って返す。呼び鈴が鳴ったので扉を開けると、青のジャケットにナイロン製のボストンを持った坂本が「遅くなってごめん」と笑みを浮かべていた。

「こっちこそ急に無理を言ってごめんね。土曜日なのに、おうち、大丈夫だった？」

すまなそうに言って果穂はセミダブルベッドが並ぶ部屋の中へ入っていく。

「家は問題はないよ。それより果穂からホテルでのお泊まりを誘ってくるとは思わなかったな。俺が誕生日を忘れてると思ったか？」

坂本は鞄から紙包みを出す。言われて明日が四十回目の誕生日なのを思い出した。この歳で喜ぶ女などいないと思っていたが、許されぬ恋の男女にはこれも大切なイベントなのだろう。

「果穂はアクセサリーを着けないから、毎回なににするか悩むよ」そう言って「誕生日おめでとう」と時計ブランドの紙袋を渡された。奮発したようだ。

「ありがとう」

受け取ると、坂本が抱きしめてきてキスされる。セクシーに見えていた下唇の薄い口がそのまま果穂の首筋へと移動する。

右手がタイトスカートの裾から入ってきた。坂本は果穂が陸上で鍛えたハムストリングを触るのが好きだ。果穂は左手で受け取った時計の紙袋を右手に持ち替え、空いた左手で坂本の手を制す。坂本は気にすることなく、脚から尻のほうへと手を動かす。果穂は抵抗しても無駄だと、鼻を無性に動かした。

「どうしたんだよ、果穂」

すするような音に坂本が眉根を寄せるが、果穂は気にせず鼻をひくつかせる。

「匂うか？　そんなに飲んではないんだけど」

抱き寄せたまま、坂本は腕を曲げて服の匂いを嗅いだ。酒の匂いなどしなかった。それでも鼻を動かし、坂本の上半身の隅々まで顔を動かし続けた。

「いつもと違う匂いだなと思って。今日はいつものクラブではなかったの？」

普段とは別のホステスが付いたと言えば済む話だが、果穂が「ああ、でもこの匂い、前に嗅いだことがある」と上目で呟いたことに、坂本は目に見えて狼狽《ろうばい》し始めた。

「あっ、そうだった。家出る時、女房も出かけようとしてたんだ。今日はきつい香水をつけてたから、その香りが移ったんじゃないか」

不動産会社で部長代理をしている妻とは家庭内別居も同然で、もう何年もセックスレスだと言っていた。妻がきつい香水をつけたくらいで匂いなどが移るものか。愛妻とキスを交わして家を出てきた、そんな夫婦の姿が想像できたが、果穂が気にしていることはそんなことではなかった。

「ねえ、最近、他の代理店とタイアップしてる?」

「なんだよ、次は。そんなことより、早くベッドに行こうよ。果穂とずっと会ってなかったから待ちきれなかったんだよ」

いち早く果穂を押し倒して主導権を取り返したいようだ。果穂は一歩も動かなかった。

「ここのところ、アドプレミアムとよく飲んでるんだって? 営四と事業一課との合同の打ち上げの後も、あなた、久津名常務やアドプレミアムの人と飲んでたらしいじゃない?」

スカートの中で手の動きが止まり、坂本は果穂の顔を見る。顔を上げた果穂と視線が合うと、微妙に逸らした。

そのことを教えてくれたのは事業一課の若い社員だった。日本選手権にも出たことがあると知って以来、気軽に話しかけてくる彼は、果穂の問いに「よくご存じですね。うちの部長、久津名常務と一緒にしょっちゅう、アドプレと会ってるんですよ」と答えた。「それって武居専務への対抗心が関係してんじゃないの」と訊くと、彼は驚いた顔をした。果穂が「あたしは事業部育ちだよ。営業に行っても心は不動だよ」と言ったのを信じて、その問いを認めた。どうも坂本と久津名は、武居を貶《おとし》める策を練っているらしい。

「うちの情報がアドプレに漏れてるんだけど、あなたが情報を流してるの？」

会っていることからして否定すると思ったが、自分を見失っている坂本は「漏洩《ろうえい》なんてするわけないだろ。ただ仕事の付き合いで会ってるだけだ」と密会だけは認めた。

「じゃあ訊くけど、シモヅマ製薬にアドプレがうちの課とまったく同じ企画を出してきたんだよ。その企画、あたし、あなたがうちに来た時に話したよね、企画書まで見せて」

「見、見たよ、だから、なんだというんだよ」

「営三でも同じことがあったらしいね。あなた部長会の後、小俣部長を呼んで、どんな企画か聞きだしたそうじゃない」

完全に顔色が変わった。阿南の話から坂本の名前が出てきた時は半信半疑だったが、今は坂本の犯行以外ありえないと思っている。

「どうしてアドプレにそんなことをするのよ。あなた、うちの会社の情報を売って、アドプレに転職しようとしてんの？」

「まさか、そんなことをするわけないだろ」

「そうよね。あなたはうちの社でトップに立ちたいんだものね。そうなると余計になぜアドプレに情報を流すのか全然理解できないけど、きっとあなたには得があるんだろうね」

坂本は口を結んだままなにも言わなくなった。坂本や久津名が、営業を管轄する武居を警戒するのは分からなくはない。今回も久津名の命令かもしれないが、それでも営業には果穂がいるのだ。果穂を想う気持ちがあるなら、必死にやった仕事を潰そうとするか。果穂には、同じチームにいる人間が、仲間を裏切る行為をすることからして信じられなかった。

「あなた、あたしの中途試験で面接した時、うちの会社を引っ張ってくれと言ったよね。いつかあたしがチームリーダーから外してほしかったと愚痴った時も、リーダーは孤独でも頑張らなきゃいけない時があると言ったよね。でもやってることは違うじゃない。仲間が必死に練ったアイデアを、自分のために売るなんて」

「こっちにはこっちの事情があるんだ。関係ないやつが口出しするな」

坂本は声を荒らげて逆切れした。果穂も負けていなかった。「こんなこと、あたしは許さないからね。必ず痛い目に遭うから」両手で体を突き放した。

「おまえ、まさか、俺との関係をバラす気じゃないだろうな」

「そんな卑怯なことしないわよ。あたしを見くびらないでよ」

その言葉に安心したのか、坂本の強張った顔つきが緩み、口の周りに笑みを広げた。

「なぁ、冷静になろうよ。果穂が課長になれたのだって、俺が社長に和田なら四課をまとめられると伝えたからだぞ。武居専務も推してたけど、うちはまだ古い体質が残っているから、男の社員と同じ年代で課長になれたのは俺の口添えがあったからだ」

調子よく話すが、果穂は聞いていられなかった。なんて愚かな男なのだろうか。自分のおかげだなんて、平気で言う気が知れない。

「あたしは出世したくて、転職したんじゃないよ。やりたいことを楽しんでやりたいと思ってこの会社に来たんだよ」

「そう言いながらも、課長になってからいきいきしてたじゃないか。いいチームにしたいと張りきってたし、男の部下を、なんであんな簡単なことができないのかって笑ってたじゃないか」

「そんな偉そうな態度とってないわよ」

　調子に乗っていたかもしれないが、今は猛省している。みんなが支えてくれているから自分は課長でいられる。

「果穂、落ち着いて考えよう。俺はもうすぐ執行役員になる。そして果穂は我が社初の女部長だ」

「なんでも男の価値観に当て嵌めないでよ。そんなんで一位になっても嬉しくないわよ」

　これ以上、この愚か者と同じ空気を吸っているのも嫌になり、荷物を取った。最初から泊まるつもりはなかったのでショルダーバッグだけだ。坂本に左腕を握られた。果穂は右手に持っていた時計ブランドの袋を坂本の顔に投げつけた。

「痛《い》て、なにすんだよ。あっ、これ、いくらしたと思ってんだよ」

　手を離した坂本が、鼻を押さえながら落ちた紙袋を拾う。その横をすり抜けるように、部屋を出た。

「おい、待てよ、果穂」

背後から叫び声がしたが、ドアが閉まったらテレビが消えたように声は途絶えた。

廊下に出て時計を確認した、長針があと五分でテッペンに到達するところだった。

四十までに不倫はやめる――その誓いはどうにか実行できたようだ。

だがあまりの情けないバースデーイブに目が滲《にじ》み、絨毯《じゅうたん》が敷かれた廊下が歪んで見えた。


外は生暖かい風が吹いていた。バッグからスマホを出す。不在着信が一本、ＬＩＮＥが一本入っていた。いずれも坂本からだった。

《果穂、さっきは本当に悪かった。どうもお互い誤解があるようだ。話を聞いてほしいから、今から戻ってきてくれないか。俺は果穂を失いたくない》

おっ、これがロミオメールというやつか。初めて経験した。さっきまで涙ぐんでいたというのに、今の心の中は雲一つない月夜のように澄んでいる。ＬＩＮＥを終了し、電話をかける。水原はすぐに出た。

〈果穂さん、どうでした、大丈夫でしたか〉

心配して待ってくれていたようだ。

「朱里からのアドバイス通り、匂い作戦に出たら、言わなくてもいいことまで口に出したよ。アリバイ工作に失敗した殺人犯のように次々とボロが出てきたわ」

男を焦らせるには匂いを嗅ぐのがいい、本気で別れるつもりだと伝えた果穂に、水原がそう教えてくれた。水原も二十代で不倫を経験したらしい。といっても果穂とは違って、男が独身だと嘘をついていた。妻帯者だと知るきっかけになったのが香水の匂いだったそうだ。

それ以来、水原は近づいてくる男の匂いを嗅ぐ。そうすると大抵の男どもはあたふたしだして、馬脚を現すらしい。

――何回かデートすると、男は馴れ馴れしく触れてくるでしょ。そこでやるんです。

――それってまだ付き合う前ってこと？

――当たり前じゃないですか。二股とか不倫とか、そういう男は一度寝たらこっちのものだと調子に乗りますから。そんな軽薄な男がここ十年で、七回は登場しました。

――十年で七回って、スポーツだったら超強豪校だよ。

――春夏連続で同じ男が来たこともありました。

――それはもう全国制覇レベル。一度、お祓《はら》いしてもらったら。

――いいんです。男なんていなくてもなんにも不自由してませんから。

それが言い寄る男ならいくらでもいそうな彼女が独身でいる理由のようだ。

〈果穂さん、これから飲み行きますか。あたしも暇して死にそうなんで〉

さりげなくこう言ってくれるのが水原の優しさだ。夜通し飲みたいところだが断った。

「こういう経験って、酒の力を借りて忘れようとしたらダメだと思うんだよね。二度と無駄な時間を過ごさないよう、自分の足で歩いて帰って、体に沁みつけておくよ」

〈歩くって今、どこですか〉

「品川」

〈品川から後楽園まで歩くんですか？　二時間はかかりますよ〉

冷静な水原も驚いていたが、朝までに到着すればいいと考えていた果穂は「たった二時間か。楽勝だな」と夜空を見上げて笑った。

現役選手の頃は毎日、五、六時間は走り続けた。もっともそれは十五年近く前、体脂肪率が十パーセントを切っていた頃の話だが。

水原との電話を終えると、フットサルのグラウンドが現れた。ナイター照明の下、休憩中の男女がおしゃべりしている。

照明灯に照らされた競技場のトラックを思い出した。ナイター陸上は昼の大会よりタイムが良かった。夜型の和田——コーチから異名を付けられた。課長になって率先して早帰りするようにしてきたが、今だって一晩くらいなら徹夜は楽勝だ。ただ夜に強いだけであって、孤独に強い女とは言わせない。

悩ましい十字架を下ろしたせいか、体が軽くなり、全身からアドレナリンが出てきた。足元を見つめる。ヒールのないパンプスなのでこれなら走れそうだ。

両肩を回して筋肉をほぐし、クラウチングスタートの姿勢を取ろうと体を屈めた。両手をついたところでタイトスカートなのを思い出したが、気にせずに腰を持ち上げた。

耳の奥でリスタートの号砲が鳴った。アスファルトに伸びた影と一緒に、果穂は後ろ足を蹴って飛び出した。

第四話

名言奉行

1

昨晩からの絹糸を引いたような春雨が降る美術館には、開場前から多くの客が集まっていた。

「再生　２０１４」

未曾有《みぞう》の被害を受けた東日本大震災から三年。これからポップアート・アーティストの震災をテーマにした企画展のオープニングセレモニーが予定されている。ゲストとしてオファーしていたファッションモデルが前日になって出演したくないと言い出し、その対応で手いっぱいだった吉本検司だが、夜遅くどうにかモデル本人を説得し、人心地ついたところだった。

震災は検司にとっても他人事ではなく、仙台《せんだい》市内で酒屋を経営する実家は半壊し、両親はしばらく避難所での生活を余儀なくされた。「お得意様を困らせるわけにはいかない」と父だけが店に戻って配達を再開したが、家の改修工事を終えて両親が安全に住めるようになったのは、去年の暮れ、震災から二年半以上経ってからだった。

検司はこれまでも積極的に震災復興企画を手掛けてきた。共感してくれる人もいればそうでもない人間もいて温度差がある。所属する中和エージェンシーの事業部でも「復興」にこだわっているのは検司くらいだ。去年九月には七年後の二〇二〇年に東京で夏季五輪が開催されることが決まった。オリンピック本体は、大手の大国が一千人規模の専属チームを作って運営することになっているが、五輪に関わる企画、イベントはいくらでも派生する。中和エージェンシークラスの中堅代理店にも多数の仕事が舞い込んでくると社内は復興よりオリンピック一色で、業界全体が少し浮ついている。

「あの〜、スカーフはまだですか？」

入口横に立っていると、整理券を持った客に尋ねられた。

「配布は入場後になります。あと三十分ほどお待ちいただけますか」

そう答えると客は「もう。時間がないのに」と舌打ちした。それほど知られていないアーティストの企画展にこれだけの人が集まったのは、人気のハイブランドとコラボしたスカーフを、先着二百名にプレゼントすると告知したからだ。若い社員の発案で、配布を発表した途端、メディアからも取材依頼が殺到した。ハイブランドのスカーフといってもライセンス品で、下請け会社を経由して中国の工場で作ったものなので、費用は予算内でまとめた。

整理券の配布は開場一時間前に定数の二百人に到達し、今、事業三課の社員が列の最後で、新たに来た客に終了を伝え、頭を下げている。

「おお、吉本くん、すごい盛況だな」

久津名事業部長が、手を挙げて歩いてきた。

「はい、予想以上の反響がありました」

「これもノベルティ効果だな」

アーティストのコアなファンが周りにいるかもしれないのに、久津名は彼らが聞いたらがっかりするようなことを言う。

「もう少し派手にした方が良かったんじゃないのか。せっかく大臣夫人が来てくれるのに」

久津名は看板と作品のポスターが貼られている簡素なエントランスに目を配った。昨夜になって久津名の元に、厚労大臣の秘書から、夫人が来場したがっているとの連絡があった。人気政治家で、元女優の夫人もたびたびファッション誌に登場するなど、今回のフォーカスターゲットであるF2層に影響力がある。

「いいえ、アーティストは今回、震災からの『再生』というメッセージをこめて作品を作りました。入口を華やかにするのはアーティストの意思に反します。大臣の奥さまも、それでは落胆するのではないでしょうか」

「きみがそう言うならこれでいいけど」

久津名はしぶしぶ了承した。大臣夫人にしたって、来場の目的はアートよりスカーフなのだろう。そうでなければ事前に秘書が「スカーフを用意してください」とは言わず、一人で鑑賞に来る。それでも大臣夫人の来場が話題になれば、企画展の成功は間違いない。検司は後輩に、夫人の分と秘書の分、さらに久津名の分までスカーフを用意させた。

「そろそろ、時間だな。夫人のお出迎えだ」

スマホで時間を確認した久津名が肩をそびやかしてエレベーターに向かう。

「どうした、吉本くんは行かないのか」

久津名が眉をひそめたので「すぐに参ります」と言った。フロアの隅では「スカーフの整理券、もうないの？　早く来ないともらえないなら、ホームページにそう書いておいてよ」と中年婦人がアルバイトに文句を言っている。手助けに行こうとしたが、背後から香取《かとり》という後輩に「吉本さん」と呼ばれた。

「おお、香取、どした？」

ここまでは検司がファッションモデルに振り回された以外は順調で、彼もはつらつと仕事をしていたが、どこか様子がおかしい。またモデルが臍《へそ》を曲げたか。

「糸崎《いとさき》がパニックになってるんです。業者と連絡がつかないって」

「業者って、スカーフを発注した新世紀《しんせいき》商事か」

「はい、まだスカーフが届いてないんですよ」

「なんだって」

なにが起きたのか分からないままバックヤードに走る。そこではスカーフのアイデアを発案した入社三年目の糸崎愛《あい》が泣き出しそうな顔をしていた。

「糸崎、スカーフ届かないって本当か。俺はてっきり昨日のうちに受け取り、検品していると思ってたぞ」

「すみません。新世紀商事から朝イチで届けると言われたんで、六時から来て待ってるんですけど、連絡もつかなくて」

本来なら今回の企画展のチームリーダーを任された検司が確認すべきだが、昨夜までモデル事務所で説得していたのでそれどころではなかった。

「待っているだけではどうしようもないだろ。こっちからアプローチはしているのか」

「畑中《はたなか》さんが新世紀商事の本社に着きましたが、オフィスはもぬけの殻だったそうです」

「もぬけの殻ってトンズラしたってことか？　糸崎、どうしてもっと早く言わないんだよ」

「連絡があったのがさっきだったので」

「そうじゃないよ。納品日に届かなかった時点で糸崎は嫌な気がしてたんじゃないのか」

「そうなんですけど、その時は担当者と連絡が取れていて、向こうが必ず朝届けるというので。それなら当日まで待とうと畑中さんが言って」

糸崎はついにべそをかき始めた。モデル事務所のマネージャーが入ってきた。

「吉本さん、先にスカーフいただけますか。うちの、下まで来たところで、やっぱり行きたくないとグズり始めたので」

「ちょっと待ってください、今、それどころじゃなくて」

携帯電話が鳴った。久津名からだった。

〈吉本、なにやってんだ。大臣夫人がお見えになったぞ。通行人が写真を撮って大騒ぎだ〉

その時には検司は汗が止まらず、足下が床ごと抜け落ちそうなくらい、激しい目眩《めまい》に襲われた。

「吉本くん、どうした？」

隣のビルを眺めていた検司は、大島《おおしま》社長の声に「すみません」と我に返って謝罪した。

「おいおい、社長秘書、ぼーっとしてたらダメじゃないか。社長についてもう一年だろ」

常務の久津名に口を歪めて揶揄《やゆ》された。なにも検司が秘書の仕事をサボタージュしていたわけではない。社長室に入ってきた久津名が「社長、ちょっと」と近寄り、検司を横目で睨んで耳打ちを始めたので、検司は聞いてはいけないのだろうと、二人から離れていたのだった。

「そういうことで社長、午後にまた」

久津名が社長室を出た。久津名が率いていた事業部の三課で、しゃかりきになって働いていたのが遠い昔に感じる。八年前、結局、スカーフが届くことはなく、大臣夫人は激怒するわ、来場者は大騒ぎするわ、そのことがマスコミにも知られてネットニュースになるわで、会社創立以来の大失態となった。

「吉本くんのせいじゃないだろ」とかばってくれた上司もいたが、大臣本人から文句の電話を受けた久津名は、「きみはなんてことをしてくれたんだ。我が社が今後、政府の広報の仕事から外されたらきみのせいだぞ」と怒りを爆発させた。そして次の人事で、検司は総務部に異動となった。

入社以来、営業、事業と歩んだ検司には総務は畑違いだったが、そこで四年、そして秘書室で二年働いた。総務では備品の管理から社内イベントの司会までやり、女性の多い秘書室では、彼女たちの不満を角が立たないように重役に伝えるなど調整役を担った。あんな大きなミスをしたのにクビにせずに自分を雇い続けてくれたのだ。会社への感謝の気持ちの方が大きかった。

そして去年の春、急死した平松光世社長の後を受けて社長に就任した大島栄《さかえ》の秘書に抜擢《ばってき》された。検司は大島にとくに可愛がられていたわけではなく、自分がなぜ選ばれたのか不思議だった。

どうやら社のナンバー2で、営業部門を統括する武居専務の推薦だったらしいが、それもまた謎だった。検司も二十八歳まで営業にいたが、武居が一丸商事から移籍してきたタイミングで事業部に異動したため、武居の下で働いたことはない。大島社長同様、少しも接点がないのだ。

それでも大島の次の社長と呼び声高い武居から推薦されたことは検司にとっても光栄だった。イベントをやりたいと中和エージェンシーに入社した当初の目的とは異なるが、会社という組織の中枢に入り、社内を俯瞰《ふかん》しながら、社員が働きやすいように社長に助言していく。そうしたことも秘書の役割だと思っている。大島からの信頼を得て「吉本くんの意見はどうだ」とアドバイスを求められることもしばしばあった。

ところが東京に記録的な降雪があった二月頃から、検司は秘書の役目をなさなくなった。なにかミスしたわけではないのに、大島は検司を避ける。その頃から、大島と武居が対立しだしたのだ。武居の推薦で社長秘書になった検司は、武居のスパイだと見られ始めたようだ。

平松社長時代から置いてある古い精工舎《せいこうしや》の壁掛け時計が正午を知らせた。書類に目を通していた大島がリーディンググラスを外し、印鑑などを机の引き出しにしまい鍵をかけた。

「社長、お昼ですか？　今日はどちらに？」

当然のことを尋ねたつもりだったが、大島の表情がたちまち曇った。

「昼飯のことまで、どうしてきみに話さなきゃいけないんだ」

「失礼しました」

「それから午後の予定だけど、私一人で行くのできみは結構だから」

「ですが先方にはご一緒すると伝えていますし」

「私がいいと言えばいいんだよ」

大島は癇癪《かんしゃく》を起こして社長室を出ていき、検司だけが取り残された。

ポップアート展のスカーフでミスした後でも、ここまでの疎外感を覚えたことはなかった。秘書として信頼できないのなら外してくれればいいと思うが、大島としては武居に反対されるからと、強引な人事は下せないのだろう。武居派にされることじたい大きな誤解だ。武居とは二人だけで話したこともないというのに。

一人で昼食に出た間に社長宛に大事な連絡があると、社長を探すのが大変になる。昼食は諦め、秘書室に戻ろうとした。

窓ガラスの先を蜂が飛んでいる。隣のビルの屋上で養蜂家が飼っているミツバチで、都会に咲く希少な花の蜜を運んで、これから巣に帰るところなのだろう。今年の十二月には四十歳になるというのに、今の検司には帰る場所もない。

2

その日は夜の会食からも外された。早く帰ったところで誰かが待っているわけではない独身の検司は、一度行かなくてはと思っていた知人宅を思い出し、電話を入れた。

最寄りの浜松町から山手線《やまのて》で渋谷《しぶや》に出た。宮益坂《みやますざか》口から出て、明治《めいじ》通りを原宿《はらじゅく》方面に歩く。渋谷には学生時代から何度も洋服を買いに来たが、ここ数年の再開発で町はすっかり様変わりし、昔を懐かしむ縁《よすが》もなかった。

六時になっていたが、夕陽が照り返し、汗がにじみ出る。秘書室に異動してから着るようになったスーツの上着を脱ぎ、ハンカチを出した。それまではどこを見ても面影を感じなかったのが、一本道を入り、ショップのショーウインドウのガラスに映った自分の姿を見て、目の前に広がる景色までが翻《ひるがえ》った。いつも汗を掻きながら、企画書を片手に張り切ってこの道を通っていた男を知っている。それは中和エージェンシーの営業に配属されていた二十代の検司だった。

渋谷から徒歩圏とは思えない閑静な住宅地に入ると、四階建てのヴィンテージマンションを見つけた。一階のポストに《迫田企画》と書かれたプレートが見え、四階にも同じ書体で、《迫田芳樹《よしき》・愛》と表札が出ている。マンションには何十回も来ているが、すべて一階の作業場であって、四階に行くのは初めてだ。

インターホンを押すと、「はい」と甲高い声がした。ドアが開く。小柄でショートヘアの女性が出てきた。

「糸崎、いや、愛さん、久しぶり」

もう自分の部下ではないのだと言い直すが、糸崎は「やめてくださいよ、吉本さんに名前で呼ばれるのも、さん付けされるのも恥ずかしい」とクスリと笑い、「お待ちしてました。暑かったでしょ、入ってください」と来客用のスリッパを出した。

奥からエプロン姿の迫田芳樹が「いらっしゃい、吉本さん、ちょうどできたところですよ」とフライパンを片手に顔を出した。同じ歳だが、中肉中背で平凡な風貌の検司とは違い、迫田は筋肉質で顔も濃い。昔はなかった無精ひげが、イケメンぶりに拍車をかけていた。

「迫田さんが料理してるんですか。初めて糸崎の手料理を食べられると思ってやってきたのに」

「ほら、吉本さんにそう言われるって言ったじゃない。だから私が作るって言ったのに」糸崎が頬を膨らませる。

「吉本さんを招いたからには、俺が作りたいと愛に言ったんですよ。さてなにを作ってるでしょうか？　この匂いで分かりません？」

迫田がフライパンを揺らしたので、検司は鼻をひくつかせた。ベーコンの脂の甘さが立ち上っていた。熱でとろけた芳《こう》しい《ば》パルメザンチーズの匂いも混ざっている。

「もしや、カルボナーラですか？」

「さすがです。でも当たり前か。吉本さんが教えてくれた特製カルボナーラですものね」

特製と言っても生クリームを使わない手抜きのカルボナーラだ。生クリームを使わない分、ベーコンの脂と卵黄が混ざって通常のカルボナーラより濃厚になる。イタリアのローマではこの生クリーム抜きが主流だと聞いたことがある。

「我が家では、忙しくて夕飯の材料も買いに行けない時によく食べてるんですよ」

糸崎が言うと、得意顔で迫田が続く。

「今日この料理を作ると言ったら、愛は『それじゃ失礼だから、トリュフを買おう』と言い出したんです。そんなことしたら、俺と吉本さんの思い出まで消えてしまうだろ、そっちの方がよっぽど失礼だって、止めたんですよ」

「仕方がないじゃない、私は二人が仲良くクッキングしてた頃、まだ学生だったんだから」

ＣＭの編集作業に忙殺されて食事の時間もなかった迫田たちスタッフのために、検司が台所にありったけの食材を探して作ったのがこのローマ風カルボナーラだった。材料はパスタとベーコン、卵黄、パルメザンチーズ、それと黒胡椒《くろこしょう》だけ。学生時代にアルバイトをしていたイタリアン料理のシェフから教えてもらったもので、ベーコンをカリカリに焼くのと、パスタの茹で汁を使い、大量のパルメザンチーズがクリーミーになるまでフォークで素早く混ぜるのがコツだ。

検司が作っていた時は、スパゲッティーしかなかったためそうしたが、美味しいと言って食べてくれた迫田に「本当はショートパスタのペンネを使うとソースがさらに馴染んでより美味しくなるんですよ」と伝えた記憶がある。迫田が持つフライパンを覗くとちゃんとペンネを使っていた。十年以上も前の話だというのに、そんな些細なアドバイスまで覚えていてくれるところも心憎い。

二人の案内でダイニングに入ると、食卓には他にも料理が並んでいた。パンにオイルサーディンがのり、その上に海苔《のり》がかけてあるのが一品。二品目は細かく刻んだソーセージとキャベツを炒めて、カレー粉をまぶしたもの。どちらも検司の教えたオハコメニューだ。営業から事業に異動になった時、「食事に困ったらこれを見て作って」と簡単に作れそうなメニューのレシピをノートに書いて学生バイトに渡した。バイトはとっくの昔にやめたが、迫田はレシピを大切に保存してくれていたようだ。

仕事には厳しいが、気配りができて、クライアントと下請け業者の間に立つ代理店の気持ちも酌《く》める。検司はそんな迫田が好きだった。もっとも迫田からも「下請けなんていくらでも代わりがきくと思ってる広告マンが多いけど、吉本さんはちゃんと俺らのことを考えてくれる」とよく褒められた。

「どうぞ召し上がってください。あっ、自分が作ったわけではないから私が言うのも変か」

糸崎が頭を叩いておどけた。検司は手土産の焼酎を出そうとしたが、迫田が先に「飲んだくれの俺と、酒客の吉本さんとの再会なのに、一番大切なものを忘れてました」と冷蔵庫から黒いボトルを出した。パスタなので白ワインかと思ったが、英語で書かれた洒落《しゃれ》たラベルを遠目から覗いただけで、その酒の銘柄が分かった。

「それ、新政《あらまさ》のナンバーシックスじゃないですか？」

「さすが吉本さん、一発で当てましたね」

「シルエットで分かりましたよ。なにせ『酒屋の主人必ずしも酒客に非ず』の福沢諭吉《ふくざわゆきち》の言葉がまったく当て嵌まらない、大酒のみの酒屋の息子なんですよ」

ナンバーシックスは秋田の酒蔵が作っている生酒で、一部の専門店でしか手に入らない。広瀬《ひろせ》通りの高級割烹《かっぽう》に卸《おろ》している実家なら、今も扱いはあるはずだが、それでも月に数本程度だろう。

「こんな銘酒、どうしたんですか。最近は高級料亭くらいでしか飲めないのに」

「いただき物です。吉本さんと会う時にと思って取っておいたんです。早く飲みましょう」

迫田がグラスにお酌していく。乾杯して三人同時に口をつけた。

「このお酒、お米の香りがすごくいいね。日本酒というよりスパークリングワインみたい」

キレのある辛口の喉越しに糸崎が感動する。米をよく磨いて醸造していて、微炭酸のような口当たりなので、スパークリングは言い得て妙だ。

「まったく、素人は困るよな。愛の言い方だと、日本酒はワインより下みたいじゃないですか。ねっ、吉本さん」迫田が検司に振る。

「いえ、まぁ」どっちの味方になっていいか検司は窮した。

「あなただって普段はビールかウイスキーでしょ。日本酒なんて味は分からないじゃない」

「まぁ、俺は酒はなんでもいいクチだから」

「それだったらいちいち人の感想にケチをつけないで」

糸崎も負けていなかった。入社した頃はおとなしくて、目立ちたがり屋が多い広告業界でやっていけるのか心配した。それが主婦業だけでなく迫田企画を支えるパートナーとなった今は、頼もしくさえ映る。

「こうして吉本さんと食事をすると、アイデアに枯渇《こかつ》してぼんやりしてる時、『迫田さん、見ているやかんは沸きませんよ』って言われたのを思い出します」

グラスに口をつけながら迫田が懐かしんだ。英語の 諺《ことわざ》 で本来は「待つ身は長い」という意味だが、それを検司は、「じっとしていてはなにも起こらないから行動しよう」とポジティブに解釈してよく使った。

「自分は一つもアイデアがないくせに、僕はよくそんな偉そうな口を利けたものですね」

照れくさくなり洟《はな》をすする。

「吉本さんは私が会社にいた頃も名言が多かったですよ。美味しいものには言葉は要らないとか言ってたし」と糸崎。

「吉本さんが言ってたのは、物わかりのいい人には言葉は要らないだろ？　愛は食い意地が張ってるから、記憶違いしてんだよ」

ペンネを口に運びながら、迫田がからかう。

「いいえ、言ってます。間違ってませんよね、吉本さん？」糸崎も引かない。

「確かに僕は『美味しいもの』も『物わかりのいい』も言ってます。いろいろ言ってるようで案外、ボキャブラリーは少ないですよ」

「そんなことないですよ。あっ、吉本さんが言った食べ物に関する名言を思い出した！」迫田が手を叩いた。

「なんて言いました？　偉そうな言葉なら勘弁してくださいよ」

「全然偉そうじゃないです。『人生は玉葱《たまねぎ》のようなもの。一枚一枚皮を剝き、時々涙ぐむ』だったかな」

「すごく哲学的、一瞬で刺さったわ」糸崎が目を大きく開いてほめそやす。「でもそんなセリフ、あなたはどんなシチュエーションで言われたの？」

「なんでしたっけ、吉本さん？」迫田が首を傾げる。検司は「さぁ」と答えた。

「言った吉本さんも、聞いて感動したあなたも忘れてるなんて、二人ともどんだけ忘れっぽいんですか。どうせへべれけに酔ってたんでしょうね」

「当たり前だろ。酒というのはいい記憶も悪い記憶も忘れ、今日をリセットするために飲むんだから。ねえ、吉本さん」

「その通りです」

二人とも口では惚《とぼ》けたが、迫田は時期も場所も覚えているはずだ。あれは迫田との二度目の仕事だった。試写が終わってからクライアントに「ブリーフィングと違う」といちゃもんをつけられたのだ。さすがにそれはないと検司は「だったら第二弾作りますから、お金出してください」と言ったが、クライアントは折れずに作り直しになった。その晩、二人でヤケ酒した。三軒目の青山《あおやま》通りから一本入ったおでん屋で、「制作会社にこんな悔しい思い、僕は二度とさせませんから」と検司が言うと、迫田に抱きしめられ、そのまま二人で泣いた。その後に検司が「この悔し涙をいつか歓喜の涙に変えましょう」とその言葉を使ったのだった。

その後も楽しい食事会は続いた。テーブルの上に並んだ迫田お手製の料理を平らげ、ナンバーシックスも減っていく。

「愛、もっと味わって飲めよ。なくなっちゃうだろ」

「あなたの方がたくさん飲んでるじゃない」

「女房はこういう時は遠慮するもんだ」

「そんな時代錯誤なことを言ってると、迫田企画に仕事を頼む代理店はなくなっちゃうわよ。ねえ、吉本さん」

「いや、まぁ……」

不意打ちを食らい笑ってごまかす。頭の中では他のことを考えていた。

八年前、異動になった総務部で空洞になった心を隠して仕事を続けていると、後輩の香取から糸崎が休んでいると聞かされた。検司は電話して会いにいった。

――私が発注状況を確認しなかったからいけないんです。それなのに吉本さん一人に責任を取らせてしまって……。

控えめだがいつもニコニコしていた糸崎が、喫茶店で会った時は、やつれ顔で病人のようだった。

――いいんだよ。俺もそろそろ違う部署で、新しい仕事をしてみたいと思っていたから。

彼女を励まそうと、心の中で思っていたのと違うことを言った。

――私、吉本さんの内示が出た後、久津名部長に打ち明けたんです。全部私のミスで、吉本さんには途中経過を報告しなかったって。でも部長、今さらそんなことを言われても困る、今の話は聞かなかったことにするからと無理矢理終わらせられて……。

検司は胸を打たれたが、内示が出た後に言われたところで、久津名も困っただろう。

――香取さんや畑中さんも新世紀商事の人から接待されてたのに、なにもなかったように振舞ってて。だいたい下請けを新世紀商事にしろと言ったのは久津名部長ですよ。

――えっ、そうだったのか？

その時は久津名に怒りが湧いたが、糸崎を会社に戻したいという気持ちが強く、それどころではなかった。説得している途中、もう退社の意思を固めていると感じ、「映像制作会社だったら紹介できるけど、そこに行ってみるか」と迫田企画を紹介したのだった。

「あっ、りさこちゃんだから電話出るね」

鳴っていたスマホを手に取り、糸崎が隣の部屋に移動した。従業員なのか、「大丈夫、体調が良くないときは無理して来なくてもいいのよ」といたわる声が漏れてくる。迫田に話すなら今だと検司は姿勢を正した。

「迫田さん、この前いただいた話ですが、せっかくのお誘いですけど、今回は……」

話している途中に迫田から「吉本さんがうちみたいな会社にはもったいない。こちらこそ余計なこと言ってすみません」と頭を下げられた。今日ここに来たのは一カ月前、迫田から「うちの会社を手伝ってくれませんか」と誘われた返事をするためだった。

「でも本当に悩みましたし、迫田さんに必要とされたわけですから、光栄な話だと感謝していま
す」

「吉本さんって、興広堂から中途で誘われたのに、中和エージェンシーが好きだからって断った
んですものね」

「あの時はまだ若かったので」

「普通、興広堂に誘われたら千人中、九百九十九人は行くと思いますけど」

「僕は変わり者だから」

「確かに変わり者です。そこまで自分の会社が好きになれる人って、なかなかいないですもの」

「僕なんかが行っていたら、失敗してすぐにクビになってましたよ」

「失敗なんてしないでしょう。吉本さんほど慎重で用意周到な人はいませんよ」

「でも中和エージェンシーで一回、大失敗してます」

「あれは……」

企画展での失態を知っている迫田は、空気が変わったことを目で謝罪してグラスを空けた。

「正直、僕自身も今の秘書という仕事が向いてるとは思えないんですけど、なってまだ一年半で
すからね。ここで投げ出したら、後任も迷惑でしょうし」

実際は社長に必要とされていないのだから、やめた方が会社のためにもいいのだろう。迫田に
心配をかけまいと強がった。

「やっぱりそう言うと思ってました。だから聞いた時、俺は頼んだところで、吉本さんからはこう言われますよって答えたんですよ」

「聞いた時って、誰になにを聞いたんですか」

そう尋ねると迫田は少し迷ってから、話しだした。

「実は石渡さんが、最近の吉本さんは元気がないって心配してたんです。あいつは昔から現場主義だったから、秘書の仕事が嫌になってるんじゃないかって」

ようやく謎が解けた。俳優の森戸篤彦を起用したCM制作を迫田企画に発注した石渡との間で、検司が話題に出た。迫田はそれを聞いて誘ってくれたのだろう。

「このナンバーシックスも石渡さんからいただいたんですよ。DIGS社の打ち上げで出てきた酒だったみたいで。誰も飲まずに余ったんで、俺に渡そうと持ち帰ってくれたんです」

「ということは石渡はナンバーシックスの希少性が分かっていなかったのかな」

なんでもそつなくこなす石渡だが、酒の知識なら検司の足下にも及ばない。

「知ってたと思いますよ。一緒にいた小俣部長に気づかれないように、こっそり鞄に隠したと話していましたから」

「ボトルを見て、なんとなく高級そうだと思っただけですよ。あいつの勘は動物的だから」

「そうかもしれませんが、これをいただいた後、石渡さんに辞令が出たんですよね。モリアツさんを起用する仕事をやったのに」

その大仕事を迫田企画とやり遂げた直後に、稼ぎ頭の営一から営業管理課に異動になったものだから、迫田も驚いたのだろう。

「石渡ほどの男がどういう理由で動いたのかは謎めいていて、いまだ社内でざわついています。ですが石渡ほどデキる男はうちの社にはいないので、すぐに営業の本流に戻ってくると思いますよ」

「お二人の関係っていいですね。石渡さん自身、不本意な異動にショックを受けてるのに、自分より吉本さんのことを心配してるんですから。こういう仲間思いなところも俺が中和エージェンシーという会社が好きなところです。他の会社だとすぐに足の引っ張り合いが起きるのに」

迫田はまるで検司と石渡を親友のように話すが、実際はそうでもない。仕事ができることを少し鼻にかけている石渡とは営業にいた時に同じクライアントを受け持った。その時はたわいのないことでよく対立した。

「長話しちゃってごめんなさい」電話を終えた糸崎が戻ってきた。

「りさこ、大丈夫そうか」迫田が心配顔で尋ねる。

「明日になっても熱が下がらなかったら、一緒に病院行こうって言っておいた」

糸崎はボトルから注ごうとするが、数滴しか残っていなかった。「あっ、もうないじゃない？」

「おまえががぶがぶ飲むからだよ」

「嘘、電話がかかってきた時は半分くらい残ってたよ」

「そんなことないよ。あとちょっとだった」

「まぁまぁ、今度、僕が実家から持ってきますから、また三人で飲みましょう」

「やったぁ、吉本さん、よろしくお願いします」

糸崎が胸元で両手を合わせてしなを作る。純粋無垢《むく》な表情に検司の心は洗われたが、途中からは別の邪念が生じ、苦い記憶が戻った。

糸崎が迫田企画に入ってから、何度か様子を見にいった。迫田のいないところで「迫田さんは仕事に厳しいけど、訊いたことは教えてくれるから遠慮せずに質問しろよ」などとアドバイスした。

半年ほどした時のことだ。糸崎の視線が肩越しに迫田に向けられていることに気づき、急に胸が苦しくなった。いつしか検司は糸崎のことで心が満杯になっていた。いや、一緒に働いていた頃から好きだった。交際経験が少ない検司は、告白どころか後輩を飲みに誘う勇気もなかった。

迫田から社員の糸崎愛と結婚すると聞かされた時は、やっぱりなと思いながらも、ショックで式に出席する返事をするのに時間を要した。家族と友人だけでつましく行われた挙式は、幸せそうな二人から視線を逸らしたことくらいしか覚えていない。

人妻になった彼女に、今は迫田と幸せな人生を送ってほしいと心の底から願っている。ただその姿を身近で見ていられるほど、気持ちは割り切れてはいない。

今回、迫田の誘いを断ったのは会社に愛着があったことも当然ある。ただ、迫田のもとで懸命に仕事をする糸崎を見て、あの時どうして会社に残れと言わなかったのかとくよくよする、そうなりそうな自分が嫌だったことも大きい。

3

夕方から社長に急な来客があったため、約束した時間より一時間遅れて、居酒屋に到着した。

いらっしゃいませという店員の声とともに、「お疲れ」と手を挙げた阿南の顔が見えた。

「悪い、遅くなって」

そう声をかけたところで、反対側の席に座っていた男が振り向いた。石渡だった。

検司が明らかに不快な顔をしたことに、阿南が「俺が石渡を誘ったんだよ。暇そうだったから」と言い訳をするように話す。

「仕事は暇になったけど、俺は時間を持て余してるわけじゃない」石渡はムキになって反論した。

「石渡が来るなら先に言えよ」

「俺が来たら悪いみたいじゃないか」

「悪かねえよ」そう言ってから「だけどよくもねえ」と毒づいて、石渡の隣に座った。

「吉本、こっち座れよ。そこ狭いだろ」

手招きした阿南の隣に箸とおしぼりがセットされていたが、手を伸ばしてセットを引き取った。石渡と向きあって話すのは苦手だ。昔、取るに足らないことで口喧嘩《くちげんか》したことを思い出してしまうのだ。

「俺は阿南から会社になにが起きているのか教えてくれと頼まれたから、同期ならいいかと思って誘いを受けたんだぜ」

横目で石渡を睨んで、おしぼりで両手を拭く。

「なら俺がいてもいいだろ。俺だって三人しかいない同期の一人だ」

「石渡は武居専務派と自認してるじゃないか。俺はそのおかしな抗争に巻き込まれて迷惑してんだ」

「相変わらず吉本は刺々《とげとげ》しいな。傷口に塩を塗るようなことを言いやがって、むかつく」

石渡は口を尖らせた。そうだった。石渡はその武居に異動を命じられたのだ。それでも石渡に言われた数々の自慢と比較したらこれくらいの皮肉は可愛いものだ。

「二人とも来て早々喧嘩しないでくれ。それより吉本、なに飲むよ」

阿南からメニューを渡された。小さな居酒屋なのでたいしたものはないだろうとメニューを開くと、「百年の孤独」を見つけた。宮崎の酒造メーカーが作っているオークやシガーの香りがする麦焼酎で、ナンバーシックス同様、あまり流通していない。一杯一二〇〇円と値段が張ったが、一時間遅く来ても割り勘になるのだ。これくらいはいいだろう。

検司が注文すると、阿南が店員に「じゃあ、始めてください」と頼む。「四〇〇〇円のもつ鍋コースだけどいいよな」と顔を向けた。

「なんだ、まだ始めてなかったのかよ」

「おまえが遅いせいで、ウサギみたいにキャベツばっか食ってたよ」

石渡がお通しに出てきたざく切りのキャベツに味噌をつけてかぶりついた。

「それは悪かったな」

阿南が気を利かしたのかと思ったが、「俺は先に始めようとしたんだけど、石渡から吉本が来るまで待とうって」と言われた。

「鍋奉行のおまえが来なきゃ、始まらねえだろ」石渡が言う。そうだった。検司が営業にいて、三人で食事に行っていた頃から鍋は全部、検司が仕切っていた。

鶏白レバーのタタキやポテトサラダといった前菜が出てきて、もつ鍋のセットを終えた店員が離れたタイミングで、検司は火の強さを確認しながら会社の状況を説明した。

「おい、うちが買収されるってことか」

最初に声をあげたのが隣の石渡だった。

「あまり大声で言うな。周りが驚くじゃねえか」

検司が周囲を見回して注意する。

「マジかよ。だけどライバババ・マネージメントなんて会社、聞いたことがないぞ。代理店じゃないよな」阿南から訊かれる。

「投資会社だよ。二カ月前、突如としてうちの株式の九・七パーセントが買い占められた時に俺も初めてその社名を知った。数日後には買収を仄《ほの》めかす書簡が総務に届いた」

一株三〇〇〇円だった中和エージェンシー株を、三二〇〇円で買い取るという内容だった。

「ライババって数年前、半導体の会社にＴＯＢ（株式公開買い付け）を仕掛けた会社だよな」

「石渡は知ってたのか」

「知ってたってほどではないけど、また新たな物言う株主が出てきたって、たまたま営業先で話題になった程度だ」

「その会社はうちを保有してどうするつもりだよ」

「阿南、そこまでは言ってきてないんだ。でも普通、投資会社は直接経営には関わらない」

「だったら経営者が替わるだけで現状維持ってことじゃないのか？」

「そうもいかないよ。物言う株主っていうくらいだから、なんのかんのといちゃもんをつけてくる。今回はいきなり社員を半分にしろと提言してきた」

「半分だって？」

二人が同時に声をあげた。

ライババの要求は赤字が続いている大阪、福岡の両支社、札幌営業所の閉鎖など不採算部門の縮小。ほかにもコロナでイベント中止が相次ぎ、二年連続の大幅赤字から回復できていない古巣の事業部も廃止の対象とされる可能性は高い。

「九・七パーセントってことは、何番目だ？」石渡に訊かれる。

「筆頭は創業家の平松家で十三パーセント、興和《こうわ》銀行が十一パーセント持っているから、今のところまだ第三位だ」

「二つの主要株主の意向はどうなんだ」

「興和銀行は武居専務が説得している。銀行も株を手渡せば、ライババに上手に売り抜けられて、うちに融資した額が不良債権化することを危ぶんでいて、TOBを実施しても応じない。平松家も奥さまの圭子《けいこ》さんが専務に売らないと言ったらしい。我が社には、一人息子の透さんが事業二課長でいるんだ。奥さまにしたら、株を手放した途端、息子が会社から追い出されるのを心配したんだろう」

説明しながら鍋を覗くとキャベツがいい感じでしなってきた。鍋底に菜箸を突っ込むと、もつにもしっかり火が通っている。

「よし、食えるぞ」

検司の合図で腹を空かした二人が取り皿に入れていく。だがいつもほどの勢いはなかった。

「それだったら問題はないいんじゃないか。買収は失敗に終わる結果が見えてきたってことだろ?」

「それにこのことがなぜ、大島社長と武居専務の対立になるんだよ。専務は社長の命を受けて銀行や平松家の確認を取ったわけだよな」

阿南、石渡から相次いで質問された。

「社長が専務に相談して、専務が交渉役を買って出たところまでは関係は悪くなかったよ」

その頃は大島の検司への対応も変わらなかった。

「どこで悪くなったんだ」

「ライババが急に大島社長の退任、そして武居専務の社長昇格を求めてきたんだ」

「専務を社長に」石渡が驚愕し、「それを専務が呑《の》んだのか」と阿南も口を半開きにする。

「俺も社長から聞いた時は驚いたよ。だけど専務がもとより、社長に不信感を抱く原因もあったんだ」

「なんだ、まだ裏があるのか。もったいつけるな」

「もったいぶってねえよ。話には順序があるんだ。こっちのペースで話してるのにいちいち話の腰を折るな」

石渡の指摘に腹が立った検司は、わざと焼酎を飲んで間を置く。空になったのでお代わりを頼んだ。二杯目は安酒にしようかと思ったが、もう一杯、百年の孤独を頼んだ。

「元から大島社長と久津名常務は同じ大学で、ラインだった。平松社長から買われていた大島社長は、俺たちくらいの年代から、将来は社長になると思ってたんだろうな。そして自分の次はきみだと、常務に伝えて右腕にしてきた。社長には透さんがいたけど、仕事に厳しい人だから、若くして息子を社長にしたりはしないと考えていた」

「その予定が武居専務が一丸商事からやって来て計算が狂ったってことか?」

「さすが石渡、その通りだ」

「いちいちさすが、とか言うな。クイズじゃないんだから」

「二人で話を止めるな。大事なところなのに」阿南に執りなされる。「社長が死んだことで大島さんは社長になれた。大島さんはこのまま会長に上がり、久津名さんを次の社長にするつもりだったってことか」

「それなのに社長は、専務に交渉役を頼んだのか。それを知って専務がライバルに、自分を社長に指名するよう頼んだってことか？」石渡が続いた。

「少なくとも社長と常務は、そう疑ってる」

「専務がそんなことをするかな？」阿南が首を捻る。

「俺はおまえたちみたいに専務の下で仕事をしたことがないからよく分からん。二人はどう思うよ」検司が逆に質問した。

「四十過ぎたら出世が仕事が口癖みたいな人だからな。そりゃ出世欲はあるだろう」と石渡。

「俺も課長になる前、『四十過ぎたら出世が仕事になるんだからな』と言われたよ」

「えっ、阿南も言われたのか」

「嫌な言い方するな。俺が言われたらいけないみたいじゃねえか」

「別にいけなかぁねえけど、どこ見て言ってんのかなと思って」

「どこ見てとはなんだよ」

二人はしばらく言い争っていた。石渡が検司の顔を見た。

「吉本が専務に訊いてみたらいいじゃないか。大島社長の魂胆を知って裏切ったんですかと」

「俺がか？　ふざけるな」

検司は顔を背ける。

「どうしてだよ。吉本は専務から言われて社長秘書になったんだろ。それで今は社長から嫌がらせを受けてる。だったら堂々と専務に接近して訊けるじゃないか」

「社長秘書ということは、会社経営の補助をするってことだろ？　今は創業以来、最大の危機なんだから」

阿南までが一緒になって、まるで検司の怠慢《たいまん》だったかのように責めてくる。

「それだったらおまえら二人が訊けよ。専務がなんで俺を社長秘書に推薦したのかすら理解不能なんだ。俺も営業にいたけど、専務とは入れ替わりだし」

「俺は残念ながら専務に嫌われたんだ。人事発令以来、一度も話してないし」

そう呟いた石渡が、「じゃあ阿南、おまえがやれ。天然のおまえなら気にせずに『専務、ライババと組んでクーデターを企んでるんですか』って訊けるだろ」という。

「訊けるか、そんな生臭いこと」

阿南はすぐさま拒絶した。

武居をよく知らない検司にしても、会社を裏切るとは考えられなかった。だがＴＯＢが成立すれば、社員は半分にされるのだ。そうなっても武居の部下で、営業にいるこの二人は安泰だろう。次第にここで二人ともつつ鍋をつついていることに腹が立ってきた。

「おまえたちは口では心配してるけど、実は専務が社長になった方がいいと思ってるんじゃないのか？　専務もさすがに営業部員をリストラしないだろうし」

「思わねえよ、そんなことは」穏やかな阿南が珍しく怒った。

「それだったら吉本だろ。大島社長の秘書から武居新社長の秘書へ、見事乗り換え成功じゃねえか」石渡も嫌味で返してくる。

「俺は、専務に推された理由が見当たらないって言ってんじゃないか」

「吉本は昔から言うことが全部、きれいごとなんだよな」

「どこがきれいごとなんだ、石渡」

「口では、俺は出世なんてしたくない、ずっと現場にいたいと言ってたけど、そう言いながらも裏でこそこそ動くタイプだ」

「それは石渡だろ。仕事ができるのは認めるけど、おまえほど出世欲の強い男を、俺は見たことがない。課長になった時も、会社史上、最年少課長だって自慢してたし」

「おまえだって社長秘書になったとしたり顔をしてたぞ。訊いてもないのに『役職はないけど、課長待遇だ』と言ってた」

そう伝えたのは事実だが、それは石渡に自慢された悔しさを覚えていたからだ。ただ振り返ってみて、自分が出世したいとは思わなくとも、人の出世を心から祝福したことはない。同期とか身近な人物だと、よりいっそう心のどこかで面白くない気持ちになる。

「なんだよ、黙りこくって。認めるのかよ、自分も同類だって」

石渡にせっつかれる。

「俺は役職なんかくそ食らえと思ってる。とっとと社長秘書やめて、また事業部でイベントをやりたいのが本音だ」

「そう言っておきながら、部長待遇と言われたら、秘書でも総務でもホイホイと引き受けるんだろ」

「ホイホイとはなんだ？」

「吉本はやるね。俺はこれまで様々な人事を見てきたけど、出世に興味ないと言っておきながら、断ったヤツを見たことないからな」

「まぁ、それは……」

石渡の意見には異議は挟めなかった。昇進の辞令が出て「もう少し現場にいたかったんだけど」や「大変な仕事ばかりでいいことはないよ」と聞くと、だったら辞退すればいいのにと思うが、そうする者は一人もいない。やりたくなかったと言っている人ほど、地位が上がると偉そうになり、いつまでも役職にしがみつこうとする。それでいて外された時は「もともと俺は現場主義だったから」と負け惜しみを言う。人事ほど人間の本性が見えるものはないのだ。

「二人ともそんなことで言い争うなよ」

阿南に窘《たしな》められるが、石渡は思い出したように「阿南、実はおまえが一番そうじゃないのか。最近、デキる上司ぶってるし」と指摘する。

「そうなのか、阿南？」検司も目をやる。

「ぶってねえよ。俺は平社員のままだ、というか課長なんて平社員だろ」

「俺の前でヒラヒラ言うな。俺は今まで部下を持ったことがねえんだ」

「ほら、吉本も本音は偉くなりたいんじゃねえか」

「うるさい、石渡にだけは言われたくないわ」

話が横道に逸れたまま〆《シメ》のラーメンまで食べ終わると、二時間の時間切れが来たことを店員に告げられた。割り勘で会計する。せっかく集まったのだから、もう一軒くらい行くつもりで来たが、その気がなくなった。

「今日は帰るわ。いくら飲んでも気持ちよく酔えそうにない」

「俺も帰る。明日子供たちとキャンプ行かなきゃならないんだ」と阿南。

「俺はマンションの理事会だ」と石渡。

会社が買収されるというのに、自分たちはなにをくだらないことで言い争っていたのか。

二人も同様に反省したのか、ネオンの彩光が戻った繁華街を、三人で肩を落として家路を急いだ。

4

その日も大島社長は検司によそよそしく、検司が一日のスケジュールを伝えた時の返答以外、会話はなかった。

「吉本くん、午後からの広告協会の会合、私が社長のお供をするからきみはいいよ」

大島を昼食に誘うために社長室に入ってきた久津名から告げられる。

「承知しました」

秘書室に戻ろうとすると、スマホに着信が入った。登録のない番号で、普段は無視するが出てみた。聞こえてきた声に記憶が呼び戻された。

〈吉本さん。お忙しいところすみません。今日のお昼休み、少しでいいのでお会いできませんか。私、今、会社の前に来てるんです〉

迫田の妻、糸崎愛だった。


「この前、高いものをいただいたので」

会社近くの喫茶店に、カットソーにジーンズで現れた糸崎は、「秘書室のみなさんで」と焼き菓子店の紙袋を出した。自宅にお邪魔した時、帰り際に「森伊蔵《もりいぞう》」を渡したことへのお礼のようだ。

「なに言ってんだよ。俺こそナンバーシックス飲ませてもらって、食事までごちそうになったんだよ。礼をするのはこっちだよ」

「いただいた焼酎、ネットで二万円と出てましたよ」

「それは転売ヤーが高く売ってるからだよ」

定価の何倍もの価格で転売されているが、それを言うならナンバーシックスも同じだ。そんな説明をしても糸崎は興味ないだろうと、ありがたくいただくことにした。

「もらったものをすぐにネットでチェックするのは、なんだか糸崎らしいな」

検司には懐かしさがこみあげてきた。

「会社にいた頃、代理店にとって知らないことは恥。価格と人気、どうすれば購入できるかをすぐチェックしろって言われましたもの」

「そんな偉そうなこと、俺言った？」

「いえ、他の先輩でした。覚えていたのはそれだけと言っていいほど、見習うことのなかった先輩でしたけど」

悪戯《いたずら》っぽく笑う。検司がいた頃の事業三課は、新入りが困っていると必ず誰かが声をかけ助け合った。当時の課長が産休に入った時期も、みんなで補って課長不在の穴を埋めた。

「うちの主人が吉本さんにおかしなことを頼んでいたそうですね。ごめんなさい」

急にかしこまって糸崎がぺこりと頭を下げた。意味が分からずに考えたが、すぐに理解する。

「謝るのは俺の方だよ。せっかく迫田さんに誘ってもらったのに。聞いた時は『よっしゃー、やってやろう』と思ったんだけど」

「私、主人に怒ったんですよ。吉本さんが中和エージェンシーをやめるわけないじゃないって」

小動物のような丸い目を開いて、瞳を輝かせる。その眩しい視線に検司は返事もできず、しばらく目が合ったままでいた。

「どうしました、吉本さん？」

「いや、どうして糸崎はそう思ったのかなと思って」

会社が好きなのは事実だが、糸崎に転職を勧めたのも検司だ。

「だって吉本さん、課の男子が転職しようとした時、引き留めてたじゃないですか。久津名部長は『どうせうちより給料がいい会社なんだろ』と諦めてたのに、吉本さんはその子を呼んで『本当に嫌になったら止めないけど、そこまでじゃないならもう少し一緒にやろうよ。いい時も悪い時もともに経験して、会社とともに成長しようぜ』って。こんな熱い人いるんだって、私感動しましたもん」

そうした説得は何度かした。ようやく一人前に育った新人を、名の知れた代理店に横取りされるのが悔しかったこともある。

「香取さんもそうだったんですってね。去年の暮れに東京駅で香取さんとたまたま会ったんです。事業一課の課長になったと聞いたので、おめでとうございますって祝福したら、『あの時、吉本さんに引き留めてもらったからだよ』としみじみ言ってましたよ」

「香取がそんなことを言ってくれたのか」

飛ばされた人間に話しかけられるのは迷惑だろうと、社内で会っても挨拶くらいしかしていない。そんな昔のことに恩義に感じてくれているとは、ちょっと信じられなかった。

「私も吉本さんと同じで、代理店一本で就活しましたからね。うちが取る仕事って作業が多くて、体力に自信がない私には大変でしたけど、それでもぼーっとしていると吉本さんから『糸崎、見ているやかんは沸かないぞ』って叱られて」

「糸崎はぼーっとしてなかっただろう」

「それに吉本さんの『おまえ、とりあえずやってみるのも才能だぞ』のセリフも今も耳にこびりついています」

それもどこかから拝借してきた言葉だが、女性社員を「おまえ」とは呼ばない。「誰かと間違えてるぞ」というと、糸崎は手を口に当てて笑った。

「やっぱり吉本さんは気づいてないんですね。おまえだけじゃないですよ。忙しくなると私を『畑中』って間違えたり、香取さんを『糸崎』と呼んだり、もうハチャメチャでした」

「そういう時、みんなはどうしてたんだよ」

「はいって適当に返事をしてましたよ。『吉本さんの指示に従っておけば間違いはない』が、私たちの合い言葉でしたから」

チームリーダーが周章狼狽《しゅうしょうろうばい》していたとは恥ずかしい限りだが、目を細めて振り返る糸崎からは、悪く思われている感じはしなかった。

「大変なことでも達成できたのはリーダーの吉本さんが一番楽しそうに、そして誰よりも汗を流して働いていたからです。こういう会社は最高だなって、ぐったり疲れて帰ってきても、明日も頑張ろうと思えましたから」

笑みを見せた糸崎だが、そこで急に表情に影が差した。

「どうしたんだよ、糸崎」

「今でもやめなきゃよかったかなと後悔することがあるんですよ。せっかく大好きな会社に入ったのにもったいなかったって」

「もしかして、俺は余計なことをしたのかな」

聞き返しながら胸が痛くなった。

「でもあんな発注ミスをしたのに、私だけ無傷で会社に残ることはできなかったですから」

「悪いのは糸崎でなく逃げた商社だ。長年この仕事をしてたら一度くらいは経験することだよ」

「だからといって主人の会社に不満があるわけではないですよ。私はクリエイティブなセンスはまるでないので、いまだに編集もろくにできないけど、社員やアルバイトの子たちと一緒に、中和エージェンシーにいた頃のように楽しくやってます。新しく入ってきた子に仕事を教えるのは大変ですけど」

「糸崎が教育係なのか?」

「正社員四人でキャリアは私が一番浅いですから。それにアルバイトを入れても十人の会社だし」

「アルバイトだって貴重な戦力だろ?」

「もちろんですよ。主人とはもっと楽しい会社にして、これから一人ずつでも正社員にしてあげようと話してるんです。高いお給料は出せないから、デキる子は待遇のいい会社に移るでしょうけど、あの頃の吉本さんになりきって、いい時も悪い時も一緒に経験して、会社と一緒に成長してねと説得します。いつか香取さんが言ったみたいに、『あの時、愛さんに止めてもらえて良かったです』と感謝されたら最高ですね」

小さな手で拳を作って、力強く引いた。こぼれそうな笑顔に検司は励まされた。

「大丈夫だよ。迫田企画ほど実力のある制作会社を俺は知らないから。だからうちの営一もモリアツさんのＣＭを頼んだんだよ」

「そう言ってもらえると嬉しいです」

「俺は会社にとってなによりもエネルギーになるのは、働いている仲間の顔だと思うんだ。仲間の顔がいい会社は、いい仕事をする。外国の有名な作家の言葉に『笑顔は勇気を育てる』という意味のものがあったな。糸崎が仲間を笑顔にしている限り、みんな迫田企画にずっといたいと思うよ」

「笑顔は勇気を育てるか。また吉本さんの名言いただきました」

糸崎が手のひらにメモする振りをした。胸の内から未練が完全に消えたわけではないが、二人を応援したい気持ちは、これまで以上に強くなった。

5

翌朝は四時には出かける支度をした。東武東上線《とうぶとうじょう》の大山《おおやま》駅までは歩いて五分だが、始発前だったのでタクシーで池袋《いけぶくろ》に出た。暗い空には明けの明星《みょうじょう》が輝いている。

十分もかからずに池袋のターミナルに着き、東急東横線《とうきゅうとうよこ》に乗り入れている副都心《ふくとしん》線で一時間かけて綱島《つなしま》駅に到着する。階段でまだまばらな通勤客をよけながら改札の外に出た。総務で控えてきた住所を入力し、スマホを頼りに小走りになった。

そろそろこのあたりだろうと首を回して「武居」の表札を探す。専務担当の秘書によると、福岡出張のため七時半の飛行機に乗る武居に、六時半にタクシーを手配したという。まだ六時十分だが、武居はいつも時間より早く行動し、早い時は三十分も前に待ち合わせ場所に到着していることで有名なので、タクシーが早く来ていれば出てしまう。

五分歩いても見つからずに、腋《わき》の下に汗が滲んできたが、曲がった先にタクシーのテールランプを発見した。ちょうど門から武居が出てきて、検司が声をかける間もなく、後部座席に乗った。エンジンがかかっていたタクシーが動き出す。検司は手を振りながら全力で走るが、運転手が気付く様子はない。

それが武居の家からすぐのところに一時停止の標識があり、どうにか追いつけた。窓ガラスを叩くと、眉間に皺を寄せた武居が窓を開けた。

「吉本さん、どうしました?」

「専務、早朝からすみません、お話があります。羽田までご一緒させてくれませんか」

検司は乗り込む気満々で、車のスライドドアに張り付いていた。

「お客さん、今朝は相当渋滞してます。遠回りになりますけど、別の道で行かれますか」

運転手がバックミラーを見ながらそう言ったが、武居は「時間的には余裕を見て出てきたので、ベストだと思うコースで行ってください」と伝えた。そこで検司の顔を横目で見る。

「吉本さんと二人で話すのは、初めてですね」

「はい、社長の秘書ですので」

言ってからまずいことを口走ったと後悔する。これでは自分は社長側の人間だと武居に警戒させてしまったも同然ではないか。だがそうした心配は杞憂《きゆう》だった。武居はシートにもたれながら相好を崩した。

「吉本さんって、お米は詳しいですか」

「お米ですか」

「実はうちの妻が最近、米にうるさくなって、甘いお米がいいって言うんです。もちもちした米とかは聞くけど、甘いとか、お米にあるのかなと思いまして」

「ありますよ」

「あるんですか」

それは事実だが、自分は米の専門家でないことも伝えておこうと「私は宮城出身で、宮城にはひとめぼれというブランド米がありますが、うちの実家は酒屋なので農家ではありません」と断りを入れる。

「知ってます、仙台の老舗《しにせ》の酒屋さんでしょ」

「はい。米の種類によっても甘さに違いはありますが、奥さまが甘いご飯がお好みなら、長い間、水に浸しておけば、どんな米でも甘くなります」

「長いことって、三十分くらい？」

「もっとです。最低三、四時間は。朝から浸しておいてもいいくらいです」

「そんなに長い時間ですか。そんなこと初めて聞いたな。当然、長く浸すとなると、炊く時には水を減らすんですね」

「いえ、水は普段と同じ量で大丈夫です。さっと洗って、浸したお米は冷蔵庫に入れておき、よく冷えた水で炊くと、フツフツとゆっくり沸騰していき、より甘味がでます」

「ますます美味しそうになってきたな。朝食食べたのにお腹が空いてきましたよ」

「はい。実は私もです」

言った途端に腹が鳴りそうだったので慌てて押さえた。なにも食べずに出てきたので検司は空腹のままだ。笑みを浮かべた武居につられて苦笑する。

「でも吉本さんって、どうしてそんなことまで知ってるんですか」

「学生の頃から料理に興味がありまして。この年で独身で、自炊しているせいもありますが」

「吉本さんが物知りだというのは本当だったんですね」

いつしか武居と二人きりでいるという緊張感からも解放された。だがこんな話をするために早朝から来たわけではない。

「専務、今日は社長秘書ではなく、中和エージェンシーの社員の一人として専務と話をさせていただきたく、失礼承知でやってきました。このことは社長にも伝えていません」

彫りの深い顔を見てそう言うと、穏やかだった武居の表情が少し硬くなった。

「我が社がライバル社から買収を仕掛けられている件です。こういう時こそ、社内が一致団結してまとまらなくてはいけないのに、二つに分かれてしまっているのが、私には残念でなりません。社長と久津名常務は、私が専務のスパイだと思っているようで、最近は大事な話はしてくれなくなりました」

思うままに喋ったが、言い終えてから自分が言いたかったのはそんなことではないと、頭の中を一旦整理する。結果的に買収されることになっても一社員の検司ではどうしようもない。しかし社内が分断されたままでは後悔するし、秘書の仕事を放棄したと、自分のことまで嫌になる。それこそ見ているやかんは沸かない、だ。そう意を決して武居に進言しに来た。

先を続けようとすると、武居が口を開いた。

「吉本さんが会社が大好きだという噂に間違いはなかったようですね」

「噂って、もしかして社長から聞かれたのですか」

就活では、代理店志望の多くの学生同様、検司も大国や興広堂にエントリーした。落ちた時は悔しかったが、大枠だけ決め、下請けに丸投げする大きな代理店では、自分でやり遂げたという達成感は味わえない。入社してから業界の図式を知った検司は、負け惜しみではないが、中和エージェンシーで良かったと思い直した。

だから営業で、興広堂から誘われた時も断ったのだ。その時は興広堂に勝利したかのように気が大きくなり、一緒に代理店に就活した友人を誘って、「俺は新卒で興広堂に入っていても中和エージェンシーに転職していただろうな」と胸を張った。友人からは「興広堂の誘いを断るなんて、おまえは究極の大バカ者だ」と呆れられた。

その話は大島にしたことがあるので、蜜月だった頃に聞いたのだろうと思ったが、武居からは「違いますよ」と言われた。

「誰が言ってたんですか？　石渡ですか、阿南ですか。あっ、彼らとは同期なもので」

「二人が吉本さんと同期なのは知っています。でも彼らじゃない」

「では誰ですか？」

「さぁ誰だったかな……」

口を開けたまま武居は視線を反対側の車窓に向けた。検司には適当なことを言ってはぐらかされたように感じた。

「私を社長秘書に推薦したのは専務だと聞きましたが、それは本当ですか」

「その通りですよ」

外を向いたまま声だけが返ってくる。

「専務は石渡に『四十過ぎたら出世が仕事だ』と言ったそうですね」

「言いましたよ。石渡くんに限らず、他の人にも言ってます」

「それで私も社長秘書にしようと思ったのですか」

出世と思ったことはなかったが、辞令と同時に課長待遇になったのは事実だ。

「あなたは私が一丸商事にいたことは当然知っていますよね」

質問に答えることなく武居は話を変えた。

「もちろんです。私は専務が来る直前まで、営業にいました。一丸商事からすごい人がやってくると噂になっていましたから」

「それは違いますよ。私は数字を出していたけど、優れたリーダーではなかったですから」

「数字を出していたならそれで充分、優秀ではないですか」

優秀だから平松社長にヘッドハンティングされたのだろう。

高速に乗ったタクシーがようやく渋滞を抜けた。窓の外は無機質な鉄筋や煙突が続く工場地帯の風景で覆われている。

「私がやっていたのは投資のようなもので、将来有望なベンチャー企業を見つけては、若い経営者を指導し、上場させて莫大な利益をベンチャーにも一丸商事にももたらしました。若さというのは恐ろしいもので、私だからできた、一丸商事などという大看板がなくてもできると思ってたんです。私の厳しさについていけずにやめた社員が何人もいますが、私から見たら、残ったところでろくに戦力にならないし、やめてくれた方が会社のためになると、気にもしませんでした」

武居は白煙が上がる景色を眺めながら懐古した。経歴を自慢しているように聞こえた。将来、会社のトップに立つようなエリートは、そうやって早い段階から人員を整理し、自分に忠実で仕事ができる部下だけを選別していくのだろう。

「当然だと思います。社員が競争して、勝ち残った人で形成されていくのが強い組織でしょうから」

そのやり方に納得したわけではないが、武居の気を害さないようそう答えた。

「吉本さんは本気でそう思っていますか？」

武居が顔を戻した。

「えっ」

「社員一人を育てるのに会社は多額の経費をかけてきてます。給料だけではなく、経験だってそうです。何年後かに同じ案件が来た時、前にやった社員は居なくなっている。経験者がいないのだから、会社は二度目なのに初めて着手するも同然になります」

「そうした事態にならないために……」

データや記録を取っている、そう言おうとしたが、武居は首を振った。

「そこが私とあなたとの大きな違いだったんです。一丸商事にいた時の私が、あの時のトラブルに遭ったあなたと同じ気持ちでいたら、私は会社の大事な財産を失わずに済んだでしょう」

「あの時のトラブルって、専務は私がポップアートの企画展でミスしたことをおっしゃっているのですか」

からかわれているのだと思った。会社で出世していくには、その資質がなかったと非難されていると。

「私が感心しているのはトラブルではなく、その後に取ったあなたの行動です」

「その後の行動って?」

「あなたは責任のすべてを被ったそうですね。吉本さんは関係ない、全部自分の責任だと主張した社員がいたのに、なにも反論をせずに辞令に従ったと」

「そんなこと、誰が言ったんですか」

「ですから会社のみんなですって。石渡くんや阿南くんからも聞きましたけど、他にも事業部の香取さんや畑中さんも言ってました。彼らから『吉本さんを事業部に戻してください』と直訴《じきそ》されたこともあります」

香取が自分に感謝してくれているとは糸崎からも聞いた。だが畑中までが言ってくれていたとは考えも及ばなかった。

それなら秘書室から事業部に異動させてほしいと願おうかと思ったが、今、検司がすべきことはそんなことではない。

「専務はさっき、社員一人を育てるのに会社は多額の経費をかけていると話していましたよね。それでしたらどうしてライババ・マネージメントの方針を吞もうとされてるんですか。ライババは不採算事業は畳み、社員半分のリストラを求めているんですよね」

「私はライババ・マネージメントの社員を減らすという要求に反対しています。それなのに私が話している最中に、私に一任していた大島さんや常務が自分たちで交渉を始めたんです。リストラの要求は吞むが、社長交代の要求は撤回してほしいと」

「そうだったんですか」

聞いていた話とはまったく違った。ここ数週間、ライババの話になると、大島から離席を求められていたので、状況が変化したことを把握していなかった。

「うちはこのまま吸収合併されるということですか？　大島社長が続投し、ライババが経営権を握ると」

「それは分かりません。ライババは大島さんの退任要求を撤回したわけではありませんから」

「でしたら社長や常務はどうしようと？」

「私はそのことをあなたが伝えにきたのかと思ったんだけど」

「あっ、えっ」

　自分の役目は逆だったのだ。社長秘書なのだから社長の意向を聞き、それを武居に伝えるべきだった。武居からは「それをあなたに求めるのは酷ですよね。あなたは私のせいで、社長や常務から煙たがられているのですから」と苦笑いされる。

「はい、すみません」

　これも自分の至らなさだ。

「それでは武居がこう話していたと大島さんに伝えてくれませんか……」

　武居は、自分が社長就任を断ったことでライババが次にどんな要求をしてくるか、さらに主要株主の平松家や興和銀行の考えはどうなのかを話し始めた。

「ちょっと待ってください、専務。今、メモを取りますから」

　鞄の中からペンとノートを出して、武居の言うままに書き取った。

6

モノレールの浜松町駅を降りた時は、定時の九時半を過ぎていた。検司は中和エージェンシーが入るビルに向かってこの日何度目かの全力疾走をした。絵筆で塗ったような青空の下で、日差しのシャワーをたっぷりと浴びたビルが、気持ちよさそうにそびえ立っている。

背中にシャツが張り付くほど汗だくになったが、気にせずにエレベーターに乗り、社長室へと向かう。ノックをした。大島とは異なる声で「どうぞ」と聞こえ、中に入る。

「社長、おはようございます。遅くなって申し訳ございません」

詫びてから顔を上げる。着席した大島を囲むように久津名と坂本事業部長が立っていた。

彼らの前で話していいものか思い悩んだが、中和エージェンシーを今のまま存続させたいという思いは二人も同じであるはずだ。

「先ほど武居専務と話してきました。武居専務、ライババ・マネージメントの要求を拒否したそうです」

「拒否って、専務がそう言ったのか」

「はい。社員のリストラ要求は呑めないと言っておられました」

武居は大島社長の続投を支持する。そのことで銀行や創業家、そのほかの主要株主の賛同は得ていて、今の額ではライバルの保有株は二十パーセントに達しないだろう。しかし過去に数多の合併を遂げてきたライバルが簡単に引き下がるとは思えず、新たな手段を講じてくることも考えておかないといけない。経営陣が一致団結して、現体制の存続の方が株主にとっても利益が大きいと訴えていくべきだ。株主総会での追及をかわすためにも、経営コンサルを使って事業再建計画書を作成すべきなど、手帳に書き写した武居の話をすべて喋った。

「なにをいまさら」

言い終えた途端に久津名が顔をしかめた。

「どういう風の吹き回しなんだ」

大島が坂本に尋ねる。

「我々の動きを察知してまずいと思ったんじゃないでしょうか。アドプレミアムがホワイトナイトに名乗りを上げたら、ライバルは売り抜けに走る。そうなったら我々の勝ちで、専務は会社から追い出されるって」

今度は検司が衝撃を受ける番だった。

「坂本部長、アドプレミアムって、どういうことですか？　ＴＯＢに対抗するためにアドプレミアムに頼んだということですか？」

アドプレミアムはここ数年売り上げを伸ばしてきたネット系の代理店だ。そこに友好的第三者として買収を求めた。そうなれば当然、中和エージェンシーはアドプレミアムの傘下《さんか》に入ることになる。

「いや、それは……」

口籠った坂本に、久津名が「まったく、余計なことを」と舌打ちする。すぐに検司に「吉本くん、まだ表沙汰にされると困るから今の話はけっして口外しないように」と忠告した。

「待ってください。専務はまだ我が社は自力で守れると言ったんですよ。それを自分たちの方から身売りに動くなんて」

「常務や坂本くんはどうすることがベストなのか考えて動いてくれたんだ。アドプレミアムの協力を得るまで大変だった。過程を知らないきみが余計なことを言うな」

大島に叱責されたが、検司は引かなかった。

「どうすることがベストって、その答えは、このまま自分たちで会社を続けることに決まってるじゃないですか。アドプレミアムの傘下に入ったら、それは中和エージェンシーでなくなってしまうんですよ。社長たちはどうしてそう簡単に会社を手放してしまうんですか」

必死になって訴えたが、その声は三人の耳には届かず、彼らは検司を無視して社長室を出ていった。

第五話

ボンの心得

1

厚塗りしたファンデーションがひび割れを起こしそうな笑顔で、健康食品会社の社長が愛犬の話をするのを、平松透はうんざりして聞いていた。

テレビ局に十六年、広告代理店に移って一年半と、いわゆる「業界」で仕事をしてきた透だが、接待は大の苦手だ。

なんとはなしに発した一言が、場の空気をおかしくしてしまうのだ。この日は透が課長を務める事業二課が来春に企画する『薔薇《ばら》の園《その》　ザ・ガーデン』というイベントのスポンサーになってほしいとのお願いなのだが、すでに一回、ボロを出した。

それは社長が「これがうちのバロンちゃんよ」とスマホから愛犬の写真を出した時だった。すぐさま透の右隣に座る坂本事業部長が画面を覗き込み、「うわ、毛色はゴールドなんですね。私も最近ワンちゃんを飼おうと、家族でペットショップに行ったんです。でもこんな輝いているゴールドはいなかったなぁ」と大仰《おおぎよう》に驚いた。

さらに透の左隣、お誕生日席に座る部下の播戸《ばんど》めぐみも「いかにも男の子って感じですね」と続いた。

最後に画面を覗いた透が「ゴールデンレトリバーですか」と訊いたところ、社長の眉が歪み、スマホを引っ込めた。

「失礼ね、ミニチュアダックスよ」

社長だけでなく、隣の秘書からもきつい目で睨まれた。必死に頭を巡らせ「いえ、後光が差していて、ワンちゃんが大きく見えたもので」と言い繕ったが、「それじゃ、うちのバロンちゃんの顔がでかいみたいじゃない」と怒りを増長させただけだった。

「そういえば社長、平松はセントラルテレビ時代、『ワンちゃん大行進《だいこうしん》』に立ち上げから関わっていたんですよ。ねっ、課長」

気まずい空気を取り繕うように播戸めぐみが気を利かせた。

「あっ、うん」

透は返事をして、社長に向かって精いっぱいの作り笑いを向ける。

「平松課長があの長寿番組を作ったんですか、すごいじゃないですかぁ」

秘書からも持ち上げられた。彼女もこれ以上社長の機嫌を悪くしたくないのだろう。

「あの番組、わたくしのお友達もみんな見てますわよ」

社長も乗ってきて「先週出てきたお笑い芸人の犬は全然躾《しつけ》ができていなかった」「十匹も飼っているタレントは、ちゃんとお世話してるのかしら」と話し始める。

「ああいうのは全部、お手伝いさんですよ、犬もボクの飼い主は誰？　って言うくらい懐いていませんから」透もうまく合わせた。

「そうだわ。あの番組にうちのバロンちゃんも出演させてくれない？」急に社長から頼まれ、言葉に詰まった。

「なによ。うちのバロンちゃんでは、ふさわしくないってことかしら」

「とんでもないです。バロンちゃんはこれまで出演したワンちゃんと比べても一番のイケメンだと思います」

「それなら出演させてよ。世の愛犬家も喜ぶわよ。躾のお手本にもなるし」

「それが……僕はセントラルテレビを離れてもう時間が経ちますし、今のスタッフとは接点がありませんので」

正直に答えて頭を下げた。

「平松課長、それくらいコネでなんとかできるだろう」

隣の坂本部長からテーブルの下で肘打ちされたが、立ち上げに参画したといっても十年以上前にADで入っただけで、それもワンクールで異動となった。人気番組になったのは透が去ってからの話だ。

「あなた、そんな力もないの？　それなら最初から言わないでちょうだい」

社長はまた不機嫌に戻った。言い出した播戸が「申し訳ございません。余計な話をして」と平謝りした。

この調子では、健康食品会社から『薔薇の園　ザ・ガーデン』のスポンサー契約を勝ち取るのは絶望的だろう。それでもコース料理のメインが出てきて、空気が変わった。

多国籍料理を売りにしているその店のメイン料理は、「社長は辛い物に目がない」と秘書から聞いた播戸が「暑い夏こそ、辛いお鍋はどうかと思いまして」と注文した、牛肉と野菜がたっぷり入ったエスニック風の鍋だった。

「このお鍋、美味しいわよね。辛さもちょうどよくて。あなたの行きつけの店なの？」

夢中になって頬張りながら、社長が播戸に尋ねる。

「いいえ、社長がお好きと聞き、いろんな方面にリサーチをかけたんです。気に入っていただけましたか」

「もちろんよ、とくにこのスープが素晴らしいわ」

「美食家として知られる社長にそう言っていただけるなんて、大変光栄です」

播戸も嬉しそうだ。そのスープには透も感動した。味つけの中心は辛味噌のようだが、多種多様のスパイスが入っていて、ただ辛いだけでなく、味が深い。この味、どこかで食べたことがあるような気はしたが、思い出せなかった。

「これ、昔、外国で食べたことがあるのよね。どこだったかしら？」

社長も同じことを思ったようで、首を傾げて隣の秘書に尋ねた。

「私はたぶん、その出張に同行していないと思います」

「あら、そうだったかしら」

がっかりした社長は、その顔を坂本に、続いて播戸に向けるが、二人とも「分かりません」と首を振った。そこで透の記憶が蘇った。

「僕は食べたことがあります！」

「あら、そうなの」

「それって、寒いところの料理ではなかったですか？」

セントラルテレビに入ったばかりの頃に、海外ロケで出てきたのを思い出したのだった。冒険やサバイバルロケに興味があってテレビ局を志望した透は、この手の話は得意中の得意だ。

「そうそう、寒いところだった気がするわ」

「社長、すごい記憶力ですね。僕は社長に言われるまで完全にど忘れしてました」

「美味しいものは舌が忘れないわよ。匂いだってそう。鍋が運ばれてきた時には、私の鼻が思い出したもの」

顔をてからせ、得意げになった。

「社長、そのお鍋、具はなんだったんですか？」と秘書。

「なんだったかしら……あなた覚えてらっしゃる？」

社長が透に目をやる。誕生日席の播戸も透を見ていた。彼女は不安そうにしていたが、ここは任せてくれと胸を張って説明した。

「これと同じ牛肉でしたよ。でも現地の人に訊いたら、その土地に古くから伝わる家庭料理なので、具材はなんでもよく、ジビエ系の肉が多いと言ってましたね。イノシシとか、鹿とか、あとは犬とか」

目の前で菜箸で具を摘んでいた社長の手が止まった。社長は菜箸を戻し、左手に持っていた取り皿もテーブルに置く。横の秘書も固まっている。

その鍋を食べた寒冷地にトリップしたように冷たい風がビューッと吹き抜けていった。


「課長、元気出そうよ。落ち込んでもしょうがないじゃない」

月が皓々《こうこう》と輝く夜道で、隣を歩く播戸から思い切り背中を叩かれた。

「悪いことしちゃったな。せっかく播戸さんが取ってきたイベントなのに」

長年、他の代理店が関わってきた『薔薇の園　ザ・ガーデン』は、今年はコロナで中止になった。来年もスポンサーを集められずに断念しかけたが、その隙をつくように播戸が主催者団体を説得して奪い取ったのだった。とはいえ、それほど集客力のなかったイベントだけに、播戸もスポンサー探しに苦労していて、最後の砦がこの健康食品会社だった。透が余計なことを言ったせいで不発に終わることになりそうだ。

「それに播戸さんは子供を家に置いてまで、接待に出てくれたのに」

四十歳の透より二つ下の播戸は、中一の息子がいるシングルマザーだ。

「うちの子は留守番できますから問題ないですよ。それにあの社長、最初の交渉から『うちの商品も会場で売らせてくれるのよね』とか面倒くさいことばかり言ってきたんですよね。薔薇と健康食品なんてまったく関係ないのに」

「いかにも業突張《ごうつくば》りって感じだったものな」

「主催者の薔薇団体の責任者もメチャ性格悪くて、『あなたたちは広告を集めるだけで儲かっていいわね』と言われましたからね。もうどうでもいいやって、途中からやる気がなくなってましたから、これでいいんですよ」

元気な声がビルの谷間で反響した。

「そうは言っても播戸さんだって、心の中では俺に呆れてるんだろ？」

横目で彼女を見た。

「呆れるというよりは、衝撃的でしたけどね。直前まで、『もういいよ』って言いたくなるほど、ワンちゃん自慢を聞かされたのに、よくあそこで犬が出たなって」

「直前って、結構なタイムラグはあったじゃない」

「普通は覚えている時間差です。課長が言った時、社長の目には、可愛いバロンちゃんが鍋の中にさらわれていく姿が浮かんだでしょうね」

「断っとくけど、俺が食べたのは牛鍋だからね。もしそんな料理だと聞いていたら、俺だって食べなかったから。うちだって父が亡くなる前の年に死んじゃったけど、犬を飼ってたし」

「そんなの分かってますよ。でも愛犬家でなくても、食事の席で言いません。私も美味しかったスープの味が台無しになりましたもの。あの店、二度と行けない気がするなぁ。予約を取るだけでも大変だったのに」

「それはごめん。坂本部長も犬を飼おうとしてるのに悪いことしたな」

社長と秘書が化粧室に行ったところで、坂本は「この店は平松課長が精算してください。この案件に私は関わってなかったことにしてください」と言い捨て、社長を見送った後、自分だけタクシーに乗った。

「坂本部長は適当に合わせただけですよ。あの人、奥さんが犬アレルギーだと言ってましたから」

「そうだったのか。部長も調子がいいね」

「調子がよくなきゃ、代理店の仕事なんかやれませんよ」

そのセリフは、透には不向きだと変換されて聞こえた。

「それに課長は、ミニチュアダックスをゴールデンレトリバーだと言って、社長を怒らせるし」

「播戸さんだって、いかにも男の子って感じですねと言ってたじゃん。あれってミニチュアダックスへの褒め言葉ではないだろ？」

「あの犬デブデブしてましたものね。私も中型犬かと思いました」

「ほら、やっぱり」

そういうと播戸は肩をすくめて愛嬌《あいきよう》を見せた。

そう感じたとしても口には出さないのが大人であり、社会人の常識なのに、透はその常識に欠けているらしい。反省すると、播戸からは「それも育ちの良さなんでしょうね。お父さんが社長じゃ、周りからちやほやされて育って、あまりうるさく言われなかっただろうし」と吐息混じりに言われた。

「播戸さんは大きな思い違いをしてるよ。俺が生まれた時、父は中和エージェンシーを作ってたけど、俺が大学を出る頃までは社員数人の小さな会社で、テレビ局では誰一人、そんな社名を知らなかったんだから。セントラルテレビにはコネ入社がたくさんいたけど、そういうのは大会社の御曹司やスポンサー企業の宣伝部長、政治家、ミュージシャンの令息令嬢だったよ」

「だったら課長はどうやって入ったんですか」

「どうやってって、そりゃ実力に決まってるじゃない」

「本当ですか」

「こう見えても大学在学中はバックパッカーで世界中を放浪して、セントラルテレビの面接では、志望者できみの話が一番面白いと褒められたんだぞ」

「課長の話が一番面白いって、どんだけレベルが低いんですか」

播戸はまったく信用していなかった。

話が面白いだけでなく、頭脳明晰で行動力があると子供の頃からよく褒められた。それがセントラルテレビに入って一変した。同期には発想や行動力だけでなく、如才のないのが多くいて、仕事をしていくうちに、いつとはなしに自信を失った。

それでも仕事は楽しかったし、出世争いで後輩に先を越されても気にしなかった。好きで入ったテレビ業界だ。クビにならない限りは、定年まで居続けようと心に決めていた。

父からは一度も跡を継げとは言われなかった。セントラルテレビに合格した時も、自分のことのように喜んでくれ、「人を楽しませる立派なテレビマンになれよ」と激励された。

ところが去年の四月、父が心臓発作で急逝《きゅうせい》、悲しみにくれる母の隣で、子供の頃に見た父の姿に思いを馳せていると、急に中和エージェンシーで働いてみたいという気が湧いてきた。

転職サイトで中和エージェンシーが中途採用していないかを探した。幸運にもちょうど募集していた。エントリー用紙に「平松透　東京都世田谷区《せたがや》成城《せいじょう》……」と住所を書き、一般の人と同じように試験を受けるつもりだった。

試験の三日前には、中和エージェンシーの大島社長から自宅に電話があった。その電話に出た母がイの一番に驚き、「どうしてお母さんに一言、相談せんのよ。お母さん、恥掻いたやない」と叱られた。

あくる日には久津名常務が自宅にやって来て「透さん、本当に弊社に来ていただけるのですか。でもどうして？　社長になにか言われていたのですか？」などと質問攻めにあった。

あの時は自分以上に周りの方が、やっさもっさしていた。

2

門の横に設置されているセンサーに指を当てると、鉄のドアが静かに音を立てて開いていく。透は御影石《みかげいし》のアプローチを通って玄関へと進んだ。

珍しくガレージのシャッターが開きっぱなしになっていた。中には父の愛車だった昭和四十五年式、白の初代セリカと、昭和四十四年式、オレンジのフェアレディZの二台の旧車が並んでいる。ともにフルオリジナルで、父が残してくれた高価な遺産だが、六十五歳の母が運転する車ではない。透も父がしていたようにたまにエンジンをかけるが、走らせたことはなかった。車の運転は好きだが、ボディに傷をつけたらと、心配が先に立つ。

「ただいま」

声をかけるが、居間に誰かいる気配はなかった。まだ十時前なのでいつもの母なら寝る時間ではない。手を洗ってうがいをしてから二階に上がり、母の寝室に向かった。

「今、帰ったよ、母さん。開けるよ」

勢いよく開けて、透は仰天した。

ベッドに腰をかけたまま母が、グラスにウイスキーを注いでいたのだ。

「ちょっと母さん、なにやってるのよ」

小走りで駆け寄り、グラスとボトルを取り上げ、脇に抱えた。

「なにって、お酒を飲んでるだけやんか」

兵庫県芦屋《あしや》市の、庭の大きな池で錦鯉を飼っていた良家の出の母は、のんびりした関西弁でそう返す。大阪で新聞チラシの広告店を開いた父が、会社を拡大して東京に進出できたのは、資産家の母の実家が後押ししてくれたからだ。父と母は大阪の大学で、大恋愛の末、学生結婚したらしい。

「ストレートで飲むことないだろ。水割りにするか、氷くらい入れるとか」

「こんな時間にお水を飲んだら、おトイレ行きたなるやんか」

「母さんが飲んでたのか。どうりで地下室が変わっていたわけだ」

地下室には父が集めた骨董品と珍しい洋酒やヴィンテージワインが置いてある。透は下戸《げこ》なので酒類は触れないが、数週間前、探し物があって行くと、酒棚がずいぶんすっきりしていて、誰かにあげたのかと思っていた。

机の上の薬袋の横に、空になった薬のシートが置きっぱなしになっていた。

「母さん、睡眠薬も飲んでるの？」

「お母さん、そうでもせんと眠れへんもん。お酒と一緒に飲むとコロッて眠れるんよ」

「十時から寝てたらそりゃ眠れないようになるって」

透は朝食を食べないため、母が起きるのは八時くらい。毎日、十時間は寝ていることになる。これも父が生きていた頃では考えられなかった。働き者の父は午前様でも、必ず朝は六時に起き、七時には出社していた。母は父が起きる前から朝食の支度をし、庭から野菜を採って、フルーツも入れて新鮮な特製生ジュースを作っていた。

「お母さん、起きててもなんも楽しいことがないんよ」

こんな自棄《やけ》なことを言う人でもなかった。品がよくて、保護者会でも一人だけ女優さんが来ているとみんなから羨ましがられる自慢の母だったのだ。酒も父の付き合いでたしなむ程度。それがストレートで睡眠薬と一緒に飲むなんて、気づくのが遅ければ大変なことになっていた。

「ガレージのシャッターが開いてたけど、まさか車の運転はしてないよね」

「車なんか、よう動かさんわ」

「どうしてシャッターが開いてたのさ」

「たまにはワックスをかけてあげんと、お父さんが悲しむと思ったんよ」

言われてみれば月夜の下で、二台のクラシックカーは輝きを放っていた。

相続税の支払いに敷地の一部を売るなど苦労した母だが、父の愛車は思い出が詰まっていると手放さなかった。父が生きていた頃はしなかった車磨きをするくらいだ。母は、エネルギッシュに動き回っていた父が、突然、儚くなったことを受け入れられないのだろう。

東京に移ってからは、友達を作ることもなく、旅行に行くのも透が中学に入るまではいつも家族三人、透が部活動で休めなくなってからは夫婦二人で出かけていた。当たり前のように隣にいた父が、一人であの世に旅立ったことに、どう毎日を過ごせばいいのか戸惑っているのだ。

「それよりあんた、まだ役員になれへんの?」

「なれるわけないだろ。まだ入って一年半しか経ってないのに」

春から事業二課の課長になっただけでも、会社は勇気があるよなと、透自身が感心した。

「せやけど武居さんは、『透さんのことは任せてください。一人前の広告マンに育てます』というてたで。あれは嘘やったんかいな」

「嘘じゃないよ。武居専務はよくしてくれてるし」

「せやったら他にあんたを邪魔もの扱いする人がおるんか。大島さんとか久津名さんとか」

父の部下だった社長と常務が出てくる。

「大島社長も久津名常務も俺のことを助けてくれるよ」

「そやったらなんで課長なんよ。私は大島さんや武居さんが、あんたを大切にしてくれる言うから、相続した株を売らへんかったんやで。そんなことをするなら、あんたに全部あげるから、あんたが株主になって、あの人らを追い出したらええんよ」

父の仕事にはいささかの干渉もしなかった母は、まさしく糟糠《そうこう》の妻で、会社が上場し、その資金で父が成城に家を建てた時も「こんなお屋敷みたいな家に住んだらバチが当たりそうで怖いわ」と浮かれていなかった。

家に父の部下が来た時も、料理を出す時に顔を見せるだけで、台所にずっといた。帰りは門の外まで見送り「うちの主人をみなさんで支えてあげてください」と頭を下げていた。

「ほんまに、お父さんがいなくなった途端に、あんたにきつく当たるなんて、大島も武居も久津名も、全員裏切り者や」

急に呼び捨てにした。

「母さん、今日はどしたのよ。おかしいよ」

「なにがおかしいんよ。一人息子を心配してんのに」

「それだったら、俺は問題ないって。社長も専務も裏切り者ではないし、二世だからって特別扱いせず、一社員として扱ってくれたことを、俺は感謝してるんだから」

一年で課長に昇進したのだから特別扱いされていないわけではないだろうが、母の手前そう言っておく。

「あんたはアホやな。なんで相続した株を手放したん？　あんた自身も株を持ってたら、会社かてもっと大事に扱ってくれたのに」

「それはもういいって。俺は会社経営なんかに興味はないし」

透も父の保有株の半分を相続したが、すべて売却して、相続税の支払いに充てた。入社後、大島社長や久津名常務からも「透さん、どうして売ったんですか」と問い質されたが、父の跡継ぎになる未来など想像できなかった。転職したのは父の作った中和エージェンシーで働いてみたいと考えただけ。なにも父のように経営者になりたかったわけではない。

「そうや、透、今日、エミリさんに会《お》うてきたで」

「ああ、そう」

一年前に離婚した元妻だ。デキ婚で入籍して、子供が四歳で離婚したから結婚生活はたった四年半しかない。

「あんたも薄情やな。隼太《はやた》ちゃんが心配やないん？」

「隼太、元気にしてた？」

「相変わらず元気がなかったな。あの子、友達からいじめに遭《お》うとるみたいやで。エミリさんと三人で成城石井《せいじょういしい》に買い物に行ったんやけど、そこにお友達二人がお母さんと一緒に来てたんよ。隼太ちゃん、バイバイって手を振ったんやけど、そのお友達、二人でコソコソ話して、嫌な感じで笑いながら帰ってった。あれ、絶対いじめられてるわ」

「エミリも一緒にいたんだろ？　そのこと、エミリはなんて言ってたのよ」

「いじめなんてありません。お義母《かあ》さま、心配は無用ですと言われたわ」

吊り上がった眉で言い返した顔まで想像できた。エミリはセントラルテレビに出入りする業者の正社員で、前は制作担当だったが、今は週の半分は在宅ワークができる部署に移ったらしい。セントラルテレビの正社員相手にも言いたいことを言い、透は尊敬していたが、いかんせん気が強すぎた。

結婚して一年も経たない頃から、彼女はずっと透に苛立《いらだ》っていた。そしてある時、「私があなたのなにに怒ってるか、五個、言ってみて。言わなきゃ離婚する」といきなりキレられた。

透には思い当たる節はなかった。

「あっ、一つ日はこの前、きみが冷蔵庫を買い換えたいと言った時、『それをクリスマスプレゼントにすれば』と言ったこと？」

「違う。あと十個！」

五個が十個に増えた。一つでも思いつかないのに言えるはずがなく、そこから離婚届提出まで、ドラマのワンクールが終わるより早かった。

一人息子の隼太とは離れたくなかったし、母からも「隼太ちゃんだけは渡したらあかんで。いい弁護士をつけたげるから」と言われた。だけども透は、子供は母親と一緒にいるのが一番の幸せだと、親権をエミリに渡した。果たしてその判断は正解だったのか。別れの時は、隼太の悲しそうな顔に身を裂かれるような思いだった。

「そいでもエミリさんも酷いわな。エミリさんが他のお母さんと話してる時、隼太ちゃんに『パパに会いたい？』と訊いてんよ。隼太ちゃん、『うん、会いたい』と言うとったで。なのにエミりさんときたら、帰り際に私に『透さんには絶対に来ないように伝えておいてください』って念を押してきたから」

「それは仕方がないよ」

親権は取られても、養育費は払っているのだから息子と会う権利はある。だが透はエミリを怒らせ、面会拒否を言い渡された。エミリの機嫌が悪くなって悲しむのは息子だろうと、今は自粛している。

透には拒否しておいて、母とは会うのは、母が会うたびにエミリにお金を渡しているからだろう。そういうところは抜け目ない女なのだ。そして将来、透が中和エージェンシーのトップになったら、隼太がその後継者になれるかもしれないという邪心を持っている。そんなこと、天地がひっくり返っても起こり得ないというのに。

「エミリさんに透をなんとか会わせたってというたら、考えておきますと答えたから、十一月の運動会にでも行ったらどないよ。十一月言うたら、子供の頭はもうクリスマスやろ。隼太ちゃんかて、クリスマスプレゼント、パパからもほしいと思てるやろし」

「俺はいいよ」

「なんでねん」

「エミリが考えておきますと言ったということは、それはダメという意味なんだよ」

「そうかいな。お母さんにはそう聞こえんかったけど」

それくらいは空気が読めない透でも分かる。透の楽天的な性格は母譲りなのだろう。父とは正反対だ。父はつねに相手の懐に入り込み、痒《かゆ》いところに手を届かせ、気持ちよくくすぐって仕事を取っていた。そしてなによりも豪傑で、父がいるだけでその場が明るくなった。

長身で鼻梁《びりょう》が通っていて格好良かったが、風姿なら透も父の血を受け継いでいる。中高生の時はバレンタインで必ずチョコをもらい、友達からいつも羨ましがられた。

高校のサッカー部は、都大会でベストエイトまで進出するそれなりの強豪校で、透はミッドフィルダーとして試合に出た。ゲームメーキングするまでの才能はなかったが、試合前の声出しは必ず透が任されるほどのムードメーカーで、他校の女子からも人気があった。

それが実際に交際すると、ほぼ全員から「想像してたのと違う」と言われて振られた。

その流れは社会人になってからも同じで、セントラルテレビでも今の中和エージェンシーでも、最初は期待されていたのが、たちまち鍍金《メッキ》が剝がれて同僚から呆れられる。この夜にしたって、健康食品会社の社長を怒らせ、播戸めぐみが取ってきたイベントを潰した。ここ二年、コロナの影響をもろに受け、事業部の業績は大きく下がったというのに。

中和エージェンシーは先月八月、投資会社のライバババ・マネージメントから敵対的買収を受けた。大島社長は同じ広告代理店のアドプレミアムにホワイトナイト（友好的第三者）を依頼し、アドプレミアムはライバババより高い価格をつけて買い取りを開始した。ライバババはさらに買値を吊り上げる予定らしい。

現状、両社が取得した株式は過半数どころか、二十パーセントにも達していないが、数は拮抗している。経営権を握るのがライバババなのか、アドプレミアムなのか、それとも両社とも役員を送り込む数には至らず、現状のままになるかは、母が持つ株式の行方にかかっているらしい。

そうした諸事情もあり、ここ最近、透は大島社長をはじめ上司に呼ばれることが多い。

だが相談を受けたからと言って、透は役に立っていなかった。

会社がどちらに転ぶか大変な状況なのは理解しているが、かといって今は自分が一人前になることに必死で、誰に従えば父が作った会社が一番いい形になれるかは、透には考えが及ばない。

3

その日の午前中、事業部の入る大部屋は閑散としていた。

一課も三課も打ち合わせやらイベントの準備やらで出払い、透の二課も全員が外出している。部を統括する坂本部長も会議中だ。

部屋は肌寒いほど冷房が利いていた。自席の椅子に座り、首を回して誰もいないか確認した。引き出しから自分のパソコンを取り出し、起動させる。ブラウザのお気に入りバーにある《仕事重要》というファイルをクリックし、その中の《アリス》とタイトルのついたページを開くと、溢れるほどのスナップ写真が出てきた。スモックを着た二人組の可愛い幼女がいて、その後ろにストレートヘアの頭が見えた。

「見・つ・け・た・ぞ〜」

自分の頬が緩んでいくのを感じながら、透は知らず知らずのうちに声を出した。写真を拡大する。その時、背後に人の気配を感じた。

振り返ってぎょっとした。真後ろから播戸めぐみが、透のパソコンを覗いていたのだ。

「違うんだ、播戸さん、これには理由があるんだよ」

立ち上がって説明しようとしたが、遅かった。

「みなさん、ここに変質者がいますよ〜。幼児の写真を見てニヤニヤしてます」

「違うんだって、播戸さん」

そう言いながらもどう説明すればいいか頭が真っ白になった。部屋には他に誰もいないため、播戸は出口へと駆けていく。こんなこと、社内で触れ回られたら大変な騒ぎになると、絶望感にかられながらも彼女を追いかける。

廊下に飛び出て、播戸は急に止まった。顔には笑みが広がっていた。

「なんだ、知ってたのか。播戸さんも趣味が悪いよ。大声を出された時は、俺は会社中に知られると体が凍りつきそうになったんだから」

透の心臓は今もびっくりしている。

「本当に変質者だと思ったら、あの場で大声なんか出しませんよ。こっそり部屋を出て警察に通報してます」

「勘弁してよ、その早合点。俺は息子が通う、アリス保育園のホームページを見ていただけなんだから」

「早合点じゃないでしょう。事情を知らなきゃ全員そうしてます」

「でも播戸さんに隼太の話をしてたなんて、全然覚えてなかったよ」

プレゼンで嚙みまくってコンペに敗れた後、憂さ晴らしに出かけた居酒屋で、息子に会えないことを愚痴ったようだ。

「あの時の播戸さん、ベロベロに酔っ払ってたのによく覚えてるよな。どんだけすごい記憶力なんだよ」

「私にはウーロン茶しか飲んでないのに、ケロッと忘れる課長の記憶の方がどうなってんだよ、ですよ」

記憶力はそんなに悪い方ではなかった。大学受験では歴史とか古文とか、暗記科目のほうが得意だった。それなのに仕事となると、忘れてしまう。おまえは注意力が散漫なんだよ——セントラルテレビの上司にはそう叱られた。だが集中しようとすればするほど一つのことが気になって、他のことが疎《おろそ》かになってしまうのだ。

「そのことを覚えていたから、うちの課のみんなが『怖いものを見た』『平松課長がパソコンで幼児を見てにやついている』と大騒ぎしてた時も、『それは、かくかくしかじかの状況なんだよ』と説明してあげたんですよ」

「うそ。マジで？」

また寒気に襲われた。

「本当ですよ。三週間くらい前だったかな」

「ちなみにそれを見つけたのは誰？」

「内田《うちだ》ちゃんです」

事業二課で一番の若手の女子だ。振り返ってみれば、三週間前、彼女が近くにいるのに気づいてパソコンを慌てて閉じた。自分では余裕でセーフだと思っていたが、完全にアウトだったようだ。

「播戸さんが誤解を解いてくれた時、みんなの反応は？」

「笑ってましたよ。課長らしいって」

「らしいってどういうことだよ。勝手に誤解しておいて」

「誤解させたのは課長です」

「ちなみに内田さんが知ってから播戸さんが伝えるまで時間はどれくらい？」

「三時間は経ってたでしょうね。私は出先だったので」

「ぎえ、三時間も」

その間、課員たちがどんな会話をし、透のことを好奇な目で見ていたのかと想像すると、寒気が一変し、全身の毛穴から汗が噴き出てきた。

「今は会えない親のために保育園もそういったサービスをやってるんですね。うちの雅治《まさはる》が保育園の頃はなかったけど」

「その頃、元旦那とはどうだったの」

「一応、表面上は婚姻関係中でしたよ。水面下では浮気、絶好調だったみたいですけど」

「もし別れていたら旦那にパスワード教えた？」

「教えないですね。っていうか、育児はほったらかしだったあの男なんかに、そういうサービスがあることじたい、知らせないです。課長はパスワード、元奥さんから聞いたんじゃないんですか？」

「俺には教えないという条件で、母が元嫁からこっそり聞き出した」

「そこまで元奥さんは課長に会わせたくないんですね。どうして面会停止を言い渡されたんでしたっけ？　養育費はちゃんと払ってるんですよね？」

「その話は居酒屋でしなかったっけ？　俺が面会日をうっかり次の日と間違えたからだよ。二回続けて」

「二回続けたら、うっかりではないですよ」

すぐに謝りにいけばまだ許してもらえたかもしれない。だがエミリに怒られるのがトラウマになっていた透は、別の手段に出た。

「隼太が近くの公園で遊んでいるのを知ってたから、俺はこっそり会いに行ったんだ。隼太も『あっ、パパだ』って喜んでくれた。あっ、うちの子供、友達付き合いが上手な方ではないから、その日も砂場で一人で遊んでたんだけど」

「それを元奥さんに目撃されたんですか」

「それならまだ良かったよ。俺が急に現れたことに隼太は興奮状態になって、それで母親から持たされていた防犯ベルを鳴らしちゃったんだ。近くにいたお母さんが大騒ぎして、警察が来て大変だった」

「ハハ、なんか課長の息子さんっぽいですね」

播戸は乾いた声で笑ったが、透が一緒に笑っていないことに気づいて「すみません」と謝った。

「いいよ、息子が似ているというのは、本来は親としては喜ぶべき言葉なのだから」

複雑な思いだったがそう答えた。

あの時は警察が来て、さらにエミリも頭に角を出してやってきて、こってり油を絞られた。透が叱られたのは約束を破ったのだから自業自得だが、誤って防犯ベルを鳴らした五歳の息子が責任を感じているのは見ていられなかった。

――パパ、ごめんね。二度とこんな失敗はしないからまた会いに来てね。

母親に手を引かれながら、息子は涙を浮かべてそう言った。その場では必ず来ると約束したが、エミリからは「次に現れたら弁護士に言って、接近禁止の命令を出す」と脅されたので実行できていない。

「息子さんを見たい気持ちは分かりますけど、会社でサイトを見るのはやめた方がいいと思いますよ」

「そうだね、次からは通勤電車の中とかにするよ」

「電車はもっとダメです！」

播戸が珍しく取り乱した。

「冗談に決まってるだろ。さすがの俺でもそれくらいの常識はわきまえてるよ」

「常識をわきまえている人は会社でも見ません。ただでさえ課長が言ってることって、本気なのか冗談なのか、みんな頭を抱えてるんですから」

「冗談言ったのは今くらいだよ。あとはすべて本気」

そこで播戸のバッグの中でスマホが鳴った。

「あっ、内田ちゃんだ」

部下の内田有紗《ありさ》からのようだ。電話に出た播戸は、うんうんと相槌を打ちながらも、表情が曇っていく。

「そっかぁ、あの担当課長、そんなむちゃ振りしてきてんだ。それはどうしたものかねえ」

内田は他の二人の課員と一緒に栃木に出張中で、地元の祭りの打ち合わせを行っている。

毎年五月に行われるこの祭りもコロナの影響で今年は中止になった。今までなにごともなく行われていたものが、一度休んだことでそのまま中止にされたことは他でもある。市役所の幹部は来年も中止にして、このままフェードアウトしたいと考えているのではないか。

「そこは開催する意義を強く主張して、それでやらないと言われたらその時は諦めるしかないよ」

播戸が内田を励ましている。

「ううん、内田ちゃんの責任じゃないって。まだ本番のプレゼンまで一週間あるわけだし、前川《まえかわ》さんや小橋《こはし》さんと作戦を練って。私も手伝うから」

聞きながら情けなくなった。本当はこの電話も課長の自分にかかってくるべきものだ。だけど、かかってきたとしても播戸のようにうまく盛り上げることができただろうか。情けない気持ちでいたところに廊下から声がして、二人の男が入ってきた。

「おお、透さん、会社にいたんですか」

久津名常務と坂本部長だった。

「はい、常務、打ち合わせが先方の理由でキャンセルになったので」

そう言いながら視線を坂本に向ける。昨夜、健康食品会社の女性社長を怒らせて無言で帰った時とは、表情は違っていた。

「平松課長、昨日、常務と話し合いをされたそうですね。どうして私に言ってくれなかったんですか？」

「いえ、それは、坂本部長……」

「それでお母さまには話していただきましたか。保有する全株式はアドプレミアムに、いえ私たちに渡してくれると」

久津名が気持ち悪いほどの笑顔を広げる。

「それが……母の体調があまりよくなくて、今朝も話せる状況でなくて」

その場を逃れようと適当にごまかす。

「それは大変だ、お母さまの体調はいかがですか。病院には行かれましたか?」

「平松課長、早引きしてもいいのですよ」

久津名に続いて坂本までが気遣ってくる。

「たいしたことはないので大丈夫です」

「では早く、お母さまにお話をお願いしますよ。その時には透さんにも、きちんとふさわしいポストを……」

そう言いかけた最中に、坂本が久津名のスーツを引っ張り、離れた場所に立っていた播戸を横目で見た。二人はそこで初めて部屋にもう一人社員がいることに気づいたようだ。

内田との電話を終えていた播戸は、興ざめした顔で二人を一瞥《いちべつ》し、スマホを弄りだした。

「播戸さん、悪いんだけどちょっと席を外してくれるかな」

「はぁ〜い」

彼女は言われた坂本の顔を見ることもなく、バッグを手に出ていこうとした。

「いえ、僕の方が外出しますので」

「まさか武居専務と会ったりしないですよね」

久津名に訊かれた。

「どうして僕が専務と会うんですか」

訊き返すと、久津名は「いや、とくに意味はないけど……」と視線を逸らして口籠った。

4

受付の横を通って本社の外に出た。駅のある右方向に出たところで、咄嗟《とっさ》に踵《きびす》を返した。自分でも感心するくらい機敏に動けたと思ったが、それは思い過ごしだった。

「平松課長、どちらに」

会社に戻ってきた武居に見つかった。

「いえ、ちょっと、そこでお茶しながら企画を考えようと思いまして」

本当はウォーキングをするつもりだったが、さすがに仕事中にそう言うわけにはいかない。

「そうですか。だったら私も付き合おうかな」

「えっ、専務もですか」

「私も時間があるので。そこの喫茶店でしょ?」

通りの先にある茶色の看板を顎でしゃくる。武居には一度その喫茶店でサボっているのを目撃された。さて困ったぞ。いまさっき、久津名常務から暗に武居と会わないよう釘を刺されたばかりなのだ。

だが武居相手に断る勇気はなく、武居に従うように間近の喫茶店に入った。

席についても落ち着かなかった。企画を考えると言ったが、手ぶらなのだ。仕方なくスマホを出した。

武居はとりわけ透に用があったわけではないようで、入口にあったスポーツ新聞を持ってきて、読んでいた。

透は武居が苦手だった。大島や久津名といった生え抜きの役員は、子供の頃から父の部下として正月に挨拶に来た折り、遊んでもらったからよく知っている。しかし武居が一丸商事から移籍してきた時、すでに透はセントラルテレビで働き、一人暮らしをしていたため、接点がないのだ。

それに中和エージェンシーの面接を受けた時の印象があまりに強烈すぎた。

普通に筆記試験を受けた透は、自宅で久津名と個人面談したせいか、一次面接を通り越して最終面接となった。面接官は三人。大島や久津名は気持ち悪いほどのお愛想笑いで、父の話で懐かしんでいた。武居だけは話に乗ってこず、セントラルテレビではどんな仕事をしてきたのか、どうして最初はテレビ局に入ったのかなど、透の顔を見澄ましては矢継ぎ早に質問してきた。

——専務、一人息子の透さんが平松社長の遺志を継ぎたいと考えるのは立派なことではないですか。もういいんじゃないですか。

大島はそう言って執りなそうとしたが、武居は聞かずに、「せっかく入ったテレビ局なのにどうして中和エージェンシーに転職しようと考えたのですか」と畳みかけてくる。面接は形式的なものだろうと高を括っていた透に、武居を納得させるだけの志望理由はなく、もはや開き直るしかなかった。

――僕はセントラルテレビで仕事に自信をなくしていました。このままでは自分は終わってしまうと思い、それで転職を考えました。

――お父さんの会社ならやり直しがきくという意味ですか。みんなに特別扱いされて、セントラルテレビでは怒られたことも、中和エージェンシーなら許してもらえると。

――そんなことは思っていません。僕は会社が大阪にあって、社員数人しかいない時期から父が働く姿を見ています。あの頃の父は鮪《まぐろ》みたいに、俺が休んだら会社はつぶれると三十八度の熱があるのに出社してました。

――それくらい厳しいことが分かっていたのなら、うちの社なら自信を取り戻せると言った先ほどの理由と矛盾しますが。

――父の会社だからではなく、父が楽しそうに働いている姿を思い出して、自分もそういう会社で働いてみたいと思ったんです。

――どうもあなたのお話では代理店はテレビ局より楽だと聞こえますが。

――専務、そんな意地の悪い質問ばかりしなくてもいいではないですか。そもそも透さんがセントラルテレビに入社したのは、社長の強い希望だったのですから。

久津名が口を差し挟んできた。コネで入ったような言い方に、それは違います、自力で入りましたと主張したかったが、自信をなくしたと話したばかりなのだ。どうせ信じてもらえないだろうと思って言うのをやめた。

最後まで厳しい顔をしていた武居からはこう言われた。

――では他の中途入社社員と同じように、まず試用期間ということで。その後、正社員にするか判断させていただきます。

――専務、いくらなんでも透さんにそんな待遇は……。

――いいえ、社長。自分だけ特別扱いされたら平松さんにとってもこの後、会社でやりづらくなります。それでいいですよね？

――はっ、はい。

返事はしたものの、さすがにまさか自分がという思いは強かった。試用でも給与は出るが、基本給の八十パーセント。セントラルテレビの三分の一程度だった。

当時の緊張した記憶を掘り起こしていると、注文したブレンドコーヒーが出てきた。ブラックのまま口をつける。武居は開いた新聞を丁寧に畳んで置いてあった場所に戻し、頼んだマンデリンに砂糖とミルクを入れてかき混ぜた。新聞がなくなったことで武居はコーヒーを飲みながら、穏やかな顔で透の顔を見る。居心地の悪さに透は席を立った。

「どこ行くんですか、平松課長」

横を抜けていこうとしたが、スラックスの生地を摑まれた。

「会社で僕を探しているかと思って」

「まだ来たばかりじゃないですか」

浮かべる笑みが不気味に感じた。そこでスマホのバイブ音がした。スラックスのポケットに手を突っ込み、スマホを持って離席しようとした。

「はい、武居です」

震えたのは武居の電話だった。「今、立て込んでいるのであとで掛け直しますよ」電話を切り、透は逃げ出すチャンスを失った。

「専務も忙しそうですから店を出ましょう」

「コーヒーが来たばかりじゃないですか」

武居は旨そうにコーヒーを飲んだ。これ以上のプレッシャーに耐えられなくなった。

「専務は、うちの母の保有する株がアドプレミアムに渡るのを心配して僕を呼び止めたのだと思いますが、あいにく僕に尋ねても無駄です。さきほども久津名常務から訊かれましたが、母とその話はしていませんし、今、母がその株をどうしようと思っているか、僕は訊くつもりもありませんので」

母は、株を売るつもりはないと一度は武居に約束した。だが今はその時と同じ気持ちではない。昨夜も透が課長のままでいることを、まるで武居が約束違反したかのように批判していた。

「売らないでほしいとは思っていますが、お母さんが相続したものですから。どう判断されるかはお母さんの自由です」

「専務は母と会って、ライバパに売らないよう頼んだんですよね」

「あの時は社長から、圭子夫人を説得してほしいと頼まれたからですよ」

「ではこのまま買収されたらどうされるんですか。専務はライババどころか、アドプレミアムの傘下に入ることも反対なんですよね」

「そうなった時は仕方がありません。私は社長ではないですし、一定数を保有されれば、いくら私が他の株主にお願いしたとしても、相手は取締役を送り込んできて決議してしまうでしょう。そうなった時でも、私は自分に与えられたやるべき仕事をするだけです」

「やるべき仕事とは？」

「それに平松課長が相続した株式を売却したことにも、私はこれまで一言も触れていませんよね？」

透の質問ははぐらかされた。大島や久津名からはどうして保有しておかなかったのか問われたが、武居からはなにも言われていない。

武居はカップをソーサーに置き、背もたれに体を倒した。余裕があるのか、それともわざと強気に振る舞っているだけなのか、透にはなにも見通せない。

いったいなにが目的で武居が自分を呼び止め、ここでコーヒーを飲んでいるのか。なにか探る言葉がないか考えを巡らせていると、武居が凝りをほぐすように肩を持ち上げてから口を開いた。

「平松課長がうちの社に入り一年半ですね。いかがですか、この間を振り返って」

「いっぱいいっぱいでやってきたので、とても振り返ることなんてできません」

そのうち六カ月は試用期間だったのだ。事業部に配属されたが、テレビでは制作しかやっていなかったので戸惑うことばかり、基本的な仕事を覚えるのに相当時間がかかった。それでも朝は一番に来たし、仕事はなくても最後まで残って、困っている人がいたら、それがアルバイトの学生でも手伝った。要領の悪さに、二度手間になることもあったが、あとで透が創業者の息子と知った女子大生から恐縮された。

正直、試用期間は三カ月くらいと思っていたが声はかからなかった。不採用かぁ……父親の会社にも入れないとはどうしようもない不肖の息子だと落胆しかけたところ、半年経った時に、武居に呼ばれて本採用を伝えられた。

武居が母に「一人前の広告マンに育てます」と連絡を入れたのもその時だ。母は「武居さんがそう言うてくれて、お母さん、すぐお父さんに報告したわ」と手を合わせて喜んだが、母はそれまで半年間、息子が試用だったことを知らなかった。

「いっぱいいいっぱいということは、平松課長は出せる力は全部出した、ベストは尽くしていると言いたいのですか」

面接時と同様に、武居は質問を重ねてきた。

こういう時は「はい、ベストを尽くしてます」と答えるべきだろうが、課長になってからも失敗ばかりで部下に迷惑をかけている透はそんな偉そうなことは言えない。

「どうしました？　平松課長？」

「いいえ、逆に専務から見て僕の評価はどうなのかなと思いまして」

それを訊くのは結構な勇気が要った。課長になって以降まともなイベント一つ達成していないのは武居も知っているだろう。いい評価をしているはずがない。

「よくやられているのではないでしょうか。社長があなたに事業二課を任せてはどうかと言った時は、私はまだ早いと反対したのですが、今の二課の仕事ぶりを見ていると、抜擢して良かったと思っています」

彫りの深い顔の目許を緩ませた。透にはこの人でも、そんなお為ごかしを言うのかと意外に感じた。

「平松課長ご自身の自己採点はいかがですか?」

「僕ですか?」

「そうです。自分ではどう見ているのかなと思って」

思いついたのは五十点だった。だが五十点もあるのかと指摘されそうで、「三十点です」と答えた。

「それは厳しい点数だ。でもそれくらいでいいかもしれません。評価というのは自分がするのではなく、他人がするものですから」

「専務、それはズルいですよ。専務から言わせておいて」

「ははっ」

武居が急に声を出して笑った。透にとってはとっつきにくい武居が、こんな顔をしたのを初めて見た。「申し訳ない、やっぱりこういう人なんだなと思って」と意味深なことを言う。

「こういう人ってどういう意味ですか」

「あなたがいると、なぜか笑顔になりますね」

武居はまだ笑っている。透はおちょくられているようだ。

「僕が失敗ばかりしているから、そんな酷いことを言うんですか」

むっとしたが、武居には伝わらず、まだ口の周りに笑みが残っている。

「あなたが失敗しても、その結果、課全体の雰囲気が明るくなって、それで仕事が捗《はかど》れば、それでいいじゃないですか」

「専務、それ、本気で言ってます?」

それだったら自分を課長にする必要がないではないか。ムードメーカーは必要でも、課長がそれではダメだろう。

「播戸さんは企画部にいた時は元気がなくて、転職も考えていたそうです。その時は私が説得して、それで気分転換になればと事業部に移したんです」

「播戸さんが、ですか」

それは初めて聞いた。播戸は事業部の中でも一番の元気者で、会社をやめたいと悩むことすら無縁だと思っていた。

「前川さんも、小橋さんも、内田さんも最近は笑顔が増えました」

言われてみれば試用期間で入った頃の二課はぴりぴりしていた。それは坂本部長が厳しくて、できる社員は買われてやりがいを感じるが、好かれていない社員は相手にされていなかったからだ。事業部でも一課と三課はやり手が揃うが、二課は出来損ないの集まり、そう揶揄されていた。

そんなダメなチームが、透が課長になったからという理由で一変するわけがない。以前より良くなった理由を探すとするなら、創業者の息子というだけで課長に昇進したことに、みんなは怒りを通り越し、開き直って仕事をしだしたからではないか。

「僕が課を明るくしたことはないと思います。みんなの足を引っ張って……」

透が話しているのと同じタイミングで武居も喋り出した。声が重なって聞き取りにくかったが、興味深い内容だったので、会話を中断して耳を澄ませる。

「……私が昔、一丸商事から移ってきた頃の中和エージェンシーが、まさに今の二課のような雰囲気でしたよ。職場に笑顔があって、上司も部下も関係なく冗談を言い合って、世の中にこんな賑やかな会社があるのかと戸惑ったくらいですから」

「一丸商事なら優秀な人だらけで、うちなんかよりよほど活気があって仕事ができる人の集まりだったんじゃないですか？」

「仕事ができるのと働きやすいのは違いますよ」

武居はさっき飲んだコーヒーのような苦みを混ぜた笑みを広げた。「私が中和エージェンシーに来たのは、私の知り合いが平松社長の古い友人だったことが関係してます。その友人だった人も人間的に素晴らしい人でしたが、平松社長は社員をやる気にさせ、細かい気遣いもできた立派な人でした。おうちでもそうではなかったですか」

「まぁ、明るい父でしたけど」

「お父さんとあなたはよく似ていますね」

今度こそ馬鹿にされていると感じた。「それに普通、二世が入ると、会社はぎくしゃくするんです。あっ、ご子息を入れることを否定しているわけではないですよ。あなたは自分が創業者、平松光世の息子だと一言も口にしたことはないでしょ？」

「言うもなにも、みんな知ってるでしょうし」

「二代目でなくて、おじいさんやひいおじいさんが社長だったとしても、そういう噂は瞬《また》く間に広がります。ですけど周りが勝手に知るのと、あなたから見せるのとではまったく違います。あなたが少しでもそういう素振りを見せていたら、事業二課は今のような雰囲気にならなかったんじゃないかな」

「そんなもんですかね」

「会社とはそういうものですよ」

首を傾げて笑みを投げかけられる。透にしてみたら、なにもできないのに、息子だと言う方がどうかしてると思う。

「あっ、だから専務は、面接でも厳しい質問をして、半年間試用で様子を見たのですか？　もしかして父にそうしろと言われたとか」

「言われてませんよ。社長も、まさか息子さんがセントラルテレビを退職して、自分の社に来るなんて想像もしてなかったでしょうし」

「そうでした」

父から入れとも言われたことはないし、自分から中和に行くとも言ったことはなかった。

「私がそうしたのは、会社は本来、そうでなきゃいけないと思ったからです。創業者の息子だからって、試験も受けさせずに採用して、いきなり幹部候補生にして、それでその子息に威張り散らされたら、社員は白けてしまいます」

「白けるというより、ムカつくでしょうね」

「ですからあなたを課長にしたのも平松家とは無関係です。たまたまあなたと同じ年齢の社員が、課長になった。正直、私は少し早いかなと思いましたが、試用期間から、仕事を一から学ぼうとしていたあなたが課長になったら、その組織はどう変わるのか見てみたかったんです。今のところ課長昇進は間違いではなかったようですね」

間違いではなかったが、成功だったとも言えない。透にはそう聞こえた。

それでも一丸商事という五大商社にいた武居に、父が作ったこの小さな会社を褒められたことは嬉しかった。

父に似ていると言われたのも初めてだった。その言葉が次第に効いてきて、心の中はじんわりと温かくなった。

5

課長も来てくださいとは一言も言われていないのに、透は栃木県内の市役所で行われたプレゼンテーションに行くことにした。

プレゼンには播戸が応援に呼ばれていた。前川は「課長はいいです」と断ってきたが、播戸が「行きましょうよ。この課の責任者は課長なんだし」と言い、五人で東京駅から東北新幹線に乗った。

午前十時半に市役所に到着し、事務職員に待合室に通される。プレゼンは十一時と聞いていたのに、五分前になっても市役所の担当者が現れる様子はない。

「やる気なしアピール全開だな。今頃、俺たちをどうやって追い返そうか作戦を練ってるんじゃないか」

前川が不信感の塊のような表情で呟く。小橋も「きっと待たせるだけ待たせておいて、私たちが諦めて帰るのを待つ作戦ですよ」と鼻に皺を寄せた。これからプレゼンするというのに、我が事業二課には諦めムードが漂っている。

透は椅子を引いて立った。響いた音に、「どうしたんですか、課長」と播戸が驚いた。透は前川、小橋、内田、そして播戸とそれぞれの顔を眺めてから、目尻に皺を寄せた。

「みんながそんな暗い顔してどうするんだよ。俺たちがこれからプレゼンするのは、この町で長く続いてきた伝統あるお祭りだぞ。お祭りといったら楽しいものじゃないか。子供の時からそうだったろ。俺は夏休みの行事の中で一番の楽しみだったよ」

「だけど課長、向こうはその祭りじたい、もうやる気がないんですよ」

内田が悲痛な顔で言い返した。この祭りの復活は、内田が入社して最初に手掛ける案件だ。最初で躓《つまず》くと、以後、テレビ局での透のように自信をなくしてしまう。

「そうなった時はしょうがないよ。もう実施しないと方針を決めているなら、これからみんながどんなにうまくプレゼンしても見送りになるだろうし」

「課長、それを言ったら身も蓋《ふた》もないじゃないですか」

播戸に注意されたが、透はまだ先があると手を伸ばした。

「実は俺、昨日、元女房に内緒で、息子の隼太の面会に行ったんだよ。面会というより、待ち伏せだな。誰にも許可を取らずに、息子が遊んでいる近所の公園に行ったのだから」

「ダメじゃないですか、奥さんに次同じことをしたら、弁護士に頼んで接近禁止を出すと警告されてるんですよね」

播戸は慌てたが、事情を知らない三人は、怪訝《けげん》な顔をしている。

「うちの息子、実は友達にいじめられてるんだよ。保育園のホームページを見ても、いつも独りぼっちでさ。だから励ましたくて、『見・つ・け・た・ぞ～』と言いながら近づくと、『あっ、パパだ』って零れそうなほどの笑顔で迎えてくれたよ」

いつもならツッコミを入れてくる播戸も黙って聞いていた。

「そこで隼太に言ったんだよ。パパも会社で隼太と似たような境遇だよ、仕事ができないせいで、みんなに笑われてるって」

偶然前川と目が合った。彼はまずいと視線を逸らした。

「まっ、それは俺がミスばかりしてるからしょうがないんだけど、息子にそのまま話すわけにはいかないだろ。だから隼太にはこう伝えたんだ。笑われるのも、みんながパパに関心を持ってくれてるからなんだ。だから隼太も気にするな。笑われるのは、それはみんなが隼太のことを特別な存在だと認めてくれているからだ。みんなを楽しませている隼太はすごいじゃないか。少なくともパパは会社に行くのが今はすごく楽しいって」

「私たちは別に課長のことを笑ってるわけではないですよ」

前川が口をすぼめる。

「課長、皮肉を言いにここまで来たんですか」

小橋も顔をしかめた。

「違う、違う、俺は今のみんなもそういう状況にあると思うんだよ」

「みんなって私たちが笑われるってことですか」

小橋がいっそう不機嫌になった。

「普段はそんなことないよ。だけど今日のプレゼンはそうだろ？　市役所の連中が端《はな》から実施するつもりがないなら、いくらいいプレゼンしても失笑されるだけだ。だけどそんなことは気にせず、こっちは中和エージェンシーのプレゼンのすごさを見せつけてやろうじゃないの。端からつまらないと決めつけている相手をおっと思わせてやろうよ」

「口で言うのは簡単ですけど……」

前川が反論しかけたが、最年少の内田が「課長の言う通りかもしれません」と遮った。

「どうせ失敗するなら思い切りやって失敗していいような気がしました。なにもプレゼンは今回だけじゃないし。私は今日が初めてなんで、今後の練習だと思って張り切ります」

「そうだ、内田さん、その意気だよ」

彼女に笑顔が戻った。

「ところで課長のそのアドバイスに隼太くんはなんて答えたんですか」

腕組みして聞いていた播戸に尋ねられる。

「うん、僕もパパみたいにみんなを笑わせてやるって」

「へえ、明るいお子さんなんですね」

「誰の子だと思ってるんだ。俺の子だぞ」

透は胸を張った。口にはしなかったが、息子だって平松光世の血を引いているのだ。この明るい社風は、父が築いたものだ。

「そこは威張るところではないような気はしますけど、息子さんが励まされたのなら良かったですね」

「その後が大変だったけどね」

「なにが大変だったんですか、課長」

「元妻に見つかったんだよ。マンションのベランダで洗濯物を干してたんだけど、『あっ、また来た！』と大声で指を差されて。そこから公園まで全速力で走ってきた。俺にはライオンが迫ってくるように見えたよ」

「それで、課長はどうしたんですか」

「もちろん、逃げたさ、捕まったら殺されるもん」

——やばい、隼太、さらばじゃ。

全力で走ろうとしたが、足がもつれてコケた。父親がふざけているように見えた隼太はお腹を抱えて大笑いしていた。

「でも、また行くつもりだけど」

「呆れた。今度こそ接近禁止にされますよ」

「大丈夫だよ、播戸さん、次はちゃんと元妻に連絡を入れてから会うから」

「そうですよね。ちゃんと養育費も払ってるんだから、堂々と会いに行けばいいんですね。次はうっかりすっぽかさないように」

「ああ、そこは気をつけるよ」

詳しい事情を知らない他の三人も、間の抜けた話に聞き入っていた。いい気分転換になったようで、敗色濃厚だったムードが一掃されている。

「分かりました。課長が言うように自分たちができる精いっぱいのプレゼンをやりましょう」

前川が力強く言う。

「今年はダメでも、あとになってやっぱりやっときゃ良かったと後悔して、来年はうちに頼んでくれるかもしれないですし」

ずっと表情が硬かった小橋までが声を弾ませる。

「なんだかわくわくしてきました」

内田が両手を握って小躍りした。そのたびに播戸が大きく頷いて励ましている。

「よし、じゃあ、円陣を組もう。俺が声出しするから」

透が提案した。サッカー部時代、主将でも副将でもなかったが、大事な試合前の円陣では必ずと言っていいほど指名された。緊張した空気をぶち壊すには、透が最適だったのだろう。そういう役の立ち方もある。

「いいですね、私、そういうの好きかも」

真っ先に内田が、続いて小橋と前川が、そして播戸も寄ってきて五人が輪になった。

「これまでうちの会社に来て全然仕事に貢献できなかったけど、この会社が本当に好きで、転職してきたことを後悔したことは一度もありません。俺はこれからもこの仲間と頑張りたいと思っています」

透の言葉を四人はじっと聞いている。

「今日は中和エージェンシーがどれだけいいプランを持っているか聞かせてやりましょう。仏頂面の担当者が少しでも顔を緩めたら、その段階でうちの勝ちということで」

「はい」四人が応える。

「それでは全力で頑張りましょう。さぁ行こう～」

喉を絞って太い声をかけると、「おおー」と四人が続いた。

6

予定より三十分も遅れて始まったプレゼンテーションでは、担当課長は終始ぶすっとしていて、他の担当者も愛想笑い一つ浮かべることはなかった。それなのに内田たちは気にすることなく、にこやかに用意したすべてのプランを披露した。終わると同席した市長が挙手して「あなたたちはどうしてここまでうちのお祭りにこだわるのかね」と質問した。

「それは、お祭りはもう復活しないんですか、と私たちのアンケートに答えてくれた市民の方が何人もいたからです。待ち望んでくれた人が、『アンケートにそう答えてよかった』と感激してくれるよう、企画満載のお祭りにしたいと思っています」

内田が堂々と答えた。

「中和エージェンシーのみなさんが、我が市民のためにこんなにひたむきになってくれているのに、それを見送るなんてきみたちどうかしてるぞ」

市長が担当者を叱った。

その瞬間、隣の播戸に「課長、やりましたね」と背中を叩かれた。

新幹線で東京駅に戻り、エキナカの店で「おつかれさま」と五人でビールを一杯ずつ飲んで解散した。

無事決まった時には、課のみんなで一席設けるつもりだ。それは祭りが終わってからでいいか。とにかくみんなでこの祭りを実現させたい。一度消えかけた伝統にまた火が灯ったのだ。伝統とまでいうには大袈裟かもしれないが、いつか市民からそう言われるようにしたい。それは中和エージェンシー事業二課の灯でもある。この日一つになった二課の明るいムードを維持して、いずれ次の課長にバトンタッチするのが透の心得だ。

夜道をスキップしながら歩く。こんな気分で帰るのは久しぶりだった。

隼太、パパは頑張ったぞ。

息子の顔を浮かべてつぶやいた。だが今回は自分の力だけではないと夜空を見上げた。

星屑《ほしくず》がちりばめられた道で、自慢のセリカを走らせていた父がピースサインを送ってきた。

珍しく玄関の灯りがついていた。

「ただいま」

「おかえりなさい」

居間の方から母の声がした。

今夜はリビングで飲酒中か。それならウーロン茶で少し付き合おうと、ドアを引いた。テーブルに来客用のカップとソーサーが三客置いてあり、母は鼻歌を歌いながらそれを御盆に載せて片づけようとしていた。

「あれ、お客さんが来てたの？」

「そうよ。大島さんと久津名さんがね」

「社長と常務が？　どうしてよ」

「お母さん、大島さんにすべて任せることにしたんよ。だって武居さんは口ばっかりであんたのこと、全然買《こ》うてくれてへんのやろ？　大島さんが課長にすると言った時も、武居さんだけがまだ早いと反対したんやて？　お母さん、そんなこと初めて聞いたわ」

「それは俺にまだ実力がなかったから」

それでも今は課長にして間違っていなかったと言ってくれた。課全体の雰囲気が明るくなったとも。

「大島社長と久津名常務は、あんたの将来をちゃんと約束してくれたんよ。もうすぐ坂本さんが執行役員になって、その時はあんたが部長やて。役員にもすぐするって。だからお母さん、株は全部、大島社長に渡すことにしたから」

「なんだって」

一気に血の気が引いた。

「お母さんが持っててもしょうがないやん。お母さん、株主総会行ってもなんも言えんし。大島さんと久津名さんが、悪いようにはせんて言うてくれたし」

透は頭痛がするほど混乱した。母の保有株がアドプレミアムに渡るということは、中和エージェンシーがアドプレミアムの傘下に入るということだ。そんなこと、父は望んでいなかっただろう。

「これでお金も入ったし、エミリさんに言うたら、隼太連れて戻ってきてくれるんやないやろか。お母さん、なんか気が楽になったわ、今日は薬飲まへんでも眠れるかもしれん」

母の呑気な声が、透の耳を通りすぎていった。

第六話

不惑になれば

1

武居彰良《あきよし》はコートの襟を立てながら本社ビルを出た。午後五時、十二月の短い日は落ち、宵闇《よいやみ》が迫っていた。

都会のアスファルトに風が舞っていた。一年なんてあっという間だ。この並木道に桜が満開だった頃には、まさか花が散るかのように自分が会社を去る日がくるとは思いもしなかった。マスクの横で冷たい風が耳たぶをかすり、胸の奥底までひんやりと沁《し》みた。

駅に向かって歩きかけたところで、隣のビルの陰から、トレンチコートにニット帽を被った男が覗いているのが気になった。あまりじっと見てはいけないと視線を逸らしたが、急に心に引っかかりを覚え二度見した。

「きみ、雨森浩二《あまもりこうじ》くんだろ」

彰良は街灯の下で声高に叫んだ。トレンチコートの男は体をびくつかせて反応し、彰良と反対方向に歩き出そうとする。

「雨森浩二くん、どうして逃げる?」

駆け足で男を追いかけた。男も走って逃げる。

「違います」

逃げる男がマスクの下からくぐもった声で否定した。この声だ、間違いない。丸《まる》の内《うち》の高層ビル、だだっ広いフロアの一角、机の並び順まで鮮明に思い出した。

「間違いない。《はれなのに　今日もやります　あまもりこうじ》のキャッチフレーズで激戦の一丸商事の入社試験を勝ち上がった雨森浩二くんだ、私が忘れるわけがない」

追いついて男の腕を摑んだ。男は「違いますって。人違いです」とまだ否定する。

「そのキャッチフレーズだけで、仕事を取ってきたじゃないか」

「だけってことはないでしょう」

男が真顔になった。

「ほら、雨森浩二くんじゃないか」

男は「あっ」と手を口に当てた。

「きみはたいした男だった。新人挨拶の時も『これもご縁なので』と上から目線の口調だった。先輩が左遷された時も『これからも僕のいい目標でいてください』と挨拶していた」

「部長、そんなことまで覚えてるんですか」

雨森はようやく認めた。部長は彰良が一丸商事にいた時の役職だ。

「で、どうしたんだ？　一丸から移った会社を私がクビになるのを見に来たのか？」

中和エージェンシーが入るビルを一瞥《いちべつ》すると、開きかけた雨森の心がまた閉じた。

「いいんだよ。私のことを恨んでいる人間はきみ以外にもたくさんいる。そんなことより、きみが会いに来てくれたことが嬉しい。雨森浩二くん、一杯だけ飲んでこう。いいだろ？」

「いえ、僕はこの後、用事がありまして。ここに来たのも通りかかっただけなので……」

「水臭いことを言うなよ。このタイミングを逃したらもう会えないじゃないか」

嫌がる雨森の背中を押し、近くの居酒屋の暖簾《のれん》をくぐった。


無理やり連れていった居酒屋で彰良は生ビールの中を注文した。

席に着くまでは怯えていた雨森だが、彰良がメニューを渡して「なんでも好きなものを頼んでくれ」というと、「僕は生大で」と言い、さらに彰良が頼んだおつまみ二品では足りないと思ったのか、「自家製メンチカツ」に「焼きそば」と腹の足しになりそうな品をオーダーした。

雨森は、中和エージェンシーが買収されてアドプレミアムの子会社となることに反対した専務の武居彰良が追い出されることになったというネットニュースを見て、どんな会社なのか見に来たそうだ。

「まさか部長が僕を覚えているとは思わなかったんで。だって僕が一丸にいたのはたった九カ月ですよ。そのうち三カ月は研修でしたから、部長の下で仕事をしたのは半年間です」

「私も驚いたよ。咄嗟《とっさ》にきみのキャッチフレーズまで出てきたのだから」

当時とは身なりがまるで違った。彰良が部長だった第七営業部、別名「武居部」に新入社員として配属された雨森は、他の一丸社員と違《たが》わず、流行に敏感でおしゃれだった。それが今は、安っぽいベージュのトレンチに、毛玉の目立つタートルネック。ニット帽を被り、マスクもしていたから見えていたのは目の周辺だけだ。

「きみはキャラクターが強烈だったからな。新人のくせにしょっちゅう遅刻してたし」

「遅刻って十五分くらいですよ。それなのに部長は『雨森は俺たちよりたっぷり睡眠とってきたから、今日はいくらでも働けるぞ』と嫌味を言って、僕にだけ鬼のように仕事を振ってきましたからね」

「『武居部』は働き者の集団だったからな。二十四時間働いても時間が足りなかった」

「三日連続徹夜させられたこともありました。土日もどちらかは必ず、下手したら二日とも出勤させられたし」

「仕事で失敗したきみに、私が一週間社内謹慎を命じたことがあったよな。そうしたら最後の二日間、きみがいないから会社をやめたのかと、さすがの私も心配になった」

「失敗したって言っても、取引先の社長が臍《へそ》曲げてドタキャンしただけで、僕の非ではなかったんですけどね」

「人事部に訊きに行ったら、雨森浩二から二日間の有給休暇の申請が出ていると言われて仰天したよ。謹慎中に有休を取ったのは私が知る限りきみくらいだ」

社内でも「恐怖政治」と恐れられていた彰良だが、雨森にはその恐怖はあまり通じなかった。配属された直後、「新人、もっと頑張れよ」というと、「部長も頑張ってください」と返してくる。彼は毎回想像を超えてきた。

「一丸での僕の一番の記憶は、地下の資料室で、ベンチャー企業の一覧表作りを朝から夜中まで、休憩なしで部長にやらされたことですかね。あの部屋、僕らは『ショーシャンクの空に』に出てくる独房って呼んでたんですよ。部長に殺されたくなければ、脱獄するしか手段はないって。あの部屋では反省文も書かされましたし」

「それなら始末書か顚末《てんまつ》書だろう。私はそういうのを書かせるのが大好きだったんだ」

古い本のページをめくるように記憶が呼び覚まされ、話が尽きない。雨森はこんな男だった。会社に何年もいるかのような態度で、新入社員の中でも高い評価を得ていた。だからこそ当時の一丸商事で花形部署と言われていた「武居部」に配属され、五人の部下の一人となった。「武居部」は数あるベンチャーから成長力のある会社を探し、投資して上場までサポートして、莫大な売却益を出していた。

「きみみたいな人材を一丸商事は失ってはいけなかったよな。きみみたいなふざけた男は」

「ふざけた男って、失礼じゃないですか。遅刻はしましたけど、仕事は真面目にやりましたよ」

「悪い、悪い。すっ惚《とぼ》けた男だ」

「それも失礼です」

プイと目を逸らし、生ビールを流し込んだ。

「どちらにせよ、きみに会えて、私は嬉しい」

目を眇めてジョッキを傾けた。それまで調子よく飲み食いしていた雨森が、ビールジョッキを握ったまま固まっていた。

「どうした、雨森浩二くん？」

「部長、顔はニコニコしてますけど、心の中では僕らを恨んでませんか？」

「なにを言う。私の心は晴天の秋空のように澄んでいるぞ。かつての部下が十数年ぶりに訪ねてくれたんだ」

「そりゃ、恨みますよね。僕らがあんなことをしなきゃ、部長は今も一丸に残って、もしかしたら社長になってたかもしれないんだから……」

それこそ様変わりする秋空のように雨森の表情が急に曇り、目を伏せた。

2

一丸商事では、朝は星をいただいて出社し、夜は星をいただいて帰るのが常で、身を粉《こ》にして働いた。

取引先とのランチ打ち合わせが重なり、昼飯だけで三回食べたこともある。夜の会食が終わってから会社に戻り、そこから徹夜で資料をまとめる。一番大変だったのが冠婚葬祭だった。会社のロッカーにはつねにクリーニングから戻ってきた喪服と礼服を用意していて、取引先の人間だけでなく、その家族に不幸があっても参列した。政治家の通夜に出て、その後タキシードに着替えて、新任の米国大使のウエルカムパーティーに出席した時は、大使から「おや、後ろ髪にソルトがかかってますよ」と言われて、言い訳に困った。

猛暑日が続いてテレビのニュースキャスターが熱中症対策をしきりに訴えていたあの日も、いよいよ東証《とうしよう》マザーズに株式新規公開を間近に控えた人気のショッピングサイトのＣＥＯとの会食が入っていた。そのサイトは経済ニュースでも取り上げられ、相乗効果で株式市場が大幅に上がることまで報じられていた。

――武居くん、悪い、待たせてしまって。出ようとしたら社長に呼ばれて。

いつでも出られる準備をして、部長席で何度も腕時計を見てはイライラしていたところに、上司の金融部門の鳥山《とりやま》本部長が駆け足でやってきた。

――本部長、行きましょうか。先方を待たせるわけにはいかないので。

時間的にはまだ充分余裕があったが、彰良はブリーフケースを手にした。約束の時間より三十分は早く到着する、若手の頃からその習慣を実践した。部内では三十分前集合を「武居タイム」と呼び、部下ばかりか、上司までが合わせるようになった。

――咲田《さきた》くん、私が戻ってくるまでに上げてくれよ。これ以上の遅れは許さないからな。

膨大な量のペーパーをパソコンに打ち込んでいる咲田有希《ゆき》に命じた。

冷房がよく利く部屋で彼女が汗を流しながらしていた仕事は、ネット保険会社の利用者千人に訊いた満足度調査の集計だった。最初の集計が、アプリ障害を起こした時期と重なり、アンケートにもクレームが多数を占めた。そこで、今回は比較的こうしたアンケートに寛容な、五十代以上の男女に絞って再実施したのだった。

——分かりました。

咲田の小さな返事に続いて、彼女の隣に座る部下が立ち上がった。

——部長、無理ですよ、有希ちゃん、昨日も徹夜だったんです。今日中になんか間に合いません。

正義感の強い小川紀子《おがわのりこ》が眉をきゅっと寄せて咲田をかばった。

——小川くん、勘違いするな。これは私が言ったことじゃない。咲田くんからこの集計ではお客さまが納得しませんと言われ、アンケートを取り直したんだ。そうだよな、咲田くん？

——は、はい。

蚊のなくような声を出す。

これくらいでへこたれてどうすると、咲田のことなど気にしなかった。自分で加減しているうちはいつまでたっても半人前だ。仕事もスポーツも同じで、限界を決めてしまうからそれ以上伸びない。だが上司やコーチから無理なプログラムを組まれて限界ラインを超えると、そこで初めて隠れていた能力が引きだせるのだ。いつまで経っても実力が変わらない社員は、所詮そこまでの器だ。彰良は人事に言って、閑職に追い出した。

——それに有希ちゃんはＷＥＢデザイナーとの打ち合わせもあるんですよ。そっちも期日は近いし。

小川紀子はまだ反論してきた。

——それだったら小川くんが打ち合わせに出ればいいじゃないか。

――私ですか？　私は小清水《こしみず》さんをよく知らないし……。

――あのデザイナーは女好きだから、きみだったら鼻の下を伸ばして丁寧に説明してくれるよ。ベタベタ体を触りながら。

その言い方が彼女のジェンダー・ニュートラルな意識を刺激したのか、赤みを帯びた目で彰良を射すくめてくる。彰良は口を広げて笑った。

――小川くんだって口では可哀《かわい》そうとか言うけど、自分の仕事を増やしてまで咲田くんを助ける気はないんだろ。自分が可愛いのなら、いい人ぶるな。

強く言うと、反骨心が挫《くじ》かれたのか、彼女はそれ以上言い返してくることなく着席した。

反対側の席では、自分たちに火の粉が飛んでこないよう、背中を丸めて仕事をしている二人の男性社員が目に入った。

――おい、徳本《とくもと》と國武《くにたけ》、おまえたちも私が明日出社するまでに発注書を仕上げとけよ。

おとなしい國武は「はい」と返事をしたが、もう一人、ラグビー部のフランカーで、早明戦《そうめい》でも活躍した大柄な徳本は、不満を露出させる。

――なんだ、徳本、その顔は。

――発注書の期限は明後日《あさって》です。そのことは部長に伝えたはずです。

徳本宜彦《よしひこ》も小川紀子と同様、彰良に反論してくる。だが彼らの抗議が実を結んだことは一度もない。

――私は明日の午後は予定が詰まってるんだ。取引先の都合より、私の予定に合わせるべきだろ。私が目を通さないことには提出できないんだから。

――でしたらあらかじめ明日までと言ってくださいよ。そうしたら僕らも準備したのに。

――スケジュールは日々変わってくんだよ。たった一日動かせないくらいでどうする。きみだって世のサラリーマンが聞いたら羨ましがる高給をもらってんだろ。

奥歯を嚙み締めていても、徳本は最後には従う。間に合わなければ彰良に始末書と顚末書を書かされるのだ。責任の所在をしっかりし、ミスをした人間はけっして許さないのが「武居部」の方針だった。彼らだって、そんな屈辱を味わわされ、社内評価を下げたくないから、徹夜してでも命令通りに仕上げる。

営業先から新人の雨森が戻ってきたが、彼は彰良を刺激しないように忍び足で席についた。雨森にも言いたいことは山ほどあったが、これ以上無駄な時間を使いたくなかった。

――本部長、お待たせしました。では参りましょうか。

――あ、そうだな。しかし武居くんの部署はいつも忙しそうだな。

鳥山からは以前、「武居部」の残業時間の多さに、組合と総務の双方から不満が出ていると注意を受けた。だが繁忙期に入ると勤務時間のことは言われなくなった。会社だって一丸商事の三大事業と呼ばれていた「金属」「エネルギー」「食品」に取って代わるほど、金融部門、それもベンチャーを担当する「武居部」が利益を出していることを知っている。

――忙しさならいつものことなので大丈夫ですよ、それより人をくださいよ。今のメンツではとても仕事が回りません。

――人員なら一番いいのを出してるじゃないか。他の部長からは、武居くんのところばかり贔《ひい》屓《き》していると不満を言われ、私の立場もないんだぞ。

――本部長は本当に一番使える人材をくれてますか？

そう繰り返して彰良は横目で部下たちを眺めた。仕事が山積みになっていた咲田も、そして徳本、國武、雨森の男性三人も同時にうつむいた。

ひとり小川紀子だけは剣呑《けんのん》な顔つきで睨んできたが、彰良が目頭に力を入れて睨み返すと、彼女も目を伏せた。

3

二十年前に横浜の綱島に建てた一戸建てに帰宅すると、裕美《ゆみ》が玄関まで走ってきた。

「どうしたんだよ、裕美ちゃん、なにかあったのか？」

妻の呼び方は彰良が大学四年の時、キャプテンをしていたワンダーフォーゲルのサークルに、女子大の一年生だった彼女が入部してきた時から変わらない。去年、銀婚式だったが、子供に恵まれなかったこともあり、そう呼んでも照れはない。

「だって彰良さん、これから帰るって二時間も前に連絡くれたじゃないの？　そのあと連絡ないから、心配しちゃったわ」

革鞄の中からスマホを出す。ＬＩＮＥが三本入っていて、すべて裕美からだった。

「会社を出たところで一丸にいた時の部下に会ったんだよ。雨森という当時の新入社員で……言っても裕美ちゃんは分からないよな」

コートと上着を脱いで、自分でハンガーにかける。

「分かるわよ、《あめだから　お呼びでしょうか　あまもりこうじ》の雨森さんでしょ？」

「知ってたのか？」

「なによ、自分から話しておいて」

裕美に話していたことも驚きだったが、雨バージョンもあったことにびっくりした。

家でそんな話をしたのだから、同じチームで戦っている仲間意識はあったのだろうか。いや、それは思い過ごしだ。一丸時代の彰良は、部下は駒の一つとしか考えておらず、自分さえいれば、代わりは誰でもいいと思っていた。自分が武居王朝の王様で、部下は全員奴隷。使えないのはとっととやめてくれ、それが会社のためになると決めつけていた。

「不思議なものよね。昨日、石渡さんが突然訪ねてきたと思ったら、今日は一丸商事の雨森浩二さんが会社に来るなんて」

「どちらも今まで一度もなかったのにな」

昨日、八時過ぎに帰宅すると、門の前で営業管理課長の石渡が立っていた。裕美は特別養護老人ホームで暮らす義母との面会に外出していたため、彰良が鍵を開けて中に通した。お茶を淹《い》れたかったが、自分で淹れたことがない彰良は急須も茶葉の場所も分からず、冷蔵庫からハイネケンを出し、緊張してソファーに浅く腰掛けていた石渡の前に置いた。

彰良は勢いよくプルタブを開けて喉を鳴らして流し込んだが、石渡は缶を握ったまま意を決したように喋り始めた。

——調子に乗っていた僕が、専務の逆鱗《げきりん》に触れて飛ばされたのは、今思えば仕方がないと思っています。でも専務はうちの社に必要な人です。アドプレミアムの傘下に入っても、会社をやめないでください。

社内で公然の噂になっていることを心配して駆けつけてきてくれたようだ。残っていても新しい取締役会で解任されるのだろうが、その前に彰良は辞表を出し、大島社長に受理された。

——きみは私の逆鱗なんかになにも触れていないし、私はきみを飛ばしたつもりもないよ。

——ですけど六月の人事で……。

——私はきみに違う視点で会社を見てほしいと思ったんだ。いつまでも同じ方向から同じ景色を見ていると、人というのは成長しなくなるから。

——専務は「四十過ぎたら出世が仕事だ」と言ってたじゃないですか。僕は四十になって、そのラインから外れたんですよ。

どう説明すれば彼が納得するか言葉を探したが、適当なものは見つからなかった。そこに裕美が「遅くなっちゃってごめんなさい、あらお客さまなの？」とリビングに入ってきた。彼が石渡だと紹介すると「あら」と口に手を当てて驚き、顔をまじまじと見た。

――あなたが石渡さんね。彰良さんから聞いてたけど、雰囲気まで昔の彰良さんにそっくり。

――えっ、僕がですか。

呆気に取られていた石渡を後目《しりめ》に、彰良が「せっかく家に来てくれたんだから今日は飲もうじゃないか」と石渡からの問いは脇に置いて、もらい物のブランデーを出した。

その後も石渡は話の続きをしたそうだったが、彰良は自分が一丸商事から中和エージェンシーに移ってきたばかりの頃、部長や本部長として石渡や阿南らと仕事をしたことなど、昔話に花を咲かせた。

緊張もあったのか、酒に強いはずの石渡はすぐに顔が赤くなり、目が充血しだした。二人でブランデー一本を空けた時にはトイレに行くのもよろけるほど前後不覚になっていて、呼んだタクシーに肩を貸して石渡を乗せ、運転手に一万円を渡した。裕美が飲みかけのグラスを片づけ終えた時は、午前一時を過ぎていた。

手洗いして、コンタクトレンズを外して顔を洗うと、部屋着に着替えてリビングに戻った。

「そういえば裕美ちゃんに言うのを忘れてたけど、昨夜は石渡だけでなく、お義父《とう》さんにも会ったよ。ほんの短い時間だったけど」

「部下の次は父なの？　人気者の彰良さんは大忙しね」

「そりゃ忙しくもなるさ。まもなくサラリーマン生活に終止符を打とうとしているわけだからな」

二十三で入社して十二月十五日の誕生日で五十九になるのだから、二社合計で勤続三十六年になる。この後は少し落ち着いてから、培《つちか》った経験からコンサルを立ち上げようかと考えているが、まだ迷いがあって、具体的な経営計画があるわけではない。

「で、父は彰良さんになんて言ってたの？　まさかこの期《ご》に及んで、また勝ったの負けたの言ったんじゃないでしょうね」

「言ってたよ。『彰良くん、私の勝ちだな』って。仕方がないだろ。お義父さんと二人きりで話したのはあの時の一回きりなんだから」

一人娘の裕美と結婚して十年以上すぎていたが、義父とまともに話したのは命が燃え尽きる直前のあの一度しかない、それくらい希薄な関係だった。

義父が経営する機械部品の製造工場「永光《えいこう》ミクロ」が傾き始めたのを裕美から聞いても、手助けするどころか、見て見ぬふりをして、心を砕く義父母を励ましに行くこともなかった。小さな部品を作っている工場などいくらでも代替えが利き、時の流れに抗えずにつぶれるのは時間の問題だと思っていたからだ。

「なにが『彰良くん、私の勝ちだな』よ。お父さんは自分の会社を倒産させたのよ。彰良さんの方が断然すごいじゃない」

「俺だって会社を追われるんだよ。しかも今回で二度目だ」

「今回は買収される責任を取ってやめるわけだから、格好いいじゃない」

「格好いいものか。失業するわけだし」

「うちは子供もいないし、ローンも完済してるから大丈夫よ。いざとなれば私もパートに出るし」

「裕美ちゃんにも迷惑をかけるな。お義父さんもあんな男に大事な一人娘をやらなきゃよかったと、天国で怒ってるだろうな」

「もう、またそんなことを言う。センチメンタルなところに私を引き込まないで。私は毎日充実していて、楽しく過ごしてるんだから」

顔いっぱいに笑みを広げた。彼女の前向きな生き方に彰良はこれまで何度も助けられた。

だがそうした感謝の気持ちを持つようになったのも中和エージェンシーに移ってからで、それまでの彰良は、女房なのだから家で明るく振る舞うのは当たり前だと、妻の地位まで蔑《さげす》んでいた。

4

あくる朝は早めに出社して、書類に目を通して判をつくと、午前十時には「ちょっと出かけてくる」と秘書に伝えた。

退任が決まったせいか、どこに行くのか秘書に尋ねられることもない。ここ数日、こんな自由な行動ばかりしている。一分たりとも無駄にしなかった一丸商事ではもちろんのこと、中和エージェンシーに移ってからも会社がどうすれば広告業界で生き残っていけるのか、そればかりに頭を巡らせ、自分の時間を持つことはなかった。

自由行動だからといって、自棄《やけ》になっているわけでも、残された仕事を疎《おろそ》かにしているつもりもなかった。余計な口を挟み、発破をかけなくとも、社員それぞれが役目を果たしてくれる、そういった安心感が今の中和エージェンシーにはある。

行先は会社から徒歩圏の新橋にある新聞や書籍の取次問屋だった。新橋には接待で来るし、駅前のホテルでは中和エージェンシーが関わるパーティーが頻繁に行われる。彰良はホテルへの最短距離になるこの通りを避けてきた。

取次問屋一階の駐車場にはトラックとフォークリフト、それに梱包したスポーツ紙と雑誌が積まれていた。

塗装が剝がれて色あせた壁を見ながら階段を上がっていく。通用口が開けっ放しになっていた二階には机が並び、事務服を着た社員たちが忙しそうに事務仕事に勤しんでいる。その先にソファーのある個室が見えた。

顔を出し、近くの社員に用件を伝えようとしたところ、個室からワイシャツの上にウインドブレーカーを羽織った一九〇センチ近い大男が出てきた。昔のラガーマンそのままの体型だ。男はすぐに彰良に気づいた。

「部長、どうしたんですか」

徳本宜彦は幽霊でも見たような顔でその場で立ち竦んだ。彰良は気にせず中に入った。

「徳本、いやここでは徳本社長と呼ばなきゃいけないのかな。いやぁ、懐かしいなぁ。ずっときみに会いたかったんだ、久しぶりだ、十三年ぶりだよな」

ぼんやりと眺めている社員たちの間を横切って、青白い顔の徳本に近づく。

「狭い場所ですけど、どうぞ、中に入ってください」

我を取り戻した徳本が、彰良を社長室に案内した。

「雨森が話したんですね。わざわざ会社まで覗きに行って部長に見つかるなんて、あいつどこまでおっちょこちょいなんですかね」

事務の女性がお茶を出してくれたところで、徳本が気まずそうに頭を掻いた。

中和エージェンシーに移籍したことも知らなかった雨森に、彰良が追い出されることになったのを知らせたのは徳本だそうだ。ネットニュースで読んだ記事のURLを、そのまま雨森に転送したらしい。

「そういうところが雨森浩二らしいな。新人の頃となんら変わってなかったよ」

「《くもりでも　やっぱり来たぞ　あまもりこうじ》と言って、何度も断られたベンチャーに入っていく男でしたからね」

「曇りバージョンもあったのか。営業は天気ネタから入れと、俺も若い頃から言われたけど、やっぱりテッパンなんだな」

「あいつ、一丸の社員のくせに、飛び込みで営業をしてましたからね。相手先から『雨森さんという社員が来ましたけど、本当に一丸商事の社員ですか』と身元確認の電話が入ったり」

「あった、あった。それが反社勢力の事務所だったたんだよな」

「違いますよ。あいつが勝手に、出てきた社長が眉毛がなかったからって、反社と思い込んだだけで、調べたら普通の会社だったじゃないですか」

「そんな会社に一人で行って仕事を取ってくるんだから、たいした新人だったよ」

雨森の教育係が、彰良より七歳下の徳本だった。

「徳本だって俺が外されるのをいい気味だって思ったんじゃないか。だから雨森に連絡したんだろ?」

「僕はそんな……」一度は否定したが、すぐに「すみません」と頭を下げた。

「いいんだよ、誰だってそう思うさ。あの武居さえいなかったら、自分は今も一丸商事の社員だったかと思うと、腹が立つのは当然だ」

今度は徳本も否定しなかった。彼のことを彰良は、小川紀子とともに頼りにし、予算以上の数字を上げてくるデキる社員と評価していた。ただし、小川紀子がなにかにつけて彰良に反発してくるのに対し、新人の頃から彰良の下で働き、いくつものベンチャーを上場させるまでこぎ着けた徳本は、不満の色は見せても、一丸商事で王道を歩む彰良の言う通りに仕事をするのが出世への一番の近道だと、心の中では彰良を尊敬していると思っていた。

「徳本が今は社長とはな。たいしたもんだな」

部屋を眺めて笑顔を浮かべた。

壁際には創立三十周年と記された社員たちの集合写真と、おそらく徳本の父親であろう人が有名なプロ野球の監督と写っている写真が額縁に入れて飾られている。

「よしてくださいよ。こんな小さな会社。僕の代になって二回も不渡りを出してるんですよ。二回目は去年、コロナの最中だったからしょうがないにしても、一回目はアベノミクスで世の中は好景気でした。会社を僕に譲って引退した親父も、うちの息子はいったい一丸商事でなにを学んできたんだと落胆してました」

一丸商事ではあれほどアイデア豊富だったのに、家業では発想力や行動力を生かせなかったようだ。

「二回目の不渡りを出した後は、出版社がスポンサーになってくれて、なんとか復活できました。でも雇われ社長ですから、いつクビになるかビクビクしています」

「きみくらいの優秀な人間でも会社経営となると難しいもんだな」

「餅は餅屋なんですよ。商社なんて、あらゆる業種の上っ面の美味しい部分をかっさらっていくだけ。あの頃の僕らはビッグプロジェクトを成し遂げた気でいましたけど、実のところ、自分たちの何倍も汗を掻いた人々によって助けられていたんです。それなのに自分たちが世界を回し、時代を作っていると大いなる勘違いをしていました」

「あの頃、きみにもっと厳しく、ガツンとやっておけばよかったのかな」

「勘弁してくださいよ。『武居部』以上厳しい部署はなかったですよ」

「そうだよな。誰も倒れなかったのが今思えば救いだった」

「でももっと厳しくてもよかったかもしれませんね。部長や部のみんなのおかげで出した数字なのに、あの頃の僕は、全部自分の力だと過信して、自分が同期で最初に部長になると信じて疑わなかったですからね。今思うと恥ずかしい限りです」

こうした物分かりのいいところが徳本らしい。

「雨森と会ったのは分かりますけど、部長はどうしてここに来られたんですか」

「きみの話が出たら、急に会いたくなったんだよ。徳本が、ひと回り以上も年下の雨森と付き合いがあることじたい、俺には意外だったから」

「うちはコンビニにも卸してますからね。雨森は一時、コンビニチェーンの本部にいたんですよ」

「今は地域のコミュニティー雑誌を発行する会社で働いてると言ってたぞ」

「今の仕事の前職です。あいつ、一丸をやめてそのコミュニティー雑誌が六社か七社目です」

「そんなに転職してるのか」

「明るく能天気に見えますけど、一丸商事にいた頃から繊細な一面があったんです。一応、あれでも東大出身なので、最初の転職先は東和《とうわ》海上火災でしたけど、一年も持たずにやめて、経営コンサルをいくつか挟んで、コンビニチェーンに行き、そこで陰湿ないじめにあったみたいですね」

「そうだったのか。それはかわいそうだな」

繊細な一面があることも知らなかったが、雨森が東大の後輩なのも失念していた。

「武居部」では他にも國武一郎《いちろう》が東大卒だった。東大は一丸商事の一大派閥《はばつ》で、官僚相手には、相手の学歴に合わせて東大出身者しかつけないという不文律があるほど横のつながりは強固だった。それなのに彰良は部下の出身校は気にしなかった。東大だろうが、無名の私立出身だろうが、あるいはコネ入社だろうが、自分の言うことを聞く部下であれば、誰でも良かった。

「小川さんもかわいそうなことをしたな」

小川紀子の名前を出すと、徳本も眉を寄せた。

地方の国立大学出身の小川紀子は、チームの誰よりも一丸商事という会社が好きだった。新卒試験で不採用になると、就職浪人して、翌年合格した。

——実力より学歴やコネが大事なんて時代遅れの会社、うちくらいですよ。

酔うとグダグダになって愚痴っていたが、学歴やコネとは関係なく、立派に仕事を成し遂げられることを彼女は実証してみせた。部内一、いや社内でもトップクラスの頑張り屋だった。

小川紀子の有能さは社内でも知れ渡っていて、人事部長から「社長秘書にしたい」と申し出があった。その時、小川は大きな仕事を抱えていた。「武居部」の担当がベンチャーであるとはいってもすべてが若い起業家の新興企業ではなく、彼女が見つけてきたのは下町の老舗工場だった。その工場が開発していた世界と張り合えるテクノロジーが、発表間近だったのだ。それを理由に秘書への申し出は断ったが、小川のことだから辞令が出れば、仲間にきちんと引き継いだだろう。会社のことを心の底から好きな人間が社の中枢にいれば、経営陣は助かるし、会社が誤った道に進もうとした時には是正される。そのことを彰良は中和エージェンシーに転職してから気づいた。

「かわいそうでしたけど、小川さんが亡くなったのは震災のせいですから、仕方がないですよ」

徳本がぼそりという。都内近郊で硝子《ガラス》工芸作家をしていた小川の夫は、廃瓶などの再生硝子にこだわり、そのどこか温かみのある再生硝子を使った独創的な作品を作っていた。いずれはふるさとに帰って町興しをしたいという夢を持っていることは、何度か小耳に挟んだ。

ただし、その頃の小川は「私は田舎になんか行かないよ。就職浪人してまで一丸に入ったのにやめるもんですか」と言い張っていた。

それが会社をやめたばかりか、夫の故郷、福島に戻ったのだから、東京にはよほど嫌な思い出しか残っていなかったのだろう。

小川も硝子作りを学び、夫婦で工房を始めた直後に被災した。工房を修復し、再出発までこぎ着けたものの、原発事故の風評被害に遭い、作品は売れなくなったようだ。資金繰りに追われていた小川は、その道中に車数台の多重事故に巻き込まれて、即死した。三歳と一歳の子供を実家の母親に預けての早朝の出来事だった。そのニュースをテレビで知った時、彰良は体の震えが止まらなくなった。

「小川さん、お金のやりくりでほとんど寝てなかったみたいだな。普段の彼女なら前の車が止まったのに気づき、ブレーキをかけられたかもしれないのに……」

「高速での事故ですからね。寒い日で路面も凍結してただろうし、急に前で事故が起きたら避けきれませんよ」

彰良を慮《おもんぱか》ってそう言ってくれるのだろうが、救われた気はしなかった。一丸商事をやめていなければ、そのような悪天候の早朝の時間帯に、小川が高速を走ることもなかった。

「他の仲間はどうなんだ。徳本のことだから連絡を取ってるんだろ」

「たまにですけどね。國武は覚えてますよね」

「当たり前だろ。御曹司なんだから」

國武一郎、一丸商事の第六代社長の曾孫《ひまご》だが、サラリーマン社長が続いていたため、國武家の影響力が社内に残っていたわけではない。小さな時に遊んでもらった大好きだった曾祖父《そうそふ》の仕事を自分も経験してみたいと、引く手数多だった企業に断りを入れ、一丸商事に入ってきた。

「曾孫だというのは知ってたんですね。でも当たり前か。國武なんて苗字、そうそういないし」

徳本が苦笑いを浮かべる。彰良が知らなかったと思うのも当然で、彰良はいささかの配慮をすることなく、他の社員同様、國武に対しても徹底的に厳しく鍛えた。

理不尽な命令に、國武はある時「できません」と泣き言を言った。その時は「できるかできないかではなく、やるか会社をやめるかだ」と迫った。國武は体重を十キロほど減らすまで休日返上で働き、期待以上の数字をあげた。「武居部」には三年いたが、國武から家族や曾祖父の話を聞いたことはなかった。もしそんな話をしようものなら、その途端に「武居部」から外していた。

「國武はなにをやってんだ。確か一丸商事をやめて医療機器会社に入ったんだよな」

テレビの経済番組に出演していたのを目撃した。

「そんな会社、とっくにやめましたよ」

徳本の顔が曇る。

「それでどこに転職したんだ」

「あいつも雨森と同じで転職してはやめるの繰り返しで、去年、南米に放浪の旅に行くと言ったきり、音信不通です」

「無事なのかな」

「転んでもただでは起きない男ですから、そう簡単にくたばることも、殺されることもないですよ。そのうちケロッと帰ってくると思います」

「みんな人生、波乱万丈だな」

「僕らの中で普通にやってるのは、有希ちゃんくらいですかね」

咲田有希という「武居部」で最年少だった社員の名前を出す。徳本が言うには高校の同窓会で再会した同級生と結婚して、今は広島で専業主婦になり、子供が三人いるという。

専業主婦だから幸せとは、脳内で一致しなかった。咲田も商社の仕事が好きで、アメリカの大学院を経て入社した。

「有希ちゃんに関して言うなら、結婚できたことで僕はほっとしています。なぜなら有希ちゃん……」

口を噤《つぐ》んだ。余計なことを言ってはいけないと自制が利いたのだろう。

「不倫していたからだろ?」

「部長、知ってたんですか?」

「遊び人のWEBデザイナー。小清水って名前だったかな。グラビアモデルと結婚して二人も子供がいたのに、方々で女に手を出していた」

「そうです。あいつです。僕や小川さんで、小清水だけはやめろと有希ちゃんを説得したんですけど、あの男は本物のジゴロで、有希ちゃんの前で俺を捨てないでくれって泣くんですって。きっと金づるだったんでしょうね。いいところのお嬢さんだった有希ちゃんが、デート代も旅行代も全部出してたみたいです」

彰良はうちの部署の女に手を出すなと、小清水の事務所に押しかけて文句を言ってやろうと思った。だが行動は起こさなかった。その男はセンスがあって、数々のヒットコピーを作り、ベンチャーの名を広めていくには重要な存在だったからだ。つまるところ、自分の出世以外はどうでもいいと思っていた。

「有希ちゃんの場合、会社をやめたのが良かったんですよ。収入が減ったおかげで、もう用無しだと、あいつは他の社の女に走ったらしいですから。その新しい女が会社に訴えて、クビになったんですって、いい気味ですわ」

「咲田さんの収入が減ったのは俺のせいだから、俺は素直には喜べないよ。いくらいいところのお嬢様でも、自立して生活していたわけだし」

「会社にいた時は精神的に参ってましたからね。有希ちゃん、普段は明るくて、淡々と仕事をこなしていましたけど、仕事量が増えたり急かしたりすると、途端に慌て出しました。僕はずっと思ってたんですけど、すごい才能はあるのに、一遍にあれこれ言われたらオーバーフローになる人っているじゃないですか。有希ちゃんもそういった適応障害を持っていて、病院で検査を受けたら診断が出たのではないかって。僕の考えすぎかもしれませんけど」

「きっとそうだったよ。咲田さんも自分のことを気づいていたんだよ。なのに弱音を吐かずに頑張ってたんだよ」

それも好きで入った会社だからだ。それが彰良の不条理な命令にも従っていくうちに、追いつめられた。徳本や小川は咲田有希の変化に気づいていたが、管理職の彰良は気づかなかった。常に先まで予想して取り組めばできるのになぜきみはできない？　それはきみにやる気がないせいだ、気合を入れ直せば自己改革など簡単にできる——咲田の要領の悪さにイライラし、ねちねちといびり、面倒くさい仕事をわざと押しつけた。

「みんなが俺を毛嫌いしていたのに、徳本だけは優しかったよな。俺が一丸商事をやめてから五年くらい、徳本は毎年暮れに、干物の詰め合わせを贈ってくれたじゃないか。焼津《やいづ》の名店の詰め合わせを」

「本当はずっと贈りたかったんですけど、会社が危うくなってそれどころじゃなくなっちゃったんです。すみません」

「謝らなくてもいいよ。俺はどうして徳本はここまでしてくれるんだって、ずっと不思議に思ってたから」

最初に届いたのは一丸商事をやめた半年後だった。裕美から聞いた時は驚き、「毒入りじゃないか」と手もつけなかった。

それが数日たち、仕事から帰ると、台所から干物を焼く匂いが漂い、裕美が食べていたのだ。

――おい、なにを食ってんだ。危ないぞ。

――毒入りなんて贈ってくるわけないじゃないの。それよりおいしいわよ、あなたのも焼いてあげるから食べてみなさいよ。

裕美が焼いたのは鯖《さば》の干物だったが、身をほぐして口に入れると、脂がよく乗り、どんな高級料亭でも味わったことのない最高の魚だった。

「それは部長に恩があったからです。営業一筋の僕を育ててくれたのは部長ですし、僕が本部長から営業総務に動かされそうになった時、部長が徳本は出せないと守ってくれました」

「ああ、そんなことがあったな」

ある時、鳥山本部長から呼び出された。

――武居くん、徳本くんを営業総務に動かしたいんだ。彼には不本意かもしれないけど、役員も徳本は将来の幹部候補だから、今のうちに総務系も経験をさせて営業全体を見渡せる勉強をさせておいた方がいいと言ってるんだ。三年で戻す。そうしたら彼も部長だ。

――今、徳本を動かされたらうちの部が機能しなくなります。それだけは絶対に困ります。

反対して阻止した。だが理由はそんなことではなかった。三年後となると徳本はまだ四十一歳で、彰良が部長になった年齢より一つ若かった。しかも営業一筋だった彰良は、将来を見据えて見渡す勉強をしろなどとは言われなかった。それではまるで自分は前線で戦う兵士で、徳本の方が司令官の訓練を受けるように感じた。こんなことでは役員になったところで徳本に追い抜かれてしまう。無意識に嫉妬《しっと》が芽生えた。

「でもあそこで俺が止めずに、営業総務を経験していたら、徳本はこの会社に活かせたかもしれないな」

「それはあったでしょうけど、あの頃は自分はデキる社員だと思い上がっていましたからね。総務なんて地味な仕事をさせられたら、その時点で僕は一丸をやめてライバル商社に転職してましたよ」

言ってから照れ臭くなったのか、洟《はな》をすする。

「それにやっぱり悪いことをしたという思いがあったからですよ。部長に不満は山ほどありましたけど、なにもあんな形で部長を取るか自分たちを取るか迫るなんて、少し卑怯だったなって……」

「卑怯なものか。俺が地位の高さを利用してきみらに無理難題を押しつけ、追いつめたんだ。労働基準監督署が、これこそが典型的なパワハラ事例だと、再現フィルムを作りたいくらいじゃないか」

「それにしたって、全員はないですよ。うちの会社で今、社員からそんなことをされたら、僕はその場でクビになります」

あれは彰良が四十六歳の誕生日を迎えたその日だった。取引先から帰ってくると、席には誰一人いなかった。ホワイトボードにも出先が書いておらず、五人全員が在社になっていた。そこに鳥山本部長から内線電話があり、会議室に来るように命じられた。

長机に五人全員が鳥山と対面して座っていた。徳本、國武、雨森の男性陣は一瞥しただけで視線を逸らしたが、小川と咲田の女性陣は目を真っ赤に腫らし、彰良を睥睨《へいげい》した。

――どうしたんですか。本部長まで一緒に。

咄嗟のことに何が起きたのか把握できなかった彰良は、へらへらと笑って鳥山の隣に着席した。

――言いにくいんだけど……。

鳥山は口を噤んだ。先を継いだのは誰よりも一丸商事を愛し、正義感の強い小川紀子だった。

――私たちはこれ以上、武居部長の下では仕事ができません。武居部長を取るか、私たちを取るか決めてくださいと、鳥山本部長に直訴《じきそ》したところです。

――どっちを取るかって、会社の人事にそんなこと、まかり通るか。

彰良は平静を装って徳本を見た。彼が見返してきたことで、大変なことが起きたとようやく焦り始めた。

その場では鳥山が五人をなだめ、彰良に詫びるよう促した。

――私にも至らなかったことがあったと思う。今後は気をつける。だからもう一度、みんなでやり直したいと思っている。

頭を下げたが、そらぞらしい物言いに誰一人表情を変えることはなかった。

心が動かなかったのは彰良も同じだ。こんなことをして俺の人生をどうしてくれる――怒りが憎さに変化し、その夜から報復に走った。平社員の直訴を聞き入れた鳥山など眼中になかった。彰良の手腕を高く買ってくれていた取締役を呼び出し、部下の総入れ替えを求め、首謀者の小川と徳本を子会社に飛ばしてほしいと訴えた。

取締役は彰良の意向に沿った形で前向きに考えると約束してくれた。彰良は本気で五人全員を入れ替えるつもりはなく、子会社への出向をちらつかせれば徳本も小川も翻意《ほんい》し、一転して謝罪してくるだろうと思っていた。彼らだってそこまで愚かではない。こんな程度で何倍もの競争率を勝ち抜いて入社できた一丸商事をやめるはずがない、と。

小川を中心に取り組んでいた小さな工場が世界的テクノロジーを発表して上場を果たし、仕事の区切りがついた時、総務部から衝撃的な事実を聞かされた。

五人全員が会社に辞表を提出した——。

5

部下全員の造反に遭った噂は、ただちに社内を駆け巡った。

人事と組合から呼ばれて説明をさせられ、上司の鳥山からは次の異動でバンコク支店に行くように告げられた。部長としてトップクラスの数字を出していただけに抵抗したが、鳥山からはけんもほろろにこう言われた。

「きみは部下だけでなく、取引先からも嫌われていたんだ。そんなことまで気づいていないとは、きみは本当に哀れな男だ」

どうやらショッピングサイトのＣＥＯと、町工場の社長の二人が、武居部長はなんでも独断で決めるので仕事がしづらい、部長を替えてほしいと、五人組がやめる前から鳥山に要望していたらしい。遅かれ早かれ彰良は第七営業部の部長職を解かれ、「武居部」の屋号は消滅していたのだ。

それでも彰良は挫けなかった。俺はまだ終わっていない。俺を外して損をするのは一丸商事だ。ライバルの五井《ごい》物産に移籍して、上場できる可能性のあるベンチャーのいくつかを移そうと企んだ。部下がやめた噂は業界にも伝わっていたが、旧知の五井物産の人事担当者は彰良の実力を高く買ってくれ、一丸商事とはほとんど変わらない給与と待遇を用意すると言ってくれた。

そのさなかだった。心臓に持病があった義父が急性心不全で倒れ、病院に緊急搬送された。

──父が彰良さんと話をしたいんだって。今すぐ病院に来て。

裕美からの電話を受けて、タクシーで駆けつけた。渋滞で時間がかかったことに、裕美は心配して病棟の外まで出てきていた。

──お父さん、彰良さんが来たわよ。

病室までたどり着くと、ベッドの横に座っていた義母が義父の手を握って話しかけた。

鼻にチューブをさしこまれていた義父が、目を開いた。顔は死相が出ているかのようにくすんでいた。濁った目でじっと見てくる。たじろぎそうになったが、裕美と義母が部屋を出て男二人になると、義父は硬い表情を解いた。

——彰良くん、私の勝ちだな。

聞こえてきた言葉が、即座に勝利という意味だと把握できず、昏睡しているのだろうと思った。だが義父の意識はしっかりしていた。

——私の会社の業績はきみ個人の一年の売り上げの百分の一くらいかもしれない。ちっぽけな製作所だし。

——なに言ってるんですか、お義父さん。業種が違うのだから比べられないですよ。

永光ミクロは大手の電子機器メーカーが中国に持つ工場に輸出する部品を作っている。それがリーマンショックや中国国内の政情不安などでここ数年大打撃を受けていた。なぜこの場所でそんなことを言い出すのかが理解できなかった。義父は最初に「私の勝ち」だと言ったのに、その表情は勝ち誇ったようには受け取れなかった。

——私は三十年会社をやったけど、一人もクビにしなかったよ。銀行からは何度もリストラを要求されたけど、社員だけは守ると従わなかった。おかげで会社は虫の息だが、私はそのことを後悔していない。

——それでしたら私だって……。

自分もクビにしたわけではなく、部下が勝手にやめただけです。そう言い返そうとしたが、窓から差す春の陽をいっぱいに浴びた義父の顔が、輝いているように見えた。

――そうですね、私の負けです、参りました。

潔く頭を下げた。義父が頷いたのを合図に、気が気でないまま病室の外で待つ義母と裕美を呼んだ。

――なにがあったの？　お父さん、顔色よくなってるじゃない。

裕美が目を大きく開けて驚いた。

――あなた、彰良さんとよほど会いたかったのね。これまでだって二人で酒を飲みたいとずっと言ってたものね。ありがとう、彰良さん。

普段は彰良に冷たい義母からは手を握って感謝された。

義父はその夜、苦しむことなく息を引き取った。


義父の通夜、葬儀にはたくさんの社員や取引相手が弔問に訪れた。一丸商事では政治家や経済界の重鎮、芸能人などメディアが取材にくるような葬儀に何度も参列した。義父の葬儀の参列者は顔も名前も知らない人間ばかりだったが、悲しみや感謝の気持ちは有名人のそれと変わることはなく、義父を慕った人たちの思いで溢れ返っていた。

義父が亡くなったことで、永光ミクロの倒産は時間の問題だったが、銀行と取引先の機械メーカーがスポンサーとなり、永光ミクロの社名のまま経営が続くことになった。社員は一人もやめさせないという義父の思いは、機械メーカーからやってきた新社長にも引き継がれた。

義父の四十九日の法要が終わると、義母からの頼みで、名前くらいしか聞いたことのなかった広告代理店に向かった。

葬儀で初めて会った平松光世社長は、義父と大学の同級生で、東京に進出してきて取引相手がいなかった時、最初に仕事を頼んだのが義父だった。そして義父の会社が資金難に陥《おちい》った時は、平松が支援を申し出てくれたそうだ。その時には会社は、もうどうにもならないところまで傾いていたが。

義父は一丸商事で働く娘婿《むこ》について誇らしげに語っていたらしい。だからこの人は彰良に来てほしいと願ったのだろうと思った。予想通り、平松から「武居さんの力でうちの会社をもっと魅力のある代理店に育てていってもらえないだろうか」と誘い文句を言われた。

ここに来たのはあくまでも義母の顔を立てるため、自分が働くレベルの会社ではないと思っていた彰良は、ようやく断るタイミングが来たと、用意した言葉を吐きだそうとした。その時、それまで穏やかに話していた平松が急に目つきを変え、先にこう続けた。

――ただし一丸商事にいた時とは違うやり方でうちの大事な社員を引っ張っていく。それが我が社に来ていただく条件です。

三顧《さんこ》の礼《れい》で招かれるものだと思い込んでいた彰良は言葉を失った。どうやら義父が話していたのは単なる自慢だけではなかったようだ。

自分から売り込んで内定をもらっていた五井物産に断りの電話を入れたのは、初めて訪れた中和エージェンシー本社からの帰り道だった。

6

中和エージェンシーの社員としての最後の日となった一月最初の木曜日、コンタクトレンズを切らした彰良は眼鏡をかけて出社した。

フォーナインズのウエリントン型の眼鏡は一丸商事にいた十年以上前に作ったため、少し視野がぼやける。年齢とともに乱視が強くなったようだ。

普段の取締役会は会議室で行われるが、その日は同じビル内にある、三十人は軽く入れる貸しホールで行われた。

七人の取締役のうち三人がアドプレミアムの人間と入れ替わりになる。新旧含めて総勢十名、さらに監査役二名、執行役員三名、総勢十五名が長机に座っている。

「武居専務にはこれまでリーダーシップを発揮し、我が社の発展に尽力していただきました。今回の退任は同志として大変残念ですが、専務のことですから次のステージでも活躍されることでしょう。別々の会社になっても我々の友情が途切れるわけではなく、これからも協力できることはして、今回の決断をお互いにとっていい結果にしたい、そう心から思っている次第です」

大島が本音とかけ離れた惜別《せきべつ》の挨拶をした。

隣に座る久津名常務が拍手をすると、周りが続く。新任の会長、専務、もう一人の常務はアドプレミアム本社から派遣された。三人は興味のない顔で拍手に付き合っていた。

買収が決定したことで彰良のほか、二名の取締役が会社を追われる。どちらも平松光世時代から勤務する功労者で、大阪で新聞チラシをメインにしていた頃から仕えてきた。二名とも買収には反対していて、一人は彰良になんとか社長の行動を止めてほしいと訴えてきた。そうした陰での行動が大島と久津名は許せなかったのだろう。彼らを反逆者とみなして退任させた。

執行役員も一人替わった。ここはアドプレミアムとは関係なく、久津名が可愛がっていた事業部長の坂本が昇進した。

大島と久津名は残るが、アドプレミアムは現行体制でいいとは考えていないだろう。大島たちが留任できたのは、投資会社のライバパ・マネージメントからかけられたＴＯＢを阻止するため、アドプレミアムにホワイトナイトを持ちかけたからであり、彼らの指導力や経営手腕が買われたわけではない。

実際、彰良はアドプレミアム本社に大島と久津名に内緒で呼ばれ、残るよう慰留された。大島と久津名には一期で退任してもらい、その後は彰良に任すとまで言われた。

その場では、アドプレミアムが要求していた社員の半数削減案を取り下げてもらえないか求めた。しつこく頼んだ結果、札幌営業所と福岡支社のみ廃止とし、五十人程度の早期退社を募《つの》るというところまで削減案は縮小になった。一度は残留に翻意しかけたが、五十人もやめさせては、義父は褒めてくれないだろうと、結局、辞表を提出した。

「では退任するお三方にはここで退席していただき、新役員で会議をしましょう。引継ぎは問題ないですね」

アドプレミアムから来た新会長がそう言って目を配った。

新役員は意見なしと同意した。彰良とも目が合ったが、返事も反応もしなかった。正面で唇を強く嚙み締めている退任する二人の取締役が彰良を見ている。彰良は目尻を下げ、彼らに行きましょうと示して立ち上がった。

一礼してから椅子を戻し、出口へと向かう。すりガラスの向こうに影が見えたが、眼鏡の度が合っていないせいでの幻影だと思った。

これも疲れているせいだろう。悔いが消えず、ここ数日あまり眠れていない。ライババ・マネージメントから最初の書簡が届く前、いや平松光世社長が亡くなった直後に保有株を増やすなり、取引先と株を持ち合うなどして安定株主を増やしておくべきだった。そのことは何度か大島に具申したが、「そんなお金、どうやって調達するんですか。失敗したら我々が責任を取らなくてはならなくなるんですよ」と聞いてもらえなかった。どうしてそこで諦めてしまったのか。

部屋を出たらもう中和エージェンシーの一員でないのかと考えると、すき間風が吹くような寂《せき》寥《りょう》感が押し寄せてきた。悔しさを隠して目を瞑《つむ》ってドアを引く。騒音がして、ドアが勢いよく開いた。扉の向こうから、社員たちが足音を立てて中に入ってきた。

「なんなんだ、きみたち」

彰良より先に久津名が声をあげた。二十人ほどの社員が会議室に入り、左側から順番に三列に並んだ。他にも中に入れなかった社員は大勢いて、廊下からその先のエレベーターまで連なっている。

「我々社員は今回の合併に納得していません」

先頭で入って左端に立った石渡泰之が大島に向かって告げた。

「社員への説明もなしに違う会社になるなんて身勝手すぎます。私たちにもきちんと説明してください」

三番目に入ってきた和田果穂が強い口調で抗議した。

「待ちなさい。この取締役会後に、私たちの方からみなさんに説明しようと思っていました。今、取締役会で新旧取締役が替わることが決議されたばかりです。そんなに慌てないで」

大島が執りなそうとするが、廊下からは「いい加減にしてください」「適当なことを言わないでくれ」とヤジが飛ぶ。

「どうして武居専務が外されるんですか。会社をここまで成長させたのは専務です。今回だって会社を守ろうとした功労者なのに」

石渡と和田の間から阿南智広が言う。

「私も同じ気持ちです。これならいっそのこと、中和エージェンシーの看板を外してもらったほうが父も納得すると思います」

左から五番目に立つ創業社長の息子、平松透までがこれまで見せたことのない強い目をしていた。

「いったいどうなってるんですか？」

アドプレミアムから来た会長と専務が不快な目を大島に送る。大島は動揺していたが、久津名は四番目に立つ吉本検司を見ていた。

「吉本くん、どういうことだね。社長秘書のきみは、今回の事情もよく分かっていることだろ。なぜ彼らに説明しない。だいたいこのことは組合も合意したはずだ」

吉本を使って懐柔《かいじゅう》を試みようとするが、吉本も睨み返していた。

「組合が合意したのは武居専務が交渉してくれた解雇の数を減らすことのみです。今後、見送られた社員半減案が再び実施されないと約束されたわけではありません」

「当たり前じゃないですか。従業員の雇用が未来永劫《えいごう》守られる会社などどこにありますか」

アドプレミアム本社から来た新任の専務が嘲笑《ちょうしょう》した。

「それなら武居専務がいるうちに抗議しようと、僕たちが中心となって課長以下の社員全員を集めました」吉本が言うと、一列目に入った組合委員長の営一の衣川が、「それに私たち執行部は、組合員に話すまで正式決定は待ってくださいと頼んだのに、こうして取締役会を強行されたことに強い不信感を持っています」と続けた。

「武居専務のいない新しい経営陣のもとでは、みんな仕事はできないと言っています。これが我々従業員の総意です」

石渡の言葉に彰良は胸が熱くなっていた。こんなこと、一丸商事をやめる時にはなかった。それは当たり前か。あの時は自分より先に、部下たちがやめたのだから。

「きみたち、こんな行動に出て、どうなるか分かってるのか。処分されるのはきみたちだぞ」

執行役員になった坂本が前に出てきた。

「脅《おど》しですか」石渡が言い返す。

「私は商法にのっとって話をしてるんだ。組合幹部と協議する。社員が取締役会に乱入するなんて、許されることではない」

「あなたは黙っててよ。社員が持ってきた仕事を、アドプレミアムに手渡す裏切り者の言うことなんて、誰も聞かないからね」和田が叫んだ。

「なんだと」

「せいぜい経営陣の末端に入れたと、今のうちに喜んでたらいいのよ。社員がいなきゃ、あなただってクビになるんだから」

和田の意見に「和田さんの言う通りだ」「あんたのやったことは全部聞いたぞ」「合併のために仲間を売りやがって」とヤジが続く。しまいには「合併反対」「合併反対」とシュプレヒコールまでが起き始めた。大島や久津名、坂本だけでなく、アドプレミアムからやってきた新任の役員たちも口を閉ざし、歯軋《はぎし》りしていた。

彼らが抗議の声をあげてくれたことに、涙が出そうになった。だがこのままでは代表者の責任は免《まぬが》れないだろう。彰良は手を二度叩き、「みなさん、聞いてください」と興奮する彼らをなだめた。

「会社の将来というのは経営陣が決めることです。だからみなさんがいくら不満に思おうが、会社の決定に従うしか方法がありません。それがサラリーマンの宿命ですから」

「専務、そんな……」

近くにいた石渡が絶句する。阿南も和田も、吉本、平松ほか、他の社員たちも呆然と彰良を見てきた。

「どうしてですか。専務は社員が減らされることは反対だと言ってたじゃないですか。私はそれを聞き、それならみんなの力で専務に協力して会社を守ろうと伝えたんですよ」

吉本が切々と訴えてくる。

「だからこうしてみんなで抗議に来たのに」

和田の声には怒りが混ざっていた。

全員が彰良に裏切られた苦しさで胸が張り裂けそうになったのではないか。苦しいのは彰良も同じだった。

「みなさんがこの会社を愛している気持ちは十分伝わりました。今後も会社に残る大島社長や久津名常務、坂本さん、アドプレミアムの方にも理解していただけたと思う」

「この人らなんか、なにも分かりませんよ、自分が生き延びるためなら私たちのことを犠牲にしても構わないと思ってるんですから」

石渡が言う。背後の他の社員たちも再び騒ぎ始める。このままでは暴動になる。そんな事態になればニュースになって、会社ごとつぶれてしまうかもしれない。そう危ぶんだところで、石渡の声が聞こえた。

「分かりました。専務がそうおっしゃるなら我々は引き返します」

石渡は唇を強く噛んだ。その目は怒りと不信感に溢れ、失望しているように見えた。

「行こう、みんな」

石渡が言うと、阿南が「撤収するから後ろの人間から引き返してくれ」と背伸びして叫んだ。

廊下からブーイングが起きた。

彰良は大きく息を呑み、そして叫んだ。

「ありがとう、みなさん。私は三十六年会社員を続けてきたけど、こんなに感動したことは初めてだ。だから私からも会社員の先輩として、言葉を贈らせてくれ。みんな、こんなことくらいで自分から会社をやめるなんて言うんじゃないぞ。アドプレミアムの傘下に入ったからといって、中和エージェンシーが完全になくなるわけではないんだ。こんな素晴らしい会社、日本中、どこを探したってあるものではない。本当にこの会社が好きなら、愛想を尽かすまで、中和エージェンシーを大嫌いになるまで、自分からは絶対にやめないでほしい」

ブーイングを押し返すほどの大声に、彼らの声が止んだ。

「私は一丸商事で、部下たちの反乱に遭った。これから会社をしょって立つ人材だというのに、これ以上武居彰良の下では仕事はできないと、彼らは会社をやめたんだ。だけど私はもしあの時まで時間を戻せるのなら、彼らにこう言いたい。なにもきみたちが先にやめることはないんだよ。もう少しだけ辛抱していたら、きみたちが大嫌いな武居彰良は部長を外され、会社を去ることになるんだ。そうなればきみたちは、愛するこの会社で、ずっと好きな仕事ができるんだぞって……」

視界が滲み、声が震えた。それでも先を続ける。

「同じことがこの会社でも起きるんだよ。みなさんよりここにいる役員の方が、先に会社からいなくなる。今は辛いかもしれないけど、数年辛抱したら、嫌いな上司の方がみんなより先にやめてるんだ」

全員が口をあんぐりと開け彰良を見ていた。背後の新役員からも強い視線を感じた。

「世間では嫌な上司ほど長くいると言われているけど、実際はそんなことはない。腹が立つから長く居座っているように感じるだけで、みんなが自分の仕事を頑張っていれば、悪いヤツほど勝手にミスしたり、派閥の力関係がひっくり返ったりして、やめさせられる。役員なんて年寄りなんだから、そう何度も任期を更新するわけではない」

「ちょっと武居さん、あなた、社長や常務の前でなんて失礼なことを言ってるんですか」

坂本が口を出した。彰良はその声に反応して振り返る。

「坂本さん、あなた、歳はいくつだ」

「五十二ですけど」

「それならここにいるほとんどの社員より年上だ。六十の定年まであと八年か。あんたは役員になるつもりかもしれないけど、それだってあんたがアドプレミアムと悪だくみしたせいで生え抜きが座れる席が減った」

「別に私は悪だくみなんて……」

「うちは執行役員も部長と同じで五十五歳で役職定年だから、あんたが威張っていられるのもあと数年だ」

そう言い放つと、再び体の向きを戻し、狼煙《のろし》を上げた社員に視線を送った。新しい経営陣を批判するためにそのような話をしたわけではない。彼らにこの会社から去ってほしくなかっただけだ。

「今回のことはすべて私の責任だ。私が専務として未熟だったために、みなさんを悩ませてしまった」

頭を深く下げた。こみ上げてくるものを抑えながら、頭を上げていくと、最前列にいた五人の顔が瞳に映った。

すべてが完璧でリーダーシップのあった石渡、天然だけど度胸のある阿南、中和エージェンシーという会社が大好きで、すべてを会社に捧げてきた和田と吉本、御曹司であることをおくびにも出さずに一からこの会社のやり方を学んだ平松……。

「私はみなさんが会社の核となって働くのをこれから先も見届けたかった。そして彼らが四十歳になった時、どんな仕事をしていたのか、見ておきたかった」

「彼ら？」

石渡と和田が訊き返した。だがその問いに答えず、彰良はただこう続けた。

「そのことだけが私の後悔であり、一生の不覚だ」

瞳の中で「武居部」で死に物狂いに働いた五人組の面影と重なった。

7

　作業用のウインドブレーカーを脱いだ彰良は、自販機でコーヒーを買い、年季の入った木製のベンチに腰をかけた。尻がひやりと冷たかった。窓枠にしな垂れかかるように外を眺める。満開になったソメイヨシノが広がっていた。

　急に廊下から足音が響き、雑談が聞こえ、男性社員たちが入ってくる。ドアを開けた二人はいずれもアイコスを握っていたが、部屋の中に彰良がいたものだから、「あっ、専務、すみません」と言い、「出直すか」と引き返そうとした。

「いいじゃないか。ここは喫煙室なんだ。休憩中なのだから、遠慮せずに吸えばいい」

　腰を動かしてベンチのスペースを広げた。

「でも専務は吸わないじゃないですか」

　前に立つ社員が言う。二人とも工場のライン長で、一人の名前はすぐに思い出した。

「飯田《いいだ》さんだったよね？　あなた、年齢は確か……」

　間違っては失礼だと間をとったのだが、飯田の方から「三十九です」と答えた。彰良はもう一人のライン長に視線を移す。名前は出なかったが、彼は「僕は三十八です」と答えた。

「そうか、二人ともいい歳だな。四十過ぎたら出世が仕事だ。頼んだよ」

そう声をかけると、二人が哄笑《こうしょう》した。

「専務、こんな小さな会社で出世もへったくれもないですよ」

「そんなことはないよ。きみたちだってライン長としてチームを任されてるんだ。若い時は無我夢中だったろうけど、四十歳になれば、会社の仕組みも分かってくる。四十代が、会社全体のことを考えられる会社は、ちょっとやそっとでグラつかないんだ。逆にその四十代が核になっていないと、上と下との伝達がうまくいかなくなる」

話しながらもう一人の社員の名前も思い出した。栗山《くりやま》という名前だった。

「会社全体のことを考えるという意味なら、出世ではなく、『四十過ぎたら人事が仕事』じゃないですか。人の配置とかを任されるわけですから」

栗山が言う。なるほどそういう考え方もあるかと感心したが、彰良は「違うよ」と否定した。

「人事というのは第三者がすることだ。自分の進む道は自分で切り拓いていかないと。だからやっぱり出世なんだよ」

「だけど俺ら、偉くなりたいと思わんし」

「そうそう、上に胡麻をするのも嫌だし」

二人が相次いで言う。

「私が言う出世とは、威張ることでも胡麻をすることでもないよ。仕事に対して責任を持つってことだ。そして時には上からの理不尽な命令には、それはできません、社員のためになりませんと、そこで塞《せ》き止めて、仲間を守るんだ。そこまでするにはそれなりに責任のある役職に就いていないといけないだろ？」

中和エージェンシーではうまく説明できなかったことが、今はすらすらと口から出た。

「出世する人間には条件がある」

「学歴ですか」飯田が訊き、栗山は「生え抜きとか？　だったら俺らは二人とも中途だから無理ですよ」と手を左右に振る。

「どっちも関係ないよ。私が言う条件とは二十代、三十代と頑張ってきた人間だよ。失敗はいくらしてもいいけど、その頃やる気がなかった者は論外だな」

「専務は僕らの二十代なんて、知らないじゃないですか」

「そんなことないよ、栗山くん、その人がこれまでどんな仕事をしてきたかは、周りを見てたら一発で分かる。後輩はつねに先輩を見てんだよ。昔ダラダラやってた人間がライン長をしてたら、ムードだってよくないだろ。でもきみたちのラインはそうじゃない。それくらいは私だって分かるさ」

そう言うと二人とも少し嬉しそうな顔をした。

「専務は四十歳の頃はどれくらい出世したいと思ってたんですか」飯田に訊かれた。

「一丸の社長になろうと本気で考えてたよ」

「一丸って、一丸商事ですか？　嘘でしょ？」

二人が目を丸くして顔を見合わせた。この会社に転職して、一丸商事に在籍していたことを話したのは初めてだった。

「それが叶わなかったということは、専務の人生は失敗したってことですか」と飯田。

「明らかに失敗だったな。だけどそれにには理由があって、きみたちくらいの年代をすぎても、私は自分のことしか考えていなかったからなんだけど」

そうでなければ社長になれたような言い方だが、失敗談なのだからいいだろう。

「ということは、この会社でも当然、社長を目指してるんですか」

「もう考えてないよ。この歳になったら次の世代に道を譲る番だ。私たちがいつまでも残っていたら、ポストが詰まって、きみたちが昇っていけないじゃないか。だから私はこの会社に来て役職定年制を作った。そうすればある程度、経験したら下に譲れるだろう。あっ、そうか、役職というのはスポーツでいうところのキャプテンだな。プロ野球でもJリーグでも若い選手がキャプテンマークをつけるじゃないか。そしてキャプテンを経験した選手が多くいるチームは、それがチームの力になっている」

「はぁ」

「私は幸いにも専務としてこの会社に入ったけど、六十二歳になればお役御免だからな。その頃はきみたちの世代の中から部長が出ていて、今の部長の誰かが私の役割を引き継いでいるだろう」

話しながらも、自分が喫煙室にいるせいで、彼らがせっかくの休憩時間、一服もできていないことに気が咎《とが》め、退室することにした。

「あっ、すみません」

二人が道を空けた。二人の間を抜けながら、手に持つウインドブレーカーを着直すと、飯田に「専務、ジャンパー、裏表反対になっていますよ」と指摘された。

「教えてくれて良かったよ。これから社長との会議なのに、裏返しで行くところだった」

頭を掻くと、「専務も結構おっちょこちょいなんですね」と二人の表情が和らいだ。この社風だ。若い社員でも平気で上司と会話できるところがこの会社のいいところだ。

ウインドブレーカーを着直した彰良は、左胸に刺繡された「永光ミクロ」の文字を右手で握った。そしてお義父さんが作った伝統は消しませんからね、と心の中で約束した。

本書は『小説ＮＯＮ』（小社刊）二〇二〇年十二月号から二〇二一年五月号まで連載した作品『不惑になれば』を改題の上、刊行に際し加筆修正したものです。
本作はフィクションです。実在の人物、組織とは一切関係ありません。

――著者

切りとり線

あなたにお願い

この本をお読みになって、どんな感想をお持ちでしょうか。次ページの「100字書評」を編集部までいただけたらありがたく存じます。個人名を識別できない形で処理したうえで、今後の企画の参考にさせていただくほか、作者に提供することがあります。

あなたの「100字書評」は新聞・雑誌などを通じて紹介させていただくことがあります。採用の場合は、特製図書カードを差し上げます。

次ページの原稿用紙（コピーしたものでもかまいません）に書評をお書きのうえ、このページを切り取り、左記へお送りください。祥伝社ホームページからも、書き込めます。

〒一〇一―八七〇一　東京都千代田区神田神保町三―三
祥伝社　文芸出版部　文芸編集　編集長　坂口芳和
電話〇三（三二六五）二〇八〇　www.shodensha.co.jp/bookreview

◎本書の購買動機（新聞、雑誌名を記入するか、○をつけてください）

＿＿＿新聞・誌の広告を見て	＿＿＿新聞・誌の書評を見て	好きな作家だから	カバーに惹かれて	タイトルに惹かれて	知人のすすめで

◎最近、印象に残った作品や作家をお書きください

◎その他この本についてご意見がありましたらお書きください

100字書評

四十過ぎたら出世が仕事

住所

なまえ

年齢

職業

本城雅人（ほんじょうまさと）
1965年、神奈川県生まれ。明治学院大学卒業。産経新聞社入社後、産経新聞浦和総局を経てサンケイスポーツで記者として活躍。2009年『ノーバディノウズ』が第16回松本清張賞候補となりデビュー。『トリダシ』で第18回大藪春彦賞候補、第37回吉川英治文学新人賞候補、『傍流の記者』で第159回直木三十五賞候補。2017年『ミッドナイト・ジャーナル』で第38回吉川英治文学新人賞受賞。近著に『あかり野牧場』（祥伝社刊）などがある。

四十《よんじゆう》過《す》ぎたら出世《しゆつせ》が仕事《しごと》

令和３年12月20日　　初版第１刷発行

著者――――本城《ほんじよう》雅人《まさと》

発行者―――辻　浩明

発行所―――祥伝社《しようでんしや》
〒101-8701　東京都千代田区神田神保町3-3
電話　03-3265-2081（販売）　03-3265-2080（編集）
03-3265-3622（業務）

印刷――――堀内印刷

製本――――ナショナル製本

ISBN978-4-396-63615-9　C0093
祥伝社のホームページ・www.shodensha.co.jp